岐路之屋

◇ HOUSE OF MANY WAYS ◇

黛安娜·韋恩·瓊斯

著

獻給我的孫女露絲，

雪琳的洗衣店

還有莉莉・B

親愛的讀者：

這是我的新書《歧路之屋》，希望你們會喜歡。本書是繼《霍爾的移動城堡》和《沙塵之賊》的續作，在此系列故事的世界裡，七里格靴、飛行魔毯這些東西不僅是可能的，而且確確實實存在著。這次，我們來到地勢多山的高諾蘭親王國，年邁的高諾蘭王和他差不多同樣年邁的女兒，正忙著為龐大的圖書館進行編目工作，但還不至於忙到無暇發現國庫漸空的危機。他們的宮廷巫師病倒了，無法出手相助，這就是主角夏縵出現的契機。夏縵是個叛逆固執的青少女，自小接受高尚優雅的教育，導致她除了書本以外，對世事幾乎一無所知。夏縵被迫答應一件差事，要在巫師生病期間替他照看房子。想當然爾，巫師的家肯定很特別，只不過這間房子呢，恐怕是異常的特別。

夏縵不僅疲於應付巫師家的各種古怪之處，還要照顧一隻極小極貪吃的狗，浪浪。與此同時，她還遇見可怕的魯伯克、自以為是的男孩彼得、寇伯一族，以及生活在移動城堡的蘇菲、她的兒子摩根、「火魔」卡西法，還有以令人相當惱火的偽裝登場的巫師霍爾。哦對了，故事裡還有精靈、廚師賈馬和他脾氣暴躁的狗。

我很享受寫作這個故事的過程，也希望你們在閱讀時獲得許多樂趣。

黛安娜·韋恩·瓊斯

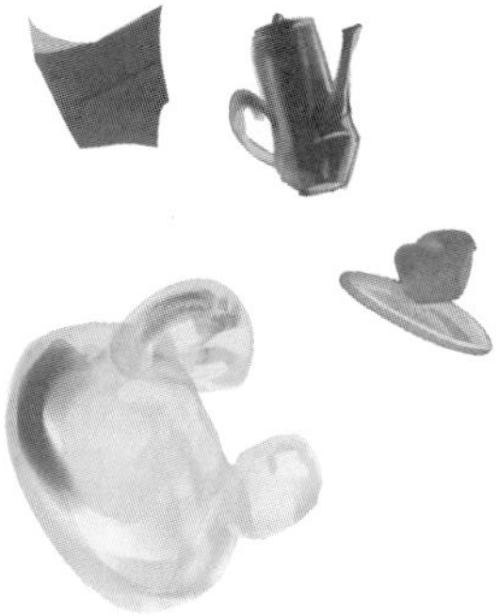

第一章　夏緶「被自願」去幫巫師看家

「夏緶非去不可。」珊普妮亞嬸嬸繼續說。「我們可不能讓威廉叔公一個人面對。」

「妳威廉叔公？他不是——」貝克太太說。

她輕咳幾聲，壓低嗓子，畢竟在她看來這麼問不太禮貌：

「他不是巫師嗎？」

「那當然。不過他長——」珊普妮亞嬸嬸說。這時她也放低了音量。「他長了個東西，妳知道的，在身體裡面，現在只有精靈[1]幫得了他。精靈必須帶他去治療。所以囉，得要有人幫他看房子才行。那些咒語或魔咒沒人盯著，可是會一溜煙跑掉。我自己忙得分身乏術，哪有閒工夫去管，光是我要照顧的流浪狗——」

「我也是，這個月的結婚蛋糕爆單，我們根本忙得不可開交。」貝克太太連忙應和。「山姆今天早上才在說——」

「所以就是夏縵了。」珊普妮亞嬸嬸下達旨意。「她年紀也夠大了，不是嗎？」

「呃——」貝克太太遲疑著。

她們的視線同時望向客廳另一頭，貝克太太的女兒正坐著的地方。只見她一如往常沉浸在書本中，陽光穿透貝克太太種的天竺葵，灑落在她彎著腰的瘦長身軀上，一頭紅髮夾得像個鳥窩，眼鏡滑落到了鼻尖。她一手拿著父親做的大又多汁的餡餅，一邊看書，一邊嚼得津津有味。餡餅屑不斷掉到書上，若是掉在她正在讀的頁面上，她就直接用餡餅將碎屑掃開。

「呃……親愛的，妳聽見我們說的話了嗎？」貝克太太語帶擔憂。

「沒。」夏縵滿嘴食物地繼續發問。「怎麼？」

「那就這麼說定了。剩下的交給妳向她解釋，親愛的貝倫妮絲。」珊普妮亞嬸嬸說。

她站起身，氣勢非凡地抖了抖硬挺的絲質洋裝，撫去摺痕，然後整平她的絲質陽傘：

「明天早上我會過來接她。現在我得趕緊去告訴可憐的威廉叔公，夏縵會幫他照顧好家裡的。」

她一陣風也似地離開了客廳，留下貝克太太獨自叫苦。要是她丈夫的這個嬸嬸沒這麼有錢，也沒這麼愛對人頤指氣使就好了。她不知道該如何跟夏縵解釋，更別提對山姆啟齒了。山姆從不允許夏縵參與任何有失體面的事，貝克太太也一樣，只有珊普妮亞嬸嬸插手的時候例外。

這時，珊普妮亞嬸嬸已經坐上她那輛漂亮的雙輪小馬車，要馬車夫送她出城，直奔遠在另一頭的威廉叔公家。

「我都安排好了。」她大聲宣告，穿越重重魔法通道，來到威廉叔公的書房，威廉叔公正悶悶不樂地坐在裡頭寫東西。「我的姪孫女夏縵明天會過來。她會給你送行，等你回來的時候照顧你。中間這段時間，她也會替你照看房子。」

「真是個好心的女孩！」威廉叔公繼續發問。「我想她應該精通魔法囉？」

「這我不清楚。」珊普妮亞嬸嬸繼續說。「我只知道她的眼睛從來沒離開過書本，也從來沒動手做過家事，她的父母簡直把她當聖物一樣供著。讓她接觸更多日常的生活改變一下，對她會有好處的。」

「哦，老天。真感謝妳提醒，看來我得做好預防措施才行。」威廉叔公說。

「一定要。」珊普妮亞嬸嬸繼續說。「還有，最好確保家裡有足夠多的食物。我從來沒見過這麼會吃的女孩子，竟然還瘦得跟女巫的掃帚一樣，簡直匪夷所思。總之，我明天會在精靈上門之前帶她過來。」

語畢，她隨即掉頭離開。

「謝謝妳啊。」威廉叔公用虛弱的聲音，對著她衣裙窸窣作響的挺直背影說。大門砰的一聲關上後，他嘆道。「哎，真不像話……也罷，有親戚就該心存感激了，對吧？」

奇妙的是，夏縵其實也挺感激珊普妮亞嬸嬸的。不過她感激的絕不是「被自願」

去照顧一位未曾謀面又生病的老巫師這件事，她的反應是：她大可先來問我！而這句話她也經常對母親說。

「我想那是因為她知道妳會拒絕，親愛的。」貝克太太終於表態。

「我可能會拒絕，但是——」夏縵她露出一抹詭祕的笑。「我也可能會答應啊！」

「親愛的，這件差事妳做起來可能不會很開心。」貝克太太聲音顫抖著。「畢竟這種事，成何體統。不過如果當作發揮善心——」

「妳知道我才不是什麼善心人士。」夏縵說完便走上樓，回到她綴滿白色荷葉邊飾布的臥室。

她坐在別緻的書桌前，凝望窗外高諾蘭城[2]的屋頂、高塔及煙囪，再抬眼眺向遠方的青山。事實上，這是她渴望已久的機會。她厭倦了優雅體面的學校，更厭倦了家裡的生活以及她母親對待她的方式，活像夏縵是隻隨時會發怒的母老虎，她父親禁止她從事任何不得體、不安全、不平常的活動。現在正是離開家的大好機會，她可以放手做些事——其實是一件事，一件夏縵朝思暮想，一直渴望去做的事。為此忍受一個巫師的房子也是值得的。只不過，要這麼做就必須寫那封信，她不知道自己是否有勇氣提筆。

好長一段時間過去，她都無法鼓起勇氣。她靜坐著，凝望白色、紫色的雲朵沿著群山的峰頂堆疊，形狀像肥胖的動物，又像精瘦的飛龍。她的目光沒有移開，直到雲朵一綹綹地散去，剩下隱約透著藍天的一層薄霧，才終於說：現在不做，以後就沒機會了。她輕嘆一聲，戴起用鍊條掛在脖子上的眼鏡，取出她精緻的鋼筆、最高級的信紙，以她最優美的筆跡寫下：

國王陛下

自從我年紀還小，第一次聽說您偉大的書籍與手稿收藏時，我就一心嚮往能在您的圖書館工作。雖然我知道，您已經在您的女兒希妲公主殿下的協助下，親自為皇家圖書館的典藏進行分類編目，全心投入這個艱鉅而費時的工作，我仍衷心期盼有機會為您貢獻一己之力。由於我已成年，我希望應徵皇家圖書館的圖書館員助理一職，但願陛下不會認為我的請求過於冒昧才好。

敬祝

平安順心

夏縵・貝克敬上

高諾蘭城玉米街十二號

夏縵靠在椅背上，將信重讀一遍。她想，這樣寫信給老國王不是厚顏無恥那不然是什麼？雖然在她看來，這封信算是寫得挺不錯的。唯一有疑慮的是「我已成年」的部分。她知道「成年」理應是指一個人已經二十一歲，或起碼年滿十八歲，但她覺得自己不算說謊。畢竟，她沒有明確道出年齡。她也沒有聲稱自己學識淵博、能力出眾，因為她知道那並非事實。她甚至沒說自己愛書勝過世界上的一切，明明這才是千真萬確的實話。如今她只能相信自己對書的熱情會穿透字裡行間，自然散發出來。

國王肯定會直接把信揉成一團丟進火堆裡吧，但至少我試過了。她這樣想著。

她出門寄了信，感覺心中湧現無畏的勇氣。

隔天早上，珊普妮亞嬸嬸乘著她的雙輪小馬車到來，讓夏縵上了車。她的行李包括一個整潔的氈布旅行袋，裡頭裝滿了貝克太太為夏縵打包的衣物，還有另一個大上許多，被貝克先生塞得鼓鼓的袋子，裡頭滿是肉餡餅、小零嘴、小圓麵包、果餡餅和水果塔。這第二個袋子實在過於巨大，此外還散發濃郁的香草、肉汁、乳酪、水果、果醬、香料的氣味，惹得駕車的馬車夫忍不住轉過身來嗅聞，驚嘆無比，就連珊普妮亞嬸嬸那莊嚴的鼻孔也不禁張大開來。

「看來，妳不用擔心餓肚子了。孩子，出發吧。」珊普妮亞嬸嬸說。

但是馬車夫必須等貝克太太完成道別，她抱了抱夏縵，說：

「親愛的，我相信妳會很乖、很愛乾淨，又懂得替人著想的。」

騙人，夏縵心想，她根本就不相信我。

接著，換夏縵的父親趕忙趨前，在她的臉頰上輕啄一個吻：

「我們知道妳不會讓我們失望的，夏縵。」

又在騙人，夏綏暗忖，妳分明知道我會讓你們失望。

「我們會想妳的，我的寶貝。」她母親說著，眼淚幾乎要奪眶而出。

這也許不是謊話！夏綏有些吃驚地想，雖然不知道自己究竟哪裡討他們喜歡。

「啟程！」珊普妮亞嬸嬸厲聲下令，這次馬車夫照做了。

小馬沉著地緩步前行，穿越大街小巷，此時，珊普妮亞嬸嬸開口說：

「聽好了，夏綏，我知道妳父母一直把妳呵護得無微不至，妳從來不需要自己動手做任何事情。現在妳準備好改變一下，自己照顧自己了嗎？」

「是的，我準備好了。」夏綏的語氣近乎虔誠。

「也會照顧好房子和可憐的老人家嗎？」珊普妮亞嬸嬸繼續追問。

「我會全力以赴的。」夏綏說。她擔心如果不這樣說，珊普妮亞嬸嬸會立刻掉頭直接送她回家。

「妳受過良好的教育，對吧？」珊普妮亞嬸嬸問。

「連音樂都學過。」夏綏難掩不快地承認，又急忙補充。「但我一點也不厲害，所以妳可別指望我會演奏曲子安撫威廉叔公。」

「我沒有這種期待。」珊普妮亞嬸嬸立即否認。「人家好歹是個巫師，他應該有辦法製作安撫自己的音樂。我這樣問，只是想知道妳有沒有適當的魔法基礎。妳有，對吧？」

夏縵感覺自己的五臟六腑瞬間下沉，臉上的血色也一併被抽光似的。她不敢承認自己其實對魔法一無所知。她的父母，尤其是貝克太太，認為魔法難登大雅之堂。再者，他們居住的地方，屬於城裡相當高尚的區域，夏縵的學校從來不會教學生魔法。如果有人想學如此粗俗的東西，只能去找私人家教。而夏縵知道，她父母絕不可能付錢讓她去上這種課的。

「呃……」她支支吾吾。

幸好珊普妮亞嬸嬸自顧自地說了下去：

「住在一間充滿魔法的屋子裡，這可不是鬧著玩的，妳知道吧？」

「哦，我絕對不會把它當作玩笑的。」夏縵鄭重地回答。

「很好。」珊普妮亞嬸嬸說完，往後靠上椅背。

小馬踏著噠噠的蹄聲持續前行，他們穿越皇家廣場，行經矗立於廣場一端的王室官邸，官邸金色的屋頂在陽光下閃閃發光，再穿過夏緶很少獲准前往的市集廣場。她的目光渴望地瀏覽各式攤販，看著在採買中閒話家常的人群，馬車駛入古城區之際，她還不捨地回頭顧盼。古城區的樓房高大又繽紛，造型各異其趣——房子的閣樓尖角似乎一間比一間陡峭，窗戶設置的位置也一間比一間古怪奇妙，夏緶不禁期待起來，也許住在威廉叔公家會很有趣呢。然而小馬繼續前進，穿越較骯髒貧困的城區，經過清一色的農舍，最後駛入連綿的田地和樹籬，一側有巨大的峭壁俯視著道路，沿途偶爾可見幾間背倚樹籬而建的小屋，前方巍峨的山嶺則感覺越來越近。夏緶開始有種感覺，他們其實要離開高諾蘭，去到另一個國家。但會是哪一國呢？斯坦蘭吉亞？蒙塔比諾？要是地理課她認真一點就好了。

正當她懊悔萬分之際，馬車在一戶人家前停了下來。那是一間鼠灰色的小屋，低伏在狹長形的花園後方。夏緶隔著入口的小鐵柵門打量，感到失望透頂。這是她見過最無趣的房子。褐色前門的兩側各有一扇窗，鼠灰色的屋頂罩下來，活像一張陰沉的臉。房子看起來只有單層，沒有樓上。

「我們到囉。」珊普妮亞嬸嬸歡快地宣布。她下了車，喀噠一聲打開小鐵門，領頭踏上屋前的小徑，往前門走去。夏縵躡手躡腳地跟在後頭，滿心鬱悶，車夫提著夏縵的兩袋行李走在最末。小徑兩側的花園，種植的似乎全是繡球花，有藍色、藍綠、淡紫不同花色。

「我想妳應該不需要照顧花園吧。」珊普妮亞嬸嬸一派輕鬆地說。夏縵心想：希望不會！珊普妮亞嬸嬸又補充說道。「威廉肯定請了園丁的。」

「希望如此。」夏縵回應道。她對園藝的了解僅限於自家範圍，包括後院的一棵大桑樹和一叢玫瑰，另外就是她母親在窗臺花架上種的花豆。她還知道植物底下有泥土，泥土裡頭有蚯蚓。她打了個冷顫。

珊普妮亞嬸嬸輕快地叩了叩褐色前門的門環，推門進屋，一面高聲呼喊：

「呀嗬！我把夏縵帶來啦！」

「真是太感謝妳了。」威廉叔公說。

一進門便是霉味很重的客廳，威廉叔公坐在一張散發霉味的鼠灰色的單人沙發上，身旁擺著一只大皮箱，彷彿一切準備就緒，只待出發。

「很高興見到妳，親愛的。」他對夏縵說。

「您好，先生。」夏縵有禮地回答。

兩人都還沒來得及寒暄幾句，珊普妮亞嬸嬸就說：

「好啦，很開心見到你們，不過我得先告辭了。她的行李放在那裡就好。」

她對馬車夫說。馬車夫乖乖聽令，就地將袋子扔在一進門之處，再度離去。珊普妮亞嬸嬸跟在他後面，身上昂貴的絲綢一路嘶嘶作響，邊走邊大聲說：

「再見了，兩位！」

前門砰的一聲關上了，留下夏縵和威廉叔公兩人面面相覷。

威廉叔公個子很小，頂上幾乎全禿，只剩幾綹細軟的銀髮橫掠過光圓的頭頂。他僵硬地弓著背，歪扭著身子，坐姿很不自然，夏縵看得出他十分難受。她訝異自己竟然為他感到難過，不過真希望不要這樣直勾勾盯著她看，這讓她感到內疚。威廉叔公的藍眼睛滿是疲憊，下眼皮鬆垂下來，露出眼裡像血一樣紅通通的一片。夏縵討厭血的程度跟蚯蚓不相上下。

「嗯，妳看起來是個高䠷又能幹的小姐。」威廉叔公說。他的聲音疲倦而溫柔。

「紅頭髮，這在我心目中是個好兆頭。非常好。妳覺得，妳能在我離開的時候照顧好這裡嗎？這地方恐怕有點亂。」

「應該沒問題。」夏縵回答。這個飄著霉味的客廳對她來說算是相當整齊了。

「您可以告訴我有哪些該做的事嗎？」

雖然我希望不會在這裡待太久，她這麼想著，一旦國王回信……

「這個嘛。」威廉叔公繼續說。「就是一般的家務，應該可以想像吧，只不過會用到魔法。這是當然了，大部分都得用魔法做。因為我不確定妳的魔法能力達到什麼程度，我採取了一些預防措施──」

糟糕！他以為我會魔法！夏縵心裡一驚。

她想打斷威廉叔公的話澄清，但這時兩人都被打斷了，只見前門咯噠一聲打開，高大挺拔的精靈成一隊列安靜地邁步進來，一身專業醫務人員的白色裝束，美麗的面孔不帶任何表情。夏縵看得兩眼發直，他們的優雅、身高、超然的姿態，最重要的是，他們徹底的沉穩無聲，這點讓她震懾不已。其中一位精靈將她輕輕推到一邊，她就呆立在那裡，感覺自己笨拙又礙事，其餘的精靈則圍攏在威廉叔公身邊，頂著一頭耀眼金髮俯身端詳。夏縵不確定他們做了什麼，但一眨眼，威廉叔公已經身著白袍，從椅子上被抬了起來，頭上黏著三顆狀似紅蘋果的物體。夏緹看得出他睡著了。

「呃……你們沒忘記帶他的行李箱吧？」精靈將威廉叔公抬到門口時，她問道。

「沒有必要。」一位精靈一邊回答，一邊壓住門，讓其他人將威廉叔公抬出去。

隨後，所有人都走上花園小徑離去了。夏緹急忙衝到敞開的門邊，對著他們的背影大喊：

「他會離開多久？」

因為「她要負責看家多長的時間」這個問題突然間變得迫切。

「直到治療好為止。」另一個精靈回答。

然後，還沒走到花園大門，所有人就消失無蹤了。

◈

註1　此處原文為Elves（Elf的複數），為免混淆並區別之，因此在前一集《沙塵之賊》中，genie翻譯為「魔精」。

註2　在前一集《沙塵之賊》故事終局，高諾蘭公主（彼時尚未有名字）提到其父親治理著一個小親王國或公國（原文為principality），而此集的各方面來看都傾向於親王國較合適。可推斷高諾蘭的君主體制為親王治理，有主權地統治一塊封地。本集自此章之後，角色還是稱呼高諾蘭親王為陛下或國王，因此翻譯時並沒有改稱為親王。

第二章　夏緲展開小屋探險

夏緲對著空無一人的小徑注視半晌，然後砰的一聲關上門。

「現在我該怎麼辦？」她對著空蕩蕩、飄散霉味的客廳說道。

「我想，妳應該要把廚房收拾乾淨，親愛的。」威廉叔公疲倦但和藹的聲音憑空響起。「很抱歉我留下這麼多待洗衣物。妳去打開我的行李箱，裡面有更詳細的指示。」

夏緲朝行李箱瞥了一眼。所以威廉叔公原本就打算將箱子留下。

「等我一下。」她轉對行李箱說。「我自己都還沒把行李拿出來呢。」

她提起兩個袋子，逕直朝唯一的另一扇門走去。

門在客廳的最裡面，夏緵首先用拎食物袋的那隻手開門，然後將食物袋換到另一手，空出一隻手開，最後乾脆將袋子都擱在地上，用雙手開，總算看到門後通往的是廚房。

她愣住片刻，趁門闔上前拖著兩個袋子拐了進去，又盯著看了幾眼。

「這也太亂了！」她說。

這原本應該是一間寬敞舒適的廚房，有一扇遠眺群山的大窗，溫暖的陽光傾瀉而入。不幸的是，此刻，陽光只是如聚光燈般打亮了洗碗槽、瀝水架和槽邊地板上堆積如山的大量杯盤。夏緵的目光失望地循著光線移動，看見金色的光輝投落在水槽邊上靠著的兩個巨大的帆布洗衣袋。待洗的髒衣將袋子塞得飽滿挺直，甚至被威廉叔公拿來充當架子，在上面疊了一堆沒洗的直柄小湯鍋和一個平底煎鍋之類的東西。

夏緵的目光繼續看到廚房中央的桌子。這裡似乎是威廉叔公用來存放三十來個茶壺和同樣數量的牛奶壺的地方——其中幾個還曾被拿來盛裝肉汁。夏縷心想，這些東西算是有自己的秩序，只是全擠在一起，而且不太乾淨。

「我想你應該病了好一陣子吧。」夏縷無奈地對著空氣說道。

這次沒有回應。她小心翼翼地走到洗碗槽邊，總覺得那裡好像少了什麼，過了半晌才發現竟然沒有水龍頭。也許這房子位置太偏遠，甚至沒有埋設水管。她望向窗外，看到外頭有個小院子，院子中間有個手壓的汲水器。

「所以我得去打水進來，然後呢？」夏縷問道。她看向另一頭黑烏烏、空盪盪的壁爐。現在畢竟是夏天，屋裡自然沒有生火，她也沒看見任何柴薪。

「我要燒水？用其中一個髒鍋子煮水，應該是吧——話說回來，我要怎麼漱洗？難道我沒辦法洗澡嗎？該不會他沒有臥室，甚至連浴室也沒有吧？」她說。

她連忙衝向壁爐再過去的一扇小門，使勁將門拉開。威廉叔公家的每扇門似乎都需要十個人的力量才打得開，她忿忿地想，她幾乎能感覺到魔法讓門扉緊閉的重量。她發現眼前是一間小小的食物儲藏室，架子上有一小甕奶油、一條看起來不甚新鮮的麵包、一個神祕地貼著「犬糧」標籤但似乎裝滿肥皂片的大袋子，除此之外什麼也沒有了。儲藏室深處堆了另外兩大袋髒衣服，和廚房那兩袋一樣塞得鼓鼓的。

「我要尖叫了。珊普妮亞嬸嬸怎麼可以這樣對我？媽媽怎麼能答應這種事？」夏綅說。

絕望之際，夏綅唯一能想到的，就是每當她陷入危機必定尋求的慰藉：**把自己埋進書本裡**。她將自己的兩袋行李拖到擺滿東西的廚房桌邊，在兩把椅子中選了一把坐下。她解開氈布包的帶釦，掛上眼鏡，急切地在衣物裡東翻西找，搜尋她事先拿出來讓媽媽替她打包的書。手上摸到的盡是柔軟的觸感，唯一一樣硬的東西是盥洗用品當中那塊大香皂。夏綅將香皂扔到客廳另一頭的空壁爐裡，繼續翻。

「我簡直不敢相信！她一定是最先把書放進去，所以在最下面。」她說。

夏綅將袋子倒過來，將所有東西抖落在地板上。袋子裡掉出一大疊摺得很漂亮的裙子、洋裝、長襪、上衣、兩件針織外套及蕾絲襯裙，還有足夠穿上一年的內衣。最後，她的新拖鞋重重落在上頭。然後就沒了，袋子已經癟了，空空如也。夏綅仍執意摸遍袋子內部，最後終於將它扔到一邊，讓眼鏡垂落到掛鏈末端，想著是否該大哭一場。貝克太太竟然忘了將書帶上。

「嗯。」夏縵稍微停頓，眨了眨眼睛，嚥了嚥口水，然後說。「我想我以前從來沒有真正離家過。下次出門我一定要自己打包行李，裝滿整袋子的書。現在，只能好好利用眼前的環境了。」

她立刻善用眼前的環境，將另一個行李袋抬到擺滿東西的桌面上，用力往後推，好在桌面騰出一些空間，就這樣硬生生將四個牛奶壺和一個茶壺給擠落下去。

「我不管啦！」她看著壺具摔落地面時嚷嚷。

不過讓她稍微鬆口氣的是，牛奶壺是空的，落地後只是反彈了幾下，茶壺也沒有摔碎，只是側倒在地，漏出些許茶水。

「這大概就是魔法的優點吧。」夏縵說著，鬱悶地掏出放在最上層的肉餡餅。她撩起裙襬塞在兩膝之間，兩隻手肘撐在桌上，咬了一大口肉餡餅，吃得有滋有味，感到安慰。

突然，有個冰涼涼顫抖著的東西碰到她右腿露出來的部分。

夏縵整個人僵住，連嘴巴也不敢咀嚼。她想，這廚房可能充滿巨大的魔法蛞蝓！

那冰涼的東西又碰了她右腿的另一處，同時傳來一聲微弱的嗚咽。

夏縵動作非常慢，緩緩地將裙子和桌巾掀開，低頭往下探。桌子底下坐著一隻體型極小的白色小狗，毛髮蓬亂，可憐兮兮地抬眼望她，渾身打著哆嗦。一發現夏縵低頭注意，小狗立刻豎起兩隻形狀不對稱又蓬亂的白耳朵，用牠又短又細的尾巴猛拍地板，然後再度低聲發出哀鳴。

「你是誰？沒人跟我說過有狗啊！」夏縵問。

威廉叔公的聲音又一次在空中響起：

「這是浪浪。妳要對牠溫柔一點。牠來到我身邊時是隻流浪狗，這傢伙似乎什麼都怕。」

夏縵對狗從來沒有把握。她媽媽說狗很髒，會咬人，家裡絕對不能養狗，所以夏縵遇到狗總是分外緊張。但這隻狗實在太小了，看起來又那麼潔白乾淨。而且牠對夏縵的恐懼，應該遠超過夏縵對牠的恐懼才對。此刻的牠仍然顫抖個不停。

「哦，別抖了。我不會傷害你的。」夏縵說。

浪浪繼續發抖，眼神楚楚可憐地望著她。

夏縵嘆了口氣，掰下一大塊肉餡餅，俯身遞給浪浪。

「來，這給你，就當作慶祝我碰到的不是蛞蝓吧。」她說。

浪浪發亮的黑鼻子對著餡餅顫動了幾下。牠抬頭注視夏縵，確定她是認真的，然後非常文雅地啣住餅，吃了起來。吃完，又仰頭凝望夏縵，還想要。夏縵被牠有禮的舉止吸引住了，又掰了另一塊。然後再另一塊。最後，他們平分吃掉了餡餅。

「沒了，吃完啦。」夏縵邊說邊抖落裙子上的餅屑。「這一袋我們得省著吃，因為屋裡似乎沒有其他食物了。現在，告訴我接下來該做什麼吧，浪浪。」

浪浪迅速小跑步到像是後門的地方，站在那兒搖著牠的一小撮尾巴，發出微弱的嗚嗚聲。夏縵將門打開——果然和前兩扇門一樣難開——她跟著浪浪來到後院，心想這應該表示她得打一些洗碗用的水。但是浪浪一路小碎步跑過了汲水器，來到角落一棵樹皮斑駁像是生了疥癬似的蘋果樹旁，抬起牠的小短腿，對著樹撒尿。

「我懂了。」夏縵說。「原來那是你該做的，不是我該做的事。而且看樣子你對那棵樹不太好啊，浪浪。」

浪浪給她使了一個眼色，然後在院子裡奔來跑去，東嗅西聞，不時朝著草叢抬起牠的腿。夏縵看得出牠在這個院子裡很有安全感，但仔細一想，她自己也是如此。

這裡有一種溫暖、安穩的感覺，就好像威廉叔公在四周設下魔法屏障一樣。她站在汲水器旁，抬眼凝望圍欄後頭，陡然拔起的大山。一陣若有似無的微風從高處吹送下來，帶著一絲冰雪與初綻花朵的味道，而不知為何，這味道讓夏緹聯想到那些精靈。不曉得，他們是不是將威廉叔公帶上了山。

她想，他們最好快點把威廉叔公帶回來，我在這裡待上超過一天，肯定就要發瘋！

房子旁邊的角落處有一間小屋。夏緹走過去探查，嘴裡喃喃自語：

「應該是鏟子、花盆之類的東西吧。」

沒想到一拉開頑固的門，裡面竟有一個巨大的銅製水缸、一台軋布機，水缸下還有生火的地方。她注視著這一切，彷彿眼前是博物館的一件奇怪展品，她呆愣半晌，終於想起自家院子裡也有一間類似的棚屋。對她來說，那個地方和這裡神祕的程度不相上下，因為她從來不被允許踏進一步。但她確實知道，有一位手掌通紅、臉色發紫的洗衣婦，她每週會過來一次，在棚屋裡製造很多蒸汽，然後不知怎麼地，裡面就會變出乾淨衣服來。

啊，是洗衣房。她繼續思考：我想你得將那些髒衣袋放進缸子裡，在水中煮滾。但是該怎麼做呢？我開始覺得我的生活被保護過頭了。

「但這也是我的幸運。」她大聲脫口而出，腦中想起洗衣婦紅通通的雙手，泛著紫紅的面龐。

她想，可是我沒辦法用那東西洗碗，或者洗澡。我難道要泡在缸子裡把自己煮熟嗎？再說，老天爺，我該在哪裡睡覺？

夏綠為浪浪留了門，自己回到屋裡，她邁步走過洗碗槽、髒衣袋、擁擠的桌子，和地上那堆她自己的東西，來到最遠那面牆的門前，使勁拉開。門後看到的又是那間霉味很重的客廳。

「這下完了！臥室到底在哪？浴室在哪？」她說。

威廉叔公疲憊的聲音從空中傳來：

「親愛的，要到臥室和浴室的話，妳必須一打開廚房門就立刻左轉。很抱歉，讓妳面對這一團混亂。」

夏綠回頭望向敞開的廚房門，以及門後的廚房。

「哦，是嗎？好，我來試試。」她說。

她小心翼翼地倒退回廚房，讓門在眼前關上。接著，她又費了九牛二虎之力（這開始變得有如家常便飯），將門拽拉開來，然後在她還沒有時間覺得荒謬之前，迅速左轉踏進了門框。

夏纓發現自己置身於一條走廊，走廊盡頭有一扇開著的窗戶。窗外吹進來的微風，充滿濃郁的山雪氣息和花香。夏纓驚訝地瞥見窗外斜過的一片綠色草坡和遠方的幾抹青影，與此同時，她正忙著轉動最近一扇門的把手，用膝蓋頂住門板向前推。

門倒是很輕鬆打開了，好像經常使用似的，夏纓一個踉蹌跌進一股氣味當中，讓她瞬間忘卻方才窗外的清香。她站在原地，抬高鼻子愉快地嗅聞。那是舊書散發的美妙霉味。她環顧四周，房間裡肯定有幾百本書，書本排滿四面牆的書架，還堆在地板上，疊在書桌上，大部分是皮封面的舊書，但地板上也有一些看起來較新的彩色封面書。這裡顯然是威廉叔公的書房。

「哇！——」夏纓驚呼出聲。

她完全忽視窗景正是前院花園的繡球花，低頭端詳桌上的書。這些書大而厚重，散發著濃郁的香味，有些還用金屬扣鎖住，好像翻開會有危險似的。夏緌已經拿起離她最近的一本書，這才注意到桌上有一張硬挺的紙攤平放著，上面滿是顫抖的筆跡。

「我親愛的夏緌。」她唸道，然後在書桌前那張有襯墊的椅子上坐下來，閱讀其餘的內容。

我親愛的夏緌：

謝謝妳如此體貼，願意在我不在的期間照看房子。精靈說我應該會離開兩週左右。（謝天謝地！夏緌心想。）如果有併發症則可能要一個月。（哦。）請原諒妳所見的混亂，實在是因為我被病痛折磨好一段時間了。但我相信妳是個聰明機敏、善於應變的少女，一定很快就能適應環境。如果遇到困難，我已經預先在可能的必要之處留下口頭指示，妳只要大聲說出問題，就會得到回答。更複雜的情況，行李箱裡會有說明。請善待浪浪，牠來我家的時間不夠長，還沒能建立安全感，另外，書房裡的書妳儘管看，除了擺在這張桌子上的書以外，它們對妳來說多半力量太強大，屬於更進階的程度。（哼！說得好像我多想看似的，夏緵想。）最後，祝妳在這裡暫住的日子過得開心，希望不久我就能當面向妳致謝。

妳慈愛的姻曾叔公

威廉・諾蘭

「我想這代表我們是姻親。」夏緵自言自語。「他應該是珊普妮亞嬸嬸的叔公，原來如此，她嫁給了奈德叔叔，也就是爸爸的叔叔，不過他已經過世了。真可惜。我原本還希望我能繼承到他的魔法能力呢。」

然後她很禮貌地對空氣說：

「真的很謝謝您，威廉叔公。」

夏緵心想，沒有回應。嗯，當然不會有回應，因為我沒有提出問題。接著，她開始研究桌上的那幾本書。

她手裡厚厚的那本叫做《空與無之書》[1]。不出所料，書一打開，裡面全是空白的，但翻過每一頁時，她的手指可以感覺到暗藏魔法的空白頁面似乎發出貓咪的呼嚕聲，有什麼正在不安分地扭動著，她趕緊將它放下，拿起另一本《沃氏星卜術指南》[2]。這本書令她有點失望，因為書裡大部分是黑色虛線的圖表，還有從黑線延伸出各種紅色小方塊組成的圖案，幾乎沒有文字可讀。即使如此，夏綅盯著它的時間比自己預想的還要長，那些圖表想必有某種催眠力量，她費了好一番功夫才擺脫那本書，接著看另一本《進階開創型巫術》[3]，這本更不是她喜歡的類型。書裡全是冗長的段落，文字排列得密密麻麻，每一段開頭幾乎都像這樣：假如根據本人在前作中提出的研究結果推斷，我們會發現我們已經準備好，開展次典型現象學的延伸探討工作……

夏綅內心嘀咕，不，我們才沒有準備好。

她也放下了這本，然後使勁抬起桌角那本正方形的磚頭書。書名是《魔法ê冊》[4]，原來是外文書。夏綅判斷，可能是因格利王國的語言吧。但有趣的是，這本書被拿來充當文鎮使用，下面壓著一大堆來自世界各地的信件。夏綅按捺不住好奇，花了很長的時間翻閱這些信，並且對威廉叔公越來越敬佩。寫信者幾乎都是巫師，他們不是來信向威廉叔公請教魔法奧義——顯然他是公認的專家——就是恭賀他在魔法上的最新發現。每封信的字都醜得可怕，夏縵皺眉痛苦地看著，然後將字最嚇人的一封舉高起來，迎向日光。

親愛的巫師諾蘭（她看起來應該是這幾個字）：

您的大作《關鍵咒語》對我在空間維度（還是「空閒程度」？夏縵納悶）方面的研究有很大的幫助，不過在下想提出一個小發現，與您在書中談到「梅鐸的耳朵」的章節有關（「梅林的手臂？梅菲的定律？」我放棄了！夏縵想）。下回我到高諾蘭時，是否可以跟您聊聊？

謹致上最誠摯的遐思

巫師霍爾．潘卓根

（「敏感？敬意？故意？」天哪！這什麼鬼字！夏縵哀號）

「真受不了！這人是拿撥火鉗寫字嗎？」夏縵大聲嚷嚷著，拿起下一封信。這是國王的親筆信，雖然字行像波浪一樣高低起伏，又是古典字體，讀起來卻容易多了。

親愛的戚（讀到這裡，夏縵更加敬畏與詫異）：

寡人所負的艱鉅任務今已完成過半，猶不得其解，此刻僅能仰仗你了。寡人深切期盼所遣精靈能順利助你康復，望早日再獲益於你寶貴的建議與鼓勵。謹致上寡人最誠摯的祝福。

你衷心盼望的
高諾蘭王阿道弗斯

所以精靈是國王派來的！

「原來是這樣啊。」夏縵喃喃地說，一邊翻看最後一疊信件。

這一疊每封信的字跡各有千秋，感覺每位寫信者都想展現自己最優美的風格，而且儘管說法不同，似乎都在表達同一件事——求求您，巫師諾蘭，我真的很希望拜您為師，您能否收我為徒？有幾封說要給威廉叔公錢，有一封說他可以送威廉叔公一枚魔法鑽戒，還有一封應該是個女的，怪可悲地寫道：我生得不算美，但我妹妹很漂亮，她說如果您同意收我為徒，她願意嫁給您。

夏緲實在不敢領教，匆匆翻完剩下的幾封。這些信不斷讓她想起自己寫給國王的信。她暗忖，也同樣都是白忙一場。因為在她看來，一位名聞遐邇的巫師收到這種信，肯定會毫不猶豫回絕的。她將信全部收整好壓回《魔法ê冊》下面，瀏覽起桌上其他的書。書桌最後面立著一整排又大又厚的書，全都標有拉丁文「魔法全書[5]」的字樣，她打算晚一點再看。她又隨意挑了另外兩本。其中一本名為《潘斯特蒙夫人的道路：通往真理的指標》[6]，這書名給她一種無聊說教的感覺。她用拇指撥開另一本的金屬扣，展開到第一頁，才看到書名寫著：《複寫本文錄》[7]。夏緲往後翻，發現每一頁都記載了一個咒語，而且相當清楚，有標題說明它的作用，下面附上材料清單，隨後是標有順序的各個步驟，告訴你必須執行的動作。

「這還差不多！」夏縵說著，坐下來仔細閱讀。

過了好一段時間，當她在「區分敵友的魔咒」、「擴展心智的魔咒」，甚至「飛行咒」之間猶豫不決，無法判定哪個比較實用時，夏縵猛然驚覺自己需要上廁所，而且已經十萬火急。這種情況往往發生在她讀得忘我的時候。她整個人彈起來，夾緊膝蓋，這才想到浴室的位置依舊不明。

「我要怎麼從這裡走到浴室？」她放聲大喊。

威廉叔公虛弱但和藹的聲音令人安慰地立刻響起：

「出門到走廊左轉，右手邊第一道門就是浴室了，親愛的。」

「謝謝您！」夏縵喘著氣說，然後拔腿狂奔。

註1　原文為 *The Book of Void and Nothingness*。
註2　原文為 *Wall's Guide to Astromancy*。
註3　原文為 *Advanced Seminal Sorcery*。
註4　原文為 *Das Zauberbuch*。語源為德文。
註5　原文為 *Res Magica*。
註6　原文為 *Mrs Pentstemmon's Path:Signposts to the Truth*。
註7　原文為 *The Boke of Palimpsest*。

第三章　夏綠一次施展多重咒語

浴室就如威廉叔公的聲音一樣，很令人安心，有磨得舊舊的青石地板，一扇小窗，窗口的綠紗簾迎風翻飛著。所有設備都與夏綠在家熟悉的一樣，而她想，家裡的肯定是最好的。更棒的是，浴室裡有水龍頭和沖水馬桶，雖然浴缸和水龍頭的形狀挺奇怪的，略呈球狀，好像當初安裝的人不確定自己的意向；不過，夏綠試探性地扭開水龍頭，發現底下流出冷水與熱水，一切運作如常，鏡子下方的掛桿上還備有熱毛巾。

夏縵思索著，或許我可以把一袋衣服放進浴缸裡洗？但要怎麼將水擰乾？

浴室對面，也就是走廊的另一邊，有一整排的門一直延伸到遠處，消失在昏暗中。夏縵走到最近的一扇門前，推開它，猜想應該又會通往客廳，沒想到門後是一間小小的臥室，從其中的混亂程度判斷，肯定是威廉叔公的臥室沒錯。床鋪沒有整理，白色的床罩拖曳下來，差一點就能完全覆蓋住散落地面的幾件條紋睡衣。抽屜櫃口露出幾件襯衫衣角，還有襪子和長袖內衣褲之類的衣物，垂懸在抽屜邊緣。敞開的櫥子裡放著一套散發霉味的服裝，應該是某種制服。窗戶下方又是兩大袋塞得鼓鼓的待洗衣物。

「他想必是真的病了很久。」夏縵大聲哀號。她試著發揮同理心這樣想。「但是，我的珍珠母貝啊，為什麼我要處理這一切？」

這時，床抖顫起來。

夏縵驚跳一下，轉身看向床鋪。原來是浪浪在抽動，牠舒舒服服地蜷起身子，窩在隆起的床單堆裡，此刻正搔抓著跳蚤。一見夏縵在瞧牠，牠立刻搖起稀疏的小尾巴，卑躬屈膝地，垂下兩隻凌亂微禿的耳朵，懇求似地對她低聲嗚咽。

「你不應該在那裡吧，難道不是嗎？」她對浪浪繼續說。「好啦，看得出來你很舒服——反正，我打死也不會睡那張床的。」

她大步走出房間，打開隔壁那扇門。令她欣慰的是，這是另一間臥室，除了裡面相當整齊以外，其他幾乎與威廉叔公那間一模一樣。床鋪乾淨整潔，櫥子緊閉，仔細查看，抽屜全是空的。夏縵對房間點頭表示滿意，繼續沿著走廊打開下一道門。又是一間整潔的臥室，接下來還有一間，每間房都如出一轍。

我最好將行李放到我要睡的那間裡，否則之後恐怕又找不到了，她盤算著，轉身回到走廊，發現浪浪已經下了床，正用兩隻前腳的爪子抓著浴室門。

「你不會想進去的。這些東西對你一點用處也沒有。」夏縵對牠說。

但不知怎地，夏縵人還走沒到，門就開了。門後是廚房。浪浪得意洋洋地小步跑了進去，夏縵再度哀號。那一團混亂仍原封不動，沒有消失。沒洗的碗盤、大袋的髒衣服，現在還多了一只茶壺躺在一攤茶水裡，桌邊堆著夏縵的衣物，還有壁爐裡的一大塊綠色香皂。

「我都忘了還有這些東西。」夏縵說道。

浪浪抬起兩隻小小的前掌，搭在椅子底下的橫桿上，完全伸直了身子做出懇求狀。

「你又餓了。我也是。」夏縵診斷。

她坐到椅子上，浪浪則搭在她的左腳上，他們又一起分食了一個肉餡餅。然後，他們繼續分食了一塊水果餡餅、兩個甜甜圈、六塊巧克力餅乾、一塊奶油餡餅。這會兒，浪浪總算拖著沉重的腳步走向內門，伸爪一抓門就開了。夏縵撈起地上的衣服堆，跟在浪浪後面，想將自己的行李拿進第一間空臥室裡。

不過事情在這裡出了點差錯。夏縵用一隻手肘推開了門，很自然地向右轉，預期會踏進那道有好幾間臥室的走廊，卻發現置身於一片黑暗，且幾乎同一時間撞上了另一道門，手肘匡噹一聲敲在門把上。

「好痛！」她喊出聲，摸找門把，將門打開。

門扉以一股莊嚴之勢向內敞開。夏縵走進一個大房間，四面圍繞著許多拱形窗，空間敞亮，她發現自己呼吸的空氣有一種潮濕、悶熱、像是皮革的味道，一種飽受忽視的氣味。氣味的源頭，似乎是雕刻木椅上陳舊的皮座墊，那些椅子繞著占據大半房間的雕花大桌排成了一圈。每個座位前都擺著一塊皮墊子，墊子上各有一張老舊枯皺的吸墨紙，只有一個位子除外——那是位於房間最裡面，特別大的座位，椅背後刻有高諾蘭的國徽，座位前擺的不是墊子，而是一根粗短的小棒子。所有東西，無論是椅子、桌子、墊子，都蒙著一層灰，不少窗戶的角落都結了蜘蛛網。

「這是用餐室，還是什麼？要怎麼從這裡去臥室？」夏綴看得發愣。

威廉叔公說話了，聲音聽起來微弱而遙遠：

「妳到了會議室。如果妳人在那裡，那麼妳迷路得可嚴重了，親愛的。仔細聽好，順時鐘轉一圈。然後也是順時鐘，只用左手把門打開。走出去，讓門在妳身後關上。接著，身體方向不要轉動，朝妳的左側跨兩大步，這樣妳就會回到浴室旁邊了。」

但願真是如此！夏綴心想，一邊盡力遵照指示動作。

一切都進行得很順利，除了門在她背後關上，瞬間四下全黑的那一刻，夏綴發現自己眼前盯著一條完全陌生的石磚廊道，有一名彎腰駝背的老人推著餐車，車上裝滿熱氣蒸騰的銀茶壺、水壺、用保溫餐爐盛裝的菜餚，還有一堆像是小圓煎餅的東西。她眨了眨眼，判定若是她叫住老人，對她自己或老人都不會有多大好處，於是向左跨了兩大步。下一秒她發現自己就站在浴室旁邊，真是鬆了口氣，從那個位置，她可以看見浪浪在威廉叔公的床上轉來轉去，好調整出最舒服的位置。

「真是驚險！」夏縵說道，隨後走到隔壁房，將那堆衣服一股腦扔到抽屜櫃上頭。

之後，她沿著走廊一直走到盡頭那扇敞開的窗，在窗前佇立幾分鐘，凝望那片閃耀著陽光的草坡，呼吸從窗外吹送進來新鮮而冷冽的空氣。她認為，一個人要爬出去應該是輕而易舉。爬進來也是。不過她眼裡看的其實不是草坡，腦中想的也並非清新的空氣，她的滿腹心思都縈繞著那本誘人的咒語書，而那本書被她攤開，正擱在威廉叔公的書桌上。打從出生以來，她從來不曾像這樣可以無拘無束地探索魔法的世界。這實在太難以抗拒了。我就隨便翻開一頁，試試第一個看到的魔咒，一個魔咒就好。她想。

她想。回到書房時，不知為何，《複寫本文錄》翻到了「找到英俊王子的魔咒」這一頁。夏縵搖搖頭，闔上書。

「誰需要王子啊？」她說，然後小心選擇不同位置，再度翻開，這次頁面的標題是「飛行咒」。

「太棒了！」夏緲說。「這才像話嘛！」

她戴上眼鏡，檢視材料清單：

紙一張

鵝毛筆一枝（簡單，這張桌子上就有）

雞蛋一個（廚房或許有？）

花瓣兩片——一片粉紅色一片藍色

水六滴（浴室）

紅色毛髮一根

白色毛髮一根

珍珠鈕扣二顆

「太簡單了。」夏緌說。她摘下眼鏡，開始四處收集材料。她急匆匆地奔到廚房——她到達的方式是打開浴室的門，向左轉，然後很興奮地發現自己做對了——她對空氣發問：

「哪裡可以找到雞蛋呢？」

威廉叔公溫柔的聲音回答：

「親愛的，雞蛋在儲藏室，用個盤子裝著，我想它應該被洗衣袋擋住了。很抱歉給妳留下這一團混亂。」

夏緌走進儲藏室，探身到洗衣袋後面查看，果然發現一個舊的烤派盤，裡面裝了半打棕色的雞蛋。她小心翼翼地拿了一顆回到書房。由於這時眼鏡掛在鍊子上，她沒注意《複寫本文錄》翻到了「發掘寶藏的魔咒」那一頁。她匆匆趕到書房的窗邊，窗邊有一叢繡球花，伸手就可以摘到花瓣，而且這株繡球開的花正好一半是粉紅色，一半是藍色的。她將花瓣放在雞蛋旁邊，再急忙衝到浴室，用漱口杯收集了六滴水。回程途中，她穿過走廊來到威廉叔公的床前，只見浪浪蜷在被子上活像一坨蛋白霜。

「失禮啦。」夏綅對牠說，然後用手指沿著牠亂蓬蓬的雪白後背耙梳下來。她斬獲為數不少的白色毛髮，將其中一根擺在花瓣旁邊，再加上從自己頭上拔的一根紅頭髮。至於珍珠鈕扣，她直接從自己的上衣前襟扯了兩顆下來。

「好了。」她說，然後急切地戴上眼鏡查看說明步驟。《複寫本文錄》這時翻到了「人身保護魔咒」那一頁，但夏綅實在太興奮了，竟然沒注意到。她直接讀說明的部分，分成五個步驟，步驟一寫著：將除了鵝毛筆和紙以外的所有材料放入一個合適的碗中。

夏綅摘下眼鏡，在書房裡四處掃視，沒發現有碗，更談不上合不合適了，她只得再次回到廚房。她走開後，《複寫本文錄》懶洋洋、賊兮兮地又翻動了幾頁。等夏綅將一只碗裡的糖倒進一個不算太髒的碟子裡，再帶著殘留著甜味的碗回來時，《複寫本文錄》翻開的頁面寫著「增強魔力的魔咒」。

夏綅沒注意到。她將碗置於桌上，一股腦倒入雞蛋、兩片花瓣、兩根毛髮和她的兩顆鈕扣，最後小心地將水滴在上面。接著，她戴上眼鏡，俯身察看書本，想知道下一步該做什麼。此時《複寫本文錄》顯示的是「隱身咒」的頁面，但夏綅只顧著看步驟，仍舊沒發現。

步驟二要她：只用鵝毛筆，將所有材料搗碎混合。

要用一根羽毛搗碎雞蛋並不容易，但夏縵辦到了，她以削尖的那端反覆戳刺，終於將蛋殼搗碎，然後再使勁攪拌，賣力到披頭散髮，一綹綹的紅髮都垂到了臉上，最後實在沒法好好混合材料時，再換用羽毛那端繼續攪拌。當她終於氣喘吁吁站直身子，用黏答答的手指撥開頭髮時，《複寫本文錄》又翻過了一頁，現在的頁面是「點火咒」，但夏縵忙著注意不讓蛋液沾到眼鏡，根本渾然不覺。她戴上眼鏡端詳步驟三。咒語的步驟三寫著：複誦「高高團圓速速起」三次。

「高高團圓速速起。」夏縵恭順地對著碗誦唸。她不確定是否唸對，但唸到第三次時，她覺得珍珠鈕扣周圍的碎蛋殼似乎快速掀動了幾下。有了有了！她想。她將滑下來的眼鏡扶好，查看步驟四。這時她看的步驟四，是「隨心所欲控制物體的魔咒」的步驟四。

「拿起鵝毛筆，」書上這麼說。「使用備好的混料，在紙上寫下『吧飛』，再畫一個五邊形把字框起來。寫的時候務必小心不可觸碰到紙。」

夏縵拿起那枝滴著混料、黏乎乎的羽毛筆，上面黏了像是裝飾一樣的蛋殼碎片和一小片粉紅色花瓣，她只能盡力而為了。要沾這混料寫字有點困難，而且似乎沒辦法讓紙張固定不動。夏縵一邊沾取混料努力塗劃，紙張一邊滑來滑去，結果寫出來的「吧飛」兩字黏成一團難以辨識，筆畫歪七扭八的，再加上寫到一半時，碗裡那根紅頭髮沾到筆上，順勢添了幾個古怪的圓圈，最後那兩字看起來還比較像「跑飛」。至於五邊形，由於夏縵畫的時候紙張一直往側邊滑，畫出來的圖案充其量只能說它有五個邊，是一個令人感到不祥的蛋黃色形狀，其中一角還黏著一根狗毛。

夏縵長吁一口氣，用她裹了漿糊似的手將頭髮往後抹，查看最後一個步驟，步驟五。這時她看的是「實現願望的魔咒」的步驟五，但手忙腳亂的她根本沒發現。步驟說明寫著：把羽毛放回碗裡，拍手三下，然後說：「令律如」。

「令律如！」夏縵用力拍擊黏乎乎的手掌說。

顯然有什麼生效了。紙、碗和鵝毛筆全都一聲不響地消失無蹤，流淌到威廉叔公書桌上的黏稠物也大多不見了。《複寫本文錄》啪的一聲闔上。夏縵往後退了一步，撥去手上沾黏的碎屑，感到筋疲力盡，而且失望。

「我應該要能飛才對呀。還是要去哪裡測試比較好呢？」她自言自語說。

答案很明顯。夏縵走出書房，一路來到走廊的盡頭，敞開的窗戶外面是一片誘人的碧綠草坡，窗臺又寬又低，要翻過去太容易了。不出幾秒鐘，夏縵人已經到了夕照輝映的草地上，呼吸著山裡清新冰涼的空氣。

事實上，此刻她就高高站在山上，高諾蘭的大半國土在她腳下延展開來，染上向晚時分的蔚藍暮色。在她對面，皚皚白雪覆蓋的山峰，被沉落的夕陽照成了橘紅色，看似近在咫尺，實則遠在天邊，構成了她的國家與斯坦蘭吉亞等外國接壤的邊境。她身後還有更多綿延的峰嶺，大塊深灰帶暗紅色的雲朵逐漸在此群集，彷彿有股不祥的預兆。這裡很快就要下雨了，高諾蘭的天氣經常這樣，但這一刻仍相當暖和平靜。幾塊岩石過去有另一片草地，有綿羊在上頭吃草，夏縵還聽到牛群的哞哞叫和鈴鐺的鳴響，距離應該不遠。她循著聲音的方向搜尋，驚訝地發現牛群竟然就在上方的一片草地，而且放眼望去，不管是威廉叔公家或她爬出來的窗口，都已完全不見蹤影。

夏縵並不為此擔心。她從來沒到過這麼高的山上，景色之美令她驚嘆極了。她腳下的青草比她在城裡見過的都來得翠綠，微風吹過草地帶來陣陣清香，仔細一瞧，原來草叢低矮處生著成百上千朵小巧細緻的花朵，是它們散發的香氣。

「哦，威廉叔公，你真幸運！想想看，書房外竟然有這片美景！」她不禁大喊。

有好一段時間，她忘情地四處亂逛，小心避開花叢中忙碌的蜜蜂，為自己摘了一束花，希望每種花都有一朵。她摘了一朵小小的紅色鬱金香，一朵白色鬱金香，一朵金黃色的星形小花，一朵淺色的迷你報春花，一朵淡紫色的藍鈴花，一朵藍色杯子花，一朵橘色蘭花，也從生長得密密麻麻的粉紅色、白色、黃色花叢中各摘了一朵。但她最鍾愛的要屬藍色的小喇叭花，那藍色的透澈簡直超乎想像。夏綠認為那可能是龍膽花，忍不住多摘了幾朵。它們是多麼小巧，多麼完美，多麼藍啊。她一路沿著草坡往下走，朝著一處看似地勢陡降的地方前進。她想，她可以從那裡往下跳，看看咒語是否真的能讓她飛起來。

走到急降處時，她發現手中的花已經多到捧不住，儘管草坡邊緣的石塊間還有六種沒看過的花，也不得不打消去摘的念頭。但下一秒，她立刻忘了花的事，只顧著直盯眼前。

原來草坡的盡頭是一面懸崖，足足有半座山高。在底下很遠很遠的地方，有條細線般的小路，路旁，她看見威廉叔公的房子，像個灰色小方塊坐落在糊成一團的花園當中。她也看見路上前前後後散布了其他住家，同樣感覺好遠，屋裡的燈火陸續亮起，微小的橙色光芒一閃一爍。房子竟然都在底下那麼遠的地方，看得夏縵不禁倒抽一口氣，膝蓋微微顫抖起來。

「我想我還是先不要練習飛好了。」她說。

*但是我該怎麼下去？*內心有個聲音竊竊發問。

另一個內心聲音堅定回答，*現在別想那個了，先好好欣賞風景吧。*

畢竟，在這裡，她幾乎能將整個高諾蘭盡收眼底。往威廉叔公家的後方望過去，山谷逐漸收窄成青翠的鞍部，瀑布流洩閃耀著白光，這裡便是通往蒙塔比諾的山口。往另一個方向看去，越過草坡所在的隆起丘地，那條細線小路與另一條更蜿蜒曲折的涓涓細流交會在一起，然後雙雙沒入高諾蘭城錯落有致的屋頂、高塔與角樓之間。城裡也亮起了點點燈火，但夏縵仍可看見王宮著名的金色屋頂映照出柔和的光芒，屋頂的旗幟搖曳著，再過去，她甚至還認出了自己家的房子。*其實沒有太遠啊。*夏縵驚訝地發現，原來威廉叔公家一出城就到了。

山谷在城鎮後方豁然開展，探出群山的陰影後，整片谷地明亮許多，最後與遠方的暮色交融在一塊，閃著橙色的光點。夏縵可以看見細長高聳、造型別具意義的喜樂堡，那是國家儲君的居所，還有另外一座她不認識的城堡。這座城堡高大黝黑，其中一個塔樓不斷飄出黑煙。再往後，土地漸漸淡入一片幽藍，那裡遍布著農場、村落和各種產業，構成了支撐國家運作的核心。事實上，夏縵還看到了大海，霧溶溶的，就在過去一點的地方。

我們似乎不是很大的國家呢，她心想。

這時，手中的花束發出刺耳的嗡嗡聲，打斷了她的思緒，她舉高花束查看雜音的來源。山上草坡這邊的陽光仍相當耀眼，亮得足以讓夏縵清楚看到，那也許是龍膽花的藍色喇叭狀小花當中，有一朵一邊嗡嗡作響，一邊搖顫抖動。想必是她不小心摘到有蜜蜂在裡頭的花了。夏縵手握花束朝下抖一抖，一個紫色的東西咻地掉了出來，墜入她腳邊的草叢裡。牠的形狀看起來不像蜜蜂，況且蜜蜂應該會飛走，牠則是停在草地上發出嗡嗡聲，於此同時，形體還變得越來越大。夏縵有些緊張，沿著懸崖邊往側邊跨了一步。牠現在已經比浪浪還大了，而且還在持續增長。

她想，情況有點不妙，這是什麼玩意？

夏縵還來不及再次移動或思考對策，那東西已經瞬間大到一個人的兩倍高。牠通身暗紫，外形像人，但不是人，背上生有紫色透明的小翅膀，正咻咻振翅著，輪廓模糊不清，而牠的臉——夏縵不得不轉開視線。牠的臉是一張昆蟲的臉，有用來探索和感覺的觸鬚和觸角，突出的眼睛，眼睛裡至少還有十六隻更小的眼睛。

「我的老天！」夏縵低聲驚呼。「我想這傢伙是魯伯克！」

「我是魯伯克。」那東西宣告，聲音像是混合了嗡嗡聲和齜牙低吼。「我是魯伯克，我是這塊地的主人。」

夏縵聽說過魯伯克。大家在學校私下談論過魯伯克的事，但從來不是什麼好事。他們說，唯一的辦法的就是表現得很有禮貌，指望能安全脫身，不被螫傷或吃掉。

「非常抱歉，我不知道我誤闖了你的草地。」夏縵說。

「妳走到哪裡都是非法入侵。妳眼睛看得到的土地都是我的。」魯伯克厲聲咆哮。

「什麼？你說整個高諾蘭？你別胡說八道！」夏縵說。

「我從不胡說八道。這裡全都是我的。妳也是我的。」那東西說。牠咻咻振翅，陰森地邁步靠近她，牠的腳極不符合自然規律，呈一團團黏稠的不規則形狀，又岔出金屬線般的捲鬚。「我很快就會來討回我的土地，但現在我要先把妳帶走。」

牠咻咻地大步逼近夏縵，張開手臂，臉部下方的一根尖刺也同步伸出。夏縵尖叫一聲躲開，就這麼從懸崖邊摔了下去，灑落的花朵漫天飛舞。

第四章　羅洛與彼得登場，浪浪出現神祕的變化

夏綏聽見魯伯克發出的咻咻怒吼聲，但因為她的墜落引發一股強風，她聽得不甚清楚。巨大的崖壁在她面前疾速掠過，她一路不停尖叫。

「吧飛！吧飛！」她繼續大吼。「拜託，老天行行好！吧飛！我施了飛行咒，為什麼都沒用？」

魔咒確實有用。夏綏發現的時候，原本在面前快速飛升的岩壁速度慢了下來，變成緩慢的爬升，然後輕盈地滑行，最後只是在原地磨磨蹭蹭。有那麼半晌，她整個人浮在半空中，微微上下晃動，剛好就停在峭壁突出的巨大岩石尖錐上方。

說不定我已經死了，她想。

「這簡直太扯了！」她以笨拙的動作拚命踢腿、揮舞手臂，總算翻過身來。威廉叔公的房子映入眼簾，隔著黃昏的薄霧，離她還有好一段距離，大約四分之一里遠。

「現在我在空中浮得很好。」夏緵繼續自問。「可是要怎麼移動呢？」

這時，她想起魯伯克有翅膀，可能正從高處朝她咻咻飛來，一想到這，她根本無須再問，自動開始全力踢腿，義無反顧地朝威廉叔公的房子俯衝而去。她飛過屋頂，穿越前院花園，魔咒到了這裡似乎就失效了，最後的千鈞一髮之際，她將身體往旁邊一拽，滑到花園小徑上方，隨後砰地一屁股坐到平整的碎拼石磚上，全身顫抖個不停。

安全了！她心想。似乎只要在威廉叔公設下的界線內，一切都會平安無事。她感覺得到。緩和片刻後，她說：

「哦，天哪！這是什麼鬼日子！我明明只求有一本好書，和一點清靜的閱讀時間……都是討厭的珊普妮亞嬸嬸啦！」

此時，她身邊的灌木叢窸窣作響，繡球花叢倒向一側，裡面鑽出一個小藍人，跳到小徑上，嚇得夏縵往後一縮，差點又放聲尖叫。

「妳是這裡現在的負責人嗎？」小藍人用粗啞的聲音問。

就算在暮色中，小人看起來也毫無疑問是藍色，不是紫色的，而且沒有翅膀。他的臉皺巴巴的，布滿顯示壞脾氣的皺紋，巨大的鼻子幾乎占據整張臉，但那不是昆蟲的臉。夏縵的恐慌一掃而空。

「你是誰？」夏縵問。

「我是寇伯[1]，這還用說嗎。」小人繼續回答。「寇伯在高諾蘭無所不在。我負責整理這裡的花園。」

「晚上整理花園？」夏縵問。

「我們寇伯族多半晝伏夜出。我剛才問了——現在妳是負責人嗎？」小藍人說。

「嗯，算是吧。」夏縵說。

「就知道。」寇伯的語氣難掩得意。「我看見巫師被那些大傢伙抬走了。那麼，妳想把繡球花都砍掉嗎？」

「為什麼要這樣？」夏縵問。

「因為我喜歡砍東西。這是園藝工作的主要樂趣啊。」寇伯解釋。

有生以來從沒關心過園藝的夏縵想了想。

「不要砍。假如威廉叔公不喜歡繡球花，那一開始就不會種了。他很快就會回來，到時候發現花全部被砍掉，應該會很難過吧。這樣，你做平常晚上的工作就好，等他回來再問他的意思，如何？」她說。

「哦，他一定會拒絕的。他就愛掃別人的興，那個巫師超會這樣。所以收費照老樣子？」寇伯鬱悶地說。

「老樣子是怎麼算？」夏縵問。

寇伯立刻回答：

「妳要給我一罐金子和一打新鮮雞蛋。」

幸好，威廉叔公的聲音同時響起：

「親愛的，我每天晚上會給羅洛一品脫的牛奶當作酬勞，用魔法自動送過去，所以妳不需操心。」

寇伯一臉嫌惡往小徑上啐了一口：

「我剛才不是說了？這人是不是很掃興？話說，妳打算在這裡坐一整晚嗎，我可是有一堆工作要忙。」

「我只是休息一下，現在要走了。」夏綠理直氣壯地說。她站起來，感覺身體異常地沉重，何況膝蓋還使不上力，只能拖著腳步慢慢朝前門走去。門會被鎖上，她想。萬一進不去，我只會顯得可笑極了。

她人還沒走到，門就自動彈開了，屋裡射出一道令人驚喜的亮光，映照出浪浪蹦蹦跳跳的小身影，牠因為又看到夏綠，開心得急促呼喊，猛搖尾巴，拚命扭動著身子。不僅回到家，還受到熱情迎接，夏綠不禁心花怒放，一把撈起浪浪抱牠進屋，浪浪持續扭來扭去，伸長身體去舔舐夏綠的下巴。

進到屋裡，光線似乎有魔法般一路跟隨。

「太好了。」夏綠大聲說。「這樣我就不必到處找蠟燭了。」

但是她內心有聲音在瘋狂大喊：我剛才沒關窗！魯伯克可能會溜進來！她將浪

浪往廚房地上一扔，趕緊往左衝過門。走廊燈火通明，她一路奔向盡頭，用力將窗戶關上。可惜屋內的光線讓草地顯得一片漆黑，不管她多努力隔著玻璃端詳，都難以判斷魯伯克是否躲在外頭。她安慰自己，想想——剛才在草地上根本看不見窗戶呀，但發現自己仍在發抖。

之後，她似乎再也無法停止顫抖。她瑟瑟抖著回到廚房，跟浪浪分著吃一塊豬肉餡餅，但後來她抖得更厲害了，因為打翻的那攤茶水流淌到桌子底下，弄濕了浪浪的肚子，染上一片褐色，因此只要浪浪貼近夏縵，茶水也會沾得夏縵身上又濕又黏。最後，夏縵乾脆脫掉上衣，用衣服將茶水拭乾，反正原本就因為少了兩顆鈕扣，衣服領口大開，一掀一掀的。這下子，她當然抖得更厲害了。她去拿來貝克太太為她打包的厚羊毛毛衣，將自己裹得緊緊的，但仍舊抖個不停。蓄勢待發許久的雨開始降下。雨水擊打著窗玻璃，淅瀝瀝的淌下廚房煙囪，夏縵發抖的程度更加劇烈。她猜想那是震驚所致，應該吧，但她仍感到渾身發冷。

「哦，原來如此！我該怎麼生火呢，威廉叔公？」她大叫出聲後問。

「我應該已經把魔咒設置妥當了。」和藹的聲音在空中迴盪。「妳只要把燒得起來的東西丟進壁爐裡，然後大聲說：『火，光』，火就會生好了。」

夏綏四處張望，尋找可以燃燒的東西。她手邊的桌面上有裝食物的袋子，但裡面還有一塊豬肉餡餅和一個蘋果塔，再說，這個袋子很漂亮，上面還裝飾著貝克太太繡的花卉圖案。威廉叔公的書房裡肯定有紙，但她得爬起身來，走段路去拿。水槽邊的袋子裡有衣服，但夏綏相當確定威廉叔公不會希望自己的待洗衣服被燒掉。反倒是，她還有自己那件少了兩顆鈕扣，吸飽了茶水的髒上衣，現在就堆在腳邊的地上。

「反正都已經毀了。」她說。她撿起那團溼透了呈褐色的衣服，丟進壁爐裡然後開口。「火，光。」

爐子轟的一聲點燃了，過了一分鐘左右，火焰歡快地熊熊燃燒，這是所有人夢寐以求的爐火。夏綏發出心滿意足的嘆息。她才剛將椅子挪近取暖，這時火焰卻消失了，變成一團團嘶嘶作響的蒸汽。然後出現了泡泡。大量的泡泡在蒸汽中越堆越高，塞滿了煙囪，炸開似地漫進屋裡。大泡泡，小泡泡，閃耀著七彩光芒的泡泡大軍從壁爐裡蜂擁而出，瀰漫在廚房的空氣中，落到東西上，撲上夏綏的臉龐，發出微弱的啵的一聲破掉，然後有更多泡泡繼續飛撲過來。幾秒鐘內，廚房就淹沒在熱氣蒸騰的泡沫風暴之中，逼得夏縵喘不過氣來。

「我都忘記那塊肥皂了！」她在突然襲來的濕熱中氣喘吁吁地說。

浪浪判定那些泡泡是自己不共戴天的敵人，牠退到夏縵的椅子底下尖聲狂吠，泡泡破裂時，換成齜牙咧嘴地低吼。這場面真不是普通的吵。

「別叫了！」夏縵說。汗水淌下她的臉龐，全部垂到肩上的頭髮在蒸汽中不斷滴著水。她奮力揮開一大團泡泡後說。「我乾脆把衣服全脫了。」

這時，後門傳來猛力的敲門聲。

「還是不要脫比較好。」夏縵說。

外面的人再度敲了門。夏縵坐在原地不動，希望可不要是魯伯克才好。敲門聲第三度響起時，她才心不甘情不願地起身，小心翼翼穿過洶湧的泡泡堆，查看是誰在敲門。她猜想，也許是羅洛，他希望進來躲雨。

「請問是哪位？」她朝門外大喊。「有什麼事嗎？」

「我要進去！」門外的人大喊回答。「雨下得很大！」

不管是誰，這聲音聽起來很年輕，不像羅洛的粗嗓子，也沒有魯伯克的嗡嗡震動聲。即使滿室的蒸汽嘶嘶作響，再加上持續不斷微弱的泡泡破裂聲，夏緹仍可聽見外頭滂沱大雨的巨響。但說不定有詐。

「快讓我進去！」門外的人放聲大吼。「巫師在等我！」

「不可能！」夏緹吼回去。

「我寫了信給他。我媽都替我安排好了，妳沒有權利把我擋在門外！」那人扯著嗓子說。

門栓開始晃動起來。夏緹用雙手抵住門，還沒來得及想下一步，門就被撞開了，闖進一名渾身溼透的男孩。所謂淋成落湯雞，最慘也不過如此吧。他的頭髮（應該是捲髮）垂落在年輕的臉孔上，像是許多滴著水的棕色倒三角形。他合適得宜的外套和褲子濕得烏黑發亮，背上的大背包也是。他踩著靴子，一路發出吧唧吧唧的悶響，一進門，身上立刻開始冒起蒸汽。他呆立注視著滿室飄浮的泡泡，看向椅子底下瘋狂吠叫的浪浪，還有緊抓住自己的毛衣、隔著一綹綹紅髮的縫隙凝望他的夏緹，然後瞥向堆積成山的碗盤、滿桌子爆滿的茶壺，最後目光落在那幾大袋髒衣服上。

顯然，眼前的景象超出了他的理解範圍。他嘴巴張得大大的，站在原地不動，再度環顧四周，將所有東西又看過一遍，不發一語地冒著蒸汽。

過了半晌，夏縵伸手托住他的下巴，摸到些許粗硬的毛髮，說明他的年紀比外表看起來還大。她往上一推，幫他闔上嘴巴，發出叩的一聲。

「可以麻煩你關上門嗎？」她說。

男孩回頭看見大雨猛烈地打入廚房。

「噢，好的。」他說，然後用力推著門，直到完全關上。他問。「發生什麼事了？妳也是巫師的學徒嗎？」

「不是。我只是在巫師出門期間替他看家。因為他生病了，精靈把他帶走接受治療。」夏縵說。

「他沒告訴妳我要來嗎？」男孩露出一臉失望的表情。

「他根本沒時間交代我任何事情。」夏縵說。她的腦中浮現《魔法ê冊》底下壓著的那疊信。那些苦苦哀求巫師收自己為徒的信，肯定有一封是這男孩寫的。這時，浪浪的狂吠聲令她實在難以思考。「浪浪，快給我閉嘴！你叫什麼名字？」

「彼得．雷吉斯。」他繼續說。「我媽是蒙塔比諾女巫，她跟巫師威廉．諾蘭的交情很好，就安排我到這裡學習。不要吵，你這小畜牲。所以我本來就要過來的。」

他吃力地從濕答答的行囊中掙脫出來，將背包往地上一扔。浪浪停止吠叫，好悄悄從椅子底下離開，冒險走近背包嗅了嗅，以防有什麼危險。彼得拉過椅子，將外套掛在椅背上。穿在外套裡面的上衣也幾乎一樣濕。他仔細端詳泡泡堆裡的夏緲，問道：

「那妳又是誰？」

「夏緲．貝克。」回答完，她繼續解釋。「我們都叫巫師『威廉叔公』，但他其實是珊普妮亞嬸嬸的親戚。我住在高諾蘭，你呢？你是哪裡人？為什麼你會從後門進來？」

「我是從蒙塔比諾下來的。但是我迷路了。如果妳一定要知道的話，因為我想從山口抄近路。其實我之前來過一次，就是那時候媽媽安排我來當巫師諾蘭的學徒，但我似乎沒有好好把路記住。妳到這裡多久了？」彼得說。

「今天早上剛到。」夏縵說。她這才驚覺自己竟然還沒待滿一天。感覺像是過了好幾星期。

「喔。」彼得隔著四處亂飄的泡泡打量那些茶壺，彷彿在計算夏縵喝了多少杯茶。「看起來妳好像已經在這裡好幾個星期了。」

「我到的時候就是這樣了。」夏縵冷冷地說。

「什麼？包括這堆泡泡？」彼得說。

夏縵在心裡嘀咕，我想我對這個男生沒什麼好感。

「沒有。泡泡是我弄的。我忘記我把肥皂丟進爐子裡了。」她說。

「啊，我就想那看起來像是哪個出了差錯的咒語，所以我才以為妳也是學徒。現在只能等肥皂耗盡了。妳有吃的嗎？我快餓死了。」彼得說。

夏縵的目光不情願地瞥向桌上的食物袋，然後迅速轉開。

「沒有。我沒什麼吃的。」她說。

「這樣妳要餵妳的狗吃什麼？」彼得問。

夏縵望向浪浪，牠已經又躲回椅子底下，好對著彼得的背包狂吠。

「不用餵。牠才剛吃完半個豬肉餡餅，而且牠不是我的狗。牠是威廉叔公收養的流浪狗，名字叫浪浪。」她說。

浪浪仍叫個沒完。彼得說：

「給我安靜點，浪浪。」

然後他穿過翻湧的泡泡、越過自己的濕夾克，伸手直向椅子底下浪浪瑟縮的地方探去。他不知怎麼成功將浪浪給拖了出來，站起來時，只見懷裡的浪浪呈現頭下腳上的姿勢。浪浪發出一聲抗議的尖叫，拼命揮舞四隻爪子，蓬亂的尾巴緊捲在兩隻後腿之間。彼得將尾巴拉直。

「你傷到他的自尊心了。放他下來。」夏綠說。

「牠不是男生。她是女生。而且她才沒有什麼自尊心呢，對不對呀，浪浪？」彼得說。

浪浪顯然不同意，並且成功掙脫彼得的雙手跳到桌上，卻導致又一個茶壺摔落。夏綠的食物袋翻倒，僅存的豬肉餡餅和蘋果塔滾了出來，夏綠鬱悶極了。

「喔，太好了。」彼得搶在浪浪前面一把抓起豬肉餡餅。他一邊大大咬了一口餡餅說。「這是妳所有的糧食嗎？」

「是的。那應該是我的早餐。」夏縵說。

她撿起掉落的茶壺。潑出的茶水迅速化作咖啡色的泡泡，旋轉著向上竄升，在泡泡海裡劃出一道醒目的棕色。

「看看你闖了什麼禍。」夏縵又說。

「反正原本就一團亂了，再多一點也沒差啦。」彼得繼續問。「妳都沒打掃一下嗎？這餡餅真是好吃耶。另外這塊是什麼？」

夏縵望著一臉深情守在蘋果塔旁的浪浪：

「蘋果。如果你要吃，你也要分浪浪一點。」

「這是規定嗎？」彼得說。他吞下最後一口豬肉餡餅。

「沒錯。浪浪定的規定，這小子——我是說這小姐——非常堅持。」夏縵說。

「那麼，她也有魔力囉？」他試探性地問，拿起蘋果塔。浪浪立刻發出小聲淒婉的哀叫，在茶壺堆間小步跑來跑去。

「我不知道。」夏縵一開始這麼說，但想到浪浪似乎能在房子裡暢行無阻，還有剛才前門彈開迎接她的那一幕，她又改口。「對。她肯定有魔力。而且很厲害。」

彼得以很慢的速度，萬般勉強地，掰下一塊蘋果塔。浪浪搖著毛髮稀疏的尾巴，雙眼緊盯他的每個動作。不管中間有多少泡泡阻擋視線，彼得的一舉一動似乎都逃不過她的掌控。

「我懂妳的意思了。」彼得說，然後將掰下的那塊蘋果塔遞給浪浪。浪浪輕輕啣著，從桌子跳到椅子上，再跳到地板上，然後踩著啪嗒啪嗒的腳步急速離開，躲到髒衣袋後方的某處享用。「來喝點熱的如何？」

自從跌落山壁後，夏縵就一直渴望能喝杯熱飲。她打了個寒顫，將身上的毛衣裹得更緊一點。

「真是個好主意。你有辦法的話，當然求之不得。」她說。

彼得把泡泡揮到一邊，凝視滿桌子的茶壺：

「一定有人泡了這麼多壺茶。」

「那是威廉叔公泡的，不是我。」夏縵回答。

「但表示這裡確實可以泡茶。妳少站在那邊看起來很虛弱的樣子，還不去找個湯鍋之類的來。」彼得說。

「你自己去找。」夏緵說。

彼得一臉鄙視地瞪了她一眼，然後大步走過廚房，邊走邊揮開泡泡，最後來到滿是碗盤的水槽邊。接著，跟夏緵之前一樣，他很自然地發現異狀。

「沒有水龍頭！」他不可置信地繼續說。「但這些鍋子都是用過的。他從哪裡裝的水？」

「院子有一個手壓汲水器。」夏緵冷淡地說。

彼得隔著泡泡看向窗戶，雨水仍在窗玻璃上奔流。

「這裡難道沒有浴室嗎？」他說。

夏緵還沒能說明到達浴室的方法，他就一邊揮著手，跌跌撞撞地穿越廚房，從另一扇門進到客廳。當他憤怒地衝回廚房時，泡泡也隨他洶湧而入。

「開什麼玩笑？他怎麼可能只有這兩個房間？」他難以置信地說。

夏緵嘆了口氣，將毛衣裹得更緊，然後走過去示範給他看。

「你再打開門一次，然後左轉。」她說明完，還得在彼得右轉時抓住他。「不對，那會通往一個非常奇怪的地方。這裡才是左邊，你分不出來嗎？」

「對。我總是分不清楚方向，通常得在大拇指上綁一條線提醒。」彼得說。

夏緜朝天花板翻了個白眼，將他推向左邊。兩人都來到了走廊，盡頭的窗戶被滂沱大雨擊打著，讓裡面很吵。彼得站著四處張望，光亮漸漸地盈滿整個空間。

「現在你可以右轉了。」夏緜說，然後把他推向右邊。「這扇門就是浴室。走廊的一整排門裡面都是臥室。」

「原來如此！」彼得的語氣滿是佩服地繼續說。「他扭曲了空間。我等不及跟他學習這個魔法啦。謝謝。」他最後補了一句，然後衝進洗手間。正當夏緜躡手躡腳朝著書房前進時，飄來他的聲音：

「讚喔，水龍頭！有水了！」

夏緜快速步入威廉叔公的書房，關上門，桌上那盞有著奇特扭曲造型的桌燈亮了起來，而且越來越亮，等夏緜到達桌邊時，房裡幾乎跟白天一樣明亮。夏緜將《魔法ê冊》推到一邊，拿起底下的那疊信。她非得確認不可。假如彼得說的是實話，這些請求威廉叔公收其為徒的信件裡，肯定有一封是他寫的。她之前只是粗略瀏覽過去，所以她不記得有這個名字，假如沒有，那麼她面對的就是一個冒名的騙子，甚至可能是另一隻魯伯克。她非知道不可。

啊！在這裡，在整疊的中間。她戴上眼鏡讀起來：

尊敬的諾蘭巫師

關於作為學徒在您門下學習一事，若我不是按照原定安排於秋天過去，而是提早於一週後抵達，不知您是否方便？家母必須前往因格利王國，所以她希望我能在她離開前安頓好。若未收到您表示異議，我將於本月十三號抵達府上。

希望不會造成您的困擾。

謹致上誠摯的問候

彼得．雷吉斯

這樣看起來沒什麼問題了！夏縷心想，半鬆了口氣，半懊惱。稍早她翻閱信件時，一定有注意到信件開頭的「學徒」和接近結尾的「希望」，這兩個詞在每封信裡都有出現，導致她以為這也是一封乞求信。看樣子威廉叔公犯了同樣的錯誤，或者他病得太重無法回覆。無論如何，她似乎都無法擺脫彼得了。討厭啦！但至少他不是壞蛋，她心想。

這時，遠遠傳來彼得的慘叫聲，打斷了她的思緒。夏縵急忙將信件塞回《魔法ê冊》底下，摘下眼鏡衝向走廊。

浴室噴出大量的蒸汽，混入先前從廚房帶過來的零星泡泡，幾乎完全遮住了某個朝夏縵逼近的巨大白色物體。

她正準備開罵：

「你到底在——」

話還沒說完，那個肥碩的白色物體伸出巨大的粉紅色舌頭舔了她一臉，同時發出號角般的隆隆巨響。夏縵往後踉蹌了幾步。這就像被一條濕浴巾舔過，還有一頭大象對你哀號。她靠到牆壁上，抬頭望向那生物巨大的、楚楚可憐的雙眼。

「我認得這對眼睛。」夏縵繼續說。「那傢伙到底對妳做了什麼，浪浪？」

彼得氣喘吁吁地衝出浴室。

「搞不懂哪裡出錯了。水龍頭的水不夠熱，不能泡茶，所以我就想，我可以用放大咒讓水熱一點。」他上氣不接下氣地說。

「你最好馬上把魔咒取消。浪浪現在變得跟大象一樣大。」夏縵說。

彼得朝碩大的浪浪漫不經心地瞥了一眼：

「只是跟拉車馬差不多大啦。但浴室裡的水管已經熱得燒紅了，妳覺得我該怎麼辦？」[2]

「啊，真是夠了！」夏縵說。

她將浪浪輕輕推到一邊，朝浴室走去。透過蒸汽，她看到四個水龍頭都噴湧出滾燙的水，灌進馬桶裡，牆壁上的水管確實燒燙得發紅。

「威廉叔公！我要怎麼讓浴室的水冷卻下來？」她大聲呼救。

威廉叔公親切的聲音在一片嘶嘶聲與嘩啦聲中說：

「親愛的，妳得去找詳細的指示，放在行李箱的某個地方。」

「喔，不妙！」夏縵說。她知道已經沒時間在行李箱裡東翻西找，很快就有什麼要爆炸了。

「變冷！停！全部的水管，立刻變冷！」她對著蒸汽大吼，揮舞雙手大叫。「我命令你冷卻！」

這竟然生效了，夏綏自己都吃了一驚。蒸汽逐漸消散，剩下微弱的噴氣，最後完全消失了。馬桶不再沖水，其中三個水龍頭也咕嚕一聲停止出水。唯一還在出水的水龍頭（洗手台的冷水水龍頭）幾乎立刻開始結霜，然後在下方形成一根冰柱。橫過牆面的水管也出現另一根冰柱，接著嘶嘶作響地滑落到浴缸裡。

「這樣好多了。」夏綏說，接著轉頭看著浪浪。浪浪一臉憂傷回望。她還是一樣巨大。

「浪浪。變小。現在，我命令妳變小。」夏綏說。

浪浪沮喪地甩動偌大的尾巴尖，身形仍舊沒有變化。

「如果她有魔法。只要她想，應該可以自己恢復原狀吧。」彼得說。

「你給我閉嘴！」夏綏終於對他爆發。「你倒說說自己做了什麼好事？誰有辦法喝下這種滾燙的熱水？」

彼得隔著滴著水的捲曲髮梢，怒目相對：

「我想喝茶，泡茶就要用滾熱的水啊。」

夏緵這輩子從來沒自己泡過茶。她聳聳肩。

「是嗎？」她仰臉注視天花板後開口。「威廉叔公，我們要怎麼在這裡喝到熱飲料？」

和藹的聲音又說話了：

「妳在廚房的話，輕敲桌面說『茶』。在客廳的話，輕敲角落的推車說『下午茶』。在妳的臥室——」

彼得和夏緵沒聽完臥室的部分就拔腿飛奔，砰地關上浴室的門，又打開一次——夏緵鐵青著臉地把彼得推向左邊——然後兩人爭先恐後擠進廚房，轉過身，關上門，再打開，最後總算抵達了客廳。他們心急地四處尋找推車的蹤影，彼得發現它在遠處的角落，並趕在夏緵之前搶先抵達。

「下午茶！」彼得大聲嚷嚷，用力敲打推車空蕩蕩的玻璃檯面。「下午茶！下午茶！下——」

當夏緵來到他身邊，抓住他失控亂舞的手臂時，推車上已經堆滿了茶壺、牛奶壺、糖罐、杯子、司康、奶油碟、果醬碟、熱奶油吐司、成堆的瑪芬蛋糕，還有一大塊巧克力蛋糕。推車末端滑出一個抽屜，裡面裝滿刀叉和湯匙。夏緵和彼得動作一致地將推車拖到飄著霉味的沙發旁，坐下來開始大快朵頤。一分鐘後，浪浪巨大的頭出現在門邊嗅聞，她一見推車，奮力擠了幾下也進了客廳，像座大山一樣無比渴望地朝沙發匍匐前進，最後將毛茸茸的巨大下巴搭在夏緵身後的沙發背上。彼得心不在焉地瞥了她一眼，遞給她幾塊瑪芬蛋糕，她以加倍的禮貌一口吃掉。

足足半小時後，彼得往後一躺伸了個懶腰。

「實在太享受了。至少我們不會餓肚子了。巫師諾蘭。」彼得說。

然後，他試探性地多問一句：

「我們要怎麼在這房子裡吃午餐？」

沒有回應。

「他只回答我的問題。」夏緵的語氣有些沾沾自喜。「但我不打算現在問。你來之前我忙著應付一隻魯伯克，現在累斃了，我要睡了。」

「魯伯克族到底是什麼？我爸爸好像是被一隻魯伯克害死的。」彼得問。

夏縵沒心情回答他，起身往門口走去。

「慢著。我們要怎麼處理推車上剩下的東西？」彼得問。

「不知道。」夏縵說。她打開房門。

「等等，等一下！」彼得急忙追在後頭。「先帶我去我的房間。」

夏縵心想，我好像必須這麼做，畢竟他分不清左右邊。她嘆了口氣，不情願地將彼得推進仍在持續湧入廚房且密度越來越高的泡泡中，好讓他去拿自己的背包，然後領著他離開，穿過門回到臥室所在的地方。

「你用從這邊數過去的第三間。」她繼續說。「那間是我的，第一間是威廉叔公的。但如果你想要別間的話，後面還有成千上百間。晚安。」

她說完便走進浴室，發現裡面所有東西都結冰了。

「好吧。」夏縵說。

等她回到房間，穿上沾到些許茶漬的睡衣時，她聽見彼得跑到走廊上大喊：

「喂！馬桶的水結冰了！」

運氣真背！夏縵心想。她爬上床，幾乎立刻入睡。

大約一小時後，她夢見一隻毛茸茸的龐然大物坐到她身上。

「給我下去，浪浪。妳太重了。」她說。

接著，她夢見那龐然大物慢慢從她身上下來，低聲埋怨著，隨後她又沉入更深更深的夢境。

註1　原文為kobold。中譯常用「狗頭人」譯之，但此譯名用於本書時的適切度有待商榷，因此譯為「寇伯」。

註2　此處致敬《納尼亞傳奇》。引用《納尼亞傳奇：黎明行者號》第八章中，露西描述亞斯藍的方式（大象、拉車馬）。

第五章 夏緹接待焦慮的母親

夏緹醒來時，發現浪浪將她巨大的頭擱在床上，橫壓過夏緹的雙腿，身體其餘部分則落在地上，堆擠成白色毛茸茸的一大坨，幾乎塞滿了整個房間。

「所以妳不會自己變小啊。」夏緹思量著。「那我得想點辦法。」

浪浪的回應是連續幾聲如雷的粗喘，然後似乎又睡著了。夏緹辛苦地將腿從浪浪的大頭底下抽出來，繞過浪浪龐大的身軀，找到乾淨的衣服換上。等到要梳頭髮時，她發現平常慣用的髮夾似乎全都不見了，大概是跌落懸崖途中弄丟的，如今手邊只剩下一條緞帶可用。媽媽向來堅持，一個體面的女孩子一定要將頭髮盤到頭頂上，梳成一個整齊的髻。夏縵從來沒梳過別的髮型。

「算了。」她照著那面乾淨的小鏡子，然後對自己說。「反正媽媽又不在，對吧？」

她將頭髮帶到側邊，編成粗粗的單辮，用緞帶繫緊。她覺得自己這個樣子似乎比平常好看，臉龐更飽滿，沒那麼消瘦，看起來脾氣也沒那麼難搞。她對鏡中的自己點點頭，小心翼翼繞過浪浪走向浴室。

浴室的冰霜一夜之間都消融了，令她鬆了一口氣。因為水管表面結露，裡頭充滿輕柔的滴水聲，但除此之外似乎沒什麼異狀，直到夏縵扭開水龍頭。四個水龍頭流出的都是凍人的冰水，不管開了多久都一樣。

「反正我也不想洗澡。」夏縵走出房間，步入走廊。

走廊上完全聽不到彼得的動靜。夏縵記得媽媽告訴過她，男生早上總是很難醒。她才不介意。她開了門，左轉進廚房，凝固的綿密泡沫迎面撲來。泡沫結塊和較大的單顆泡泡從她身邊飄過，湧入走廊。

「該死！」夏綬說。她低下頭抬起雙臂掩護，一舉切入廚房，裡面熱得像她爸爸處理大訂單時的烘焙坊一樣。

「天啊！看樣子用完一塊肥皂需要好幾天的時間。」她說。

接下來她什麼話也沒說，因為只要一張開嘴，嘴巴裡就充滿了肥皂泡。泡泡竄上鼻腔，讓她忍不住打了個噴嚏，引發一陣小型的泡沫旋風。她撞上桌子，聽見又有茶壺掉了，但她繼續深入泡沫，直到被髒衣袋擋住去路，聽見堆在上頭的平底湯鍋哐啷作響，總算曉得自己的所在位置。她原本用雙手護住臉，這時不得不騰出一隻手摸索水槽，然後沿著水槽繼續往下。手指終於摸到後門，努力去抓門栓——她一度以為門栓一夜之間消失了，後來驚覺門栓在另一側，這才終於順利打開了門。然後她站在門口，大口深吸著充滿肥皂味的空氣，眨著刺痛流淚、沾滿肥皂泡的眼睛，迎向美麗柔和的早晨。

泡泡大軍迅速掠過夏綬身邊飛出門外。等她的眼睛能看清楚了，她就這麼站著欣賞飛升的大泡泡在太陽的照耀下閃閃發光，後面襯著蓊鬱蒼翠的山色。她發現大多數的泡泡似乎都會在院子盡頭處時破掉，好像那裡有一道隱形的屏障，但仍有些泡泡繼續翱翔，越飛越高，彷彿永遠都不會破滅。夏緩的目光追隨著泡泡一路往上，越過多座褐色的懸崖和翠綠的山坡，這當中肯定包括她遭遇魯伯克的那片草原，只是她無法確知是哪面坡地。她放任自己的目光繼續徜徉，越過群山的頂峰，望向淡藍色的廣闊天空。天氣真的太棒了。

這時，屋內持續不斷地湧出一道亮閃閃的泡泡之河。夏緩轉身看，廚房裡不再充塞著凝固的泡沫，但仍然到處飄著泡泡，也有更多泡泡繼續從壁爐蜂湧而出。夏緩嘆了口氣，慢慢回到屋內，最後移動到水槽前，傾身將窗戶打開。這真是幫大忙了！兩道泡泡以前所未有的速度從屋內噴射而出，在院子上空掛起一道道彩虹。廚房清空的速度加快許多，很快就夠夏緩看清楚，昨晚的兩袋髒衣服如今已經變成了四袋。

「討厭啦！威廉叔公，我要怎麼吃早餐呢？」夏緩說。

聽見威廉叔公的聲音在泡泡間響起，感覺真好。

「親愛的，妳只要敲敲壁爐的側邊說『請給我早餐』就好了。」

夏緩立刻飢不可耐地衝過去，往沾滿肥皂泡的壁爐漆面焦急地敲了一下：

「請給我早餐。」

這時出現了一個漂浮在空中的托盤，托盤邊緣輕推著夏縵掛在胸前的眼鏡，迫使她不得不往後退。托盤中央是一盤滋滋作響的培根和蛋，周圍塞滿了咖啡壺、一個杯子、擺在架上的烤吐司、果醬、奶油、牛奶，還有一碗燉李子，餐具用上過漿的餐巾包著。

「哦，太棒啦！」她說，然後趁餐點還沒沾上太多肥皂泡，趕緊抓了托盤往客廳去。她驚訝地發現，昨晚她和彼得大啖的下午茶大餐已不見蹤影，推車則整齊地擺回角落；但整間房的霉味仍然很重，還有幾個泡泡偷溜進來四處亂飄。夏縵繼續穿越客廳出了前門，她記得自己按照《複寫本文錄》的指示，為魔咒摘取粉紅色和藍色花瓣時，曾瞥見書房窗外有一張花園桌和椅凳。她端著托盤，拐過房子的轉角尋找。

*找到了。*桌子就擺在早晨陽光最強的地方，她仰頭看，書房的窗口就開在粉紅與藍色花叢的上方，但房子裡明明沒有書房可存在的空間。*魔法真有意思*，夏縵將托盤放到桌上時心想。雖然四周的灌木叢還在因為前夜的大雨滴著水，椅凳和桌面

卻是乾的。夏縵坐下來，享受有生以來最愉快的一頓早餐，她沐浴在暖陽裡，感覺慵懶、奢侈，十足有大人風範。她舒服地靠上椅背心想，唯一的缺點就是少了爸爸烤的那種巧克力可頌麵包。等威廉叔公回來，我一定要告訴他。

她認為威廉叔公一定經常坐在這個位置享用早餐，這附近的繡球花，是整個園子裡開得最美的，彷彿是為了特別討他歡心。每株灌木都開了不止一種顏色的花，她面前的那一株開的是白色、淡粉色和紫紅色的花。再過去那一叢，左側綻放的是純粹的藍花，但往右看，花色呈漸層變化，最後成了深海的藍綠色。夏縵想到自己沒讓寇伯將花木剷除，心裡正開心，這時彼得卻從書房窗口探出頭來，當場壞了夏縵的興致。

「喂，妳從哪弄來的早餐？」彼得問。

夏縵解釋了一番，他將腦袋縮回屋內，走開了。夏縵待在原地，預料彼得會隨時出現，雖然心裡希望他別來。不過什麼事也沒發生。她又曬了一會兒太陽，想找本書來讀。她端著托盤進屋，先穿過客廳走向廚房，一邊稱讚自己真愛乾淨，也沒有拖拖拉拉。彼得顯然去過廚房，因為後門關上了，只留下窗戶的開口，所以裡面又再度充滿泡泡。泡泡輕緩地朝窗口飄去，到了窗口就加速向外奔湧而出。滿室的泡泡間，浪浪白色的巨大身影若隱若現。夏縵抵達廚房時，浪浪正伸長了蓬亂的大尾巴使勁搖動，朝壁爐拍打。一只小小的狗碗出現了，盛著適合一隻迷你犬分量的食物，緩緩穿過泡泡降下，在她巨大的前掌旁落地。浪浪一臉哀傷地檢視碗裡，垂下她巨大的頭，一口就將狗食掃光。

「噢，可憐的浪浪。」夏縵說。

浪浪抬頭看見她，巨大的尾巴又搖動起來，有節奏地連續敲打著壁爐，每搖一次就冒出一只小狗碗，一眨眼，浪浪就被數不清的小狗碗包圍，擺了滿地都是。

「別討過頭了，浪浪。」夏縵說著，緩慢地在狗碗之間前進。她將托盤放在其中一個新冒出來的髒衣袋上，對浪浪說。「如果妳需要我，我會在書房裡找書。」

然後她又慢慢走回原處。浪浪只顧著吃，根本沒注意。

彼得人在書房。他吃完的早餐托盤擱在書桌旁的地板上，自己則坐在椅子上埋首翻閱一本厚皮革書，就是書桌後方那排書的其中一本。他今天看起來體面多了，頭髮不再濕漉漉的，茶色的捲髮梳得很整齊，身上顯然換上了第二套服裝，材質是很好的綠呢布，雖然因為塞在背包裡顯得有點縐，還有一兩處泡泡破掉留下的圓形水漬，但夏縵覺得他這個樣子挺好看的。夏縵進門時，彼得嘆了口氣闔上書，將書歸回原處。夏縵注意到他的左手大拇指上綁了一截綠色線段，看來他是靠著這個方法才成功抵達書房的，她心想。

「我讀得完全一頭霧水。某個地方一定有寫，但就是找不到。」他對夏縵說。

「你在找什麼？」夏縵問。

「昨天晚上妳提到魯伯克，」彼得說。「我發現自己對牠們一無所知，才想在書裡查查看。還是說妳對魯伯克瞭如指掌？」

「才沒有——我只知道牠們非常可怕而已。」夏縵坦言。「我也想更了解牠們，但應該怎麼查呢？」

彼得用綁著綠線的大拇指指著那排書：

「從這裡面找。據我所知這是一部巫師百科全書，但妳得先對想查的東西屬於哪一類有概念，才有辦法知道要找哪一冊。」

夏縵戴起眼鏡端詳。每一冊上面都印著金色的《魔法全書》字樣，下方跟著一個數字和標題，她邊看邊讀出來：卷三「視覺翻轉術」；卷五「全操控實作」。

然後她跳到後面的部分：卷十九「進階開創術」；卷二十七「地球夢占術」；卷二十八「宇宙夢占術」。

「我明白你說的困難了。」她說。

「我在按照順序一本一本找。剛才翻完第五冊，裡面全是我搞不懂的魔咒。」

他抽出卷六，標題只有單一個「咒」字，打開它。「下一本妳負責。」

夏緩聳聳肩，抽出卷七，標題叫做「強力」，也看不出個所以然。她將書帶到窗台邊，那裡的空間和光線較充足，然後從接近開頭的地方翻開。才一翻開，她知道就是這本了。

「魔鬼：力量強大，有時具危險性，」她讀下去，「時常被誤認自然力量（參見自然力量）。」她往後翻了幾頁，讀到：「惡魔：地獄的生物……」下一條是「精靈禮物：含有精靈（參見精靈）贈與的力量，用以保護領土安全……」再幾頁之後：「夢魔：特別類型的魔鬼（參見魔鬼），主要攻擊對象為女性……」她仔細地慢慢翻閱，約莫二十頁後，她找到了。

「魯伯克。找到啦！」她說。

「太好了！」彼得砰的一聲將「咒」闔上。「這本幾乎都是圖表。書上怎麼說？」

他走近窗台湊到夏縵身旁，兩人一起閱讀條目內容。

魯伯克

所幸已屬罕見生物，外型呈紫色，形似昆蟲，可小至如蚱蜢，大至可比人類高大。具有高度危險性，幸好現今僅在野外或無人居住地區出沒。只要遇見人類，魯伯克便會以螯狀附肢或可怕的管狀口器發動攻擊。一年中有十個月，魯伯克會直接將人類撕碎了果腹，但七月和八月，進入其繁殖季節，魯伯克會特別危險，因為那二個月，魯伯克會埋伏並守候行經的旅人，抓到人類後在其體內產卵，這些卵經過十二個月後孵化，首先孵化出來的會將其餘的卵吃掉，然後這個新的魯伯克個體會想辦法突破人類宿主的身體分離出來。男性人類宿主將直接死亡。女性人類宿主會以正常方式分娩，產下的後代則是魯伯克族（參見下條），隨後該女性在大部分的正常情況下便會死亡。

老天，我驚險逃過一劫！夏緌心想。她和彼得的目光直奔下一個條目。

魯伯克族

魯伯克（參見魯伯克）與人類女性的後代，通常具有人類小孩的外表，但眼睛一律是紫色的。有些魯伯克族有紫皮膚，少數甚至有退化的翅膀。負責接生的助產士一見到特徵明顯的魯伯克族就會將其消滅，但許多魯伯克族仍被誤當作人類嬰兒而受撫養長大。魯伯克族幾乎都是邪惡的，因為魯伯克族可與人類繁衍後代，邪惡的本性得以延續好幾代而不會消失。傳聞許多偏遠地區（如高諾蘭和蒙塔比諾）的居民，其血脈都可追溯至一些魯伯克族祖先。

夏緌和彼得讀完，內心的衝擊難以言喻。兩人都希望自己壓根沒有讀過。突然間，威廉叔公明亮的書房感覺一點也不安全了，角落似乎有奇怪的黑影。事實上，夏緌開始覺得整間房子都危機四伏。她和彼得都發現自己不安地四處張望，然後急切地看向窗外，搜尋花園裡是否暗藏危險。浪浪在走廊某處打了一個超響亮的哈欠，嚇得兩人都驚跳起來。夏縵想立刻飛奔出去，確保走廊底的窗戶關得嚴嚴實實，但首先她得仔細觀察彼得身上是否有可疑的紫色痕跡，畢竟，他說自己是從蒙塔比諾來的。

彼得的臉色煞白，襯得橫過鼻梁的一堆雀斑更加明顯，但那些都是淡橘色的斑點，下巴剛冒出的稀疏鬍子也偏橘色。他的眼睛類似銹褐色，與夏縵自己的黃綠色眼睛截然不同，但也絕非紫色。她之所以能將一切看得清清楚楚，是因為彼得也同樣在仔細地上下打量著她。她覺得臉上一陣發涼，肯定變得和彼得一樣慘白。最後，兩人同時開口了。

「你是蒙塔比諾人。你家人身上有紫色嗎？」夏縵說。

「妳遇過魯伯克。牠有沒有在妳身上產卵？」彼得說。

「沒有。」夏縵說。

「我媽媽的稱號是蒙塔比諾女巫，但她其實是高諾蘭人。而且她一點都不紫。妳遇到魯伯克是怎麼回事，說來聽聽。」彼得說。

夏緹道出她是怎麼翻到窗外，走到山間的牧草地，魯伯克藏在藍色小花裡，然後——

「牠有碰到妳嗎？」彼得打岔問。

「沒有，因為牠還沒碰到我，我就從懸崖摔下去了。」夏緹說。

「摔下——慢著，那妳為什麼沒死？」彼得問完，稍微後退了幾步，彷彿她可能是殭屍似的。

「我施了魔咒。」夏緹一派輕鬆地說，對於自己能夠成功施展魔法得意極了。「是飛行咒。」

「真的？」彼得說，語氣半是熱切，半是懷疑。「什麼飛行咒？在哪？」

「我在這裡的一本書看到的。我摔下去之後，整個人在空中浮了起來，最後很安全地在花園小徑降落。你不用這樣一臉不可置信的表情。我降落的時候在花園遇到一個叫羅洛的寇伯，不信你去問他。」夏緹說。

「我會的。」彼得問。「是哪本書？給我看看。」

夏緹揚起下巴，將辮子往肩後一甩，走到書桌前。《複寫本文錄》似乎想躲起來。它顯然不在夏縵最後擺放的地方，也許是彼得移動過了。夏縵在最後面發現了它，擠在那排《魔法全書》中間，偽裝成百科全書的其中一本。

「看好啦！」她說著，將書重重砸在「咒」的上頭，「你竟敢懷疑我說的話！現在我要去找本書來讀了。」

她邁步到書架前，開始挑出可能想看的書。夏縵喜歡讀故事，不過眼前的書似乎沒一本有故事性的，倒是有些書名相當有趣，像是《奇術士的藝術》[1]感覺不錯，或者《驅魔師回憶錄》[2]?至於《合聲召喚之理論與實踐》[3]，一看就知道很枯燥，但是旁邊這一本，夏縵就挺感興趣的，書名是《十二分枝的魔杖》[4]。

同一時間，彼得在桌邊坐下，急切地翻閱著《複寫本文錄》。夏縵才剛發現《奇術士的藝術》充滿了像是「如此一來，我們快樂的小魔法師就能帶來童話般甜美悅耳的音樂」這類倒人胃口的句子，彼得就怒氣沖沖地說：

「這裡面根本就沒有飛行咒，我已經找遍了。」

「也許是因為被我用掉了。」心不在焉的夏縵隨口推測。她往《十二分枝的魔杖》瞄了一眼，這本似乎相當值得期待。

「魔咒才不會這樣。妳老實說，到底在哪裡看到的？」彼得說。

「我說過了，就在那本書裡啊。如果你根本不相信我說的話，又何必追著我問個沒完？」夏緵說。

她將眼鏡從鼻子上摘下來，用力闔上書本，抱著一整疊備選讀物走到走廊，當著彼得的面甩上書房的門，往後退，再往前大步穿過浴室的門，一路走到客廳。雖然霉味很重，但她決定要待在這裡。自從讀到《魔法全書》裡的那則條目後，曝露在光天化日底下似乎不再是安全的選擇。她想像魯伯克潛伏在繡球花叢上方的畫面，還是堅定地在沙發上坐了下來。

她沉浸在《十二分枝的魔杖》中，甚至開始有些看懂了，這時，前門傳來一陣急促的敲門聲，夏緵一如往常心想，會有別人去應門，於是繼續讀下去。

一陣不耐煩的吵雜聲響起，門開了。傳來珊普妮亞嬸嬸的聲音：

「她當然好得很，貝倫妮絲，不就是跟平常一樣埋頭看書嗎。」

夏緵努力抽離書中世界，摘下眼鏡的那刻，正好看見她母親跟在珊普妮亞嬸嬸後面進了屋。珊普妮亞嬸嬸一如往常，穿著令人過目難忘的硬挺絲綢衣裳。貝克太太展現最高貴的氣質，一身雅致的灰，衣領和袖口則白得發亮，頭上戴著她最優雅的灰色帽子。

好險我換上了乾淨衣——夏緩才開始暗自慶幸，立刻驚覺房子裡的其他地方絕對不宜讓這兩位女士看見，哪一位都不行。不僅是因為廚房堆滿了沒洗的人用杯盤和狗用碗碟、還有滿室的泡泡、待洗的髒衣服、一隻巨大的白狗，而且彼得正坐在書房裡。媽媽可能只會發現廚房，這就夠糟了。但是珊普妮亞嬸嬸（幾乎可以肯定）是個女巫，她會去到書房，跟彼得撞個正著。接著媽媽會想知道一個陌生男孩為何會在此出現，一旦彼得的存在獲得合理解釋，媽媽會說，既然如此，彼得可以照看威廉叔公的房子，夏緩必須做體面的事情，得立刻回家。珊普妮亞嬸嬸會表示同意，於是夏緩將被迫離開返家，平靜與自由的日子從此劃下句點。

夏緩嚇得一躍而起，滿臉堆笑，笑得如此燦爛，如此熱情，她覺得自己的臉部肌肉可能拉傷了。

「哦，哈囉！我沒聽見門的聲音。」她說。

「妳哪次有聽到過？」珊普妮亞嬸嬸說。

貝克太太仔細打量夏縵，心急如焚：

「寶貝，妳還好嗎？都沒事嗎？為什麼妳沒把頭髮好好紮起來？」

「我喜歡這樣。」夏縵說著，一邊拖著腳步，慢慢移動到廚房門口和兩位女士中間。「珊普妮亞嬸嬸，妳不覺得這個髮型很適合我嗎？」

珊普妮亞嬸嬸拄著陽傘，傾身審慎端詳：

「適合，確實適合，顯得妳年紀更小，臉更圓嘟嘟了。這是妳想要的樣子嗎？」

「沒錯，就是這樣！」夏縵毫不退讓地說。

貝克太太嘆了口氣：

「親愛的，我希望妳說話別這麼莽撞，給別人的觀感不好。但我很高興看到妳一切無恙。昨天我大半個晚上都聽著雨聲沒睡，就希望這房子的屋頂別漏水才好。」

「屋子沒有漏水。」夏縵說。

「我也擔心妳可能忘了關窗。」她母親又說。

夏縵打了個冷顫：

「才沒有，我把窗戶關好了。」

她說完，又立刻感覺彼得肯定正將通往魯伯克出沒的草地的那扇窗打開。

「媽，真的沒有什麼好擔心的。」

她撒謊。

「老實說，我之前還真的有點擔心。要知道，這是妳第一次離家。我跟妳爸討論，他怕妳可能都沒好好吃飯。」貝克太太說。

她舉起手裡提的那只塞得鼓鼓的繡花袋子：

「他又幫妳多帶了一點吃的。我直接幫妳拿到廚房放，好嗎？」

她問完，就逕直從夏緲身邊往內門走去。

不！救命！夏緲心想。她握住繡花袋子，但願這動作還算溫和文明有禮，但其實她只想一把搶過去。然後她說：

「別麻煩了，媽，我等一下就拿進去，然後把原來那個還給妳——」

「喔，何必呢？一點都不麻煩，我的寶貝。」貝克太太態度堅決，不肯放手。

「——因為我要先給妳一個驚喜。」夏緲匆忙間脫口說。「媽，妳去坐著就好，那沙發很舒服喔。」

重點是沙發背向廚房門口。

「珊普妮亞嬸嬸也請坐——」

「這又花不了多少時間。我就把它擱在廚房桌上，方便妳拿的地方——」貝克太太說。

夏綠連忙揮揮空出的那隻手，另一手死命抓住袋子。

「威廉叔公！請給我早餐咖啡！拜託！」夏綠大喊。

威廉叔公溫柔的聲音響起，令她大大鬆了一口氣，他回道：

「親愛的，輕敲角落的推車，然後說『早餐咖啡』就好了。」

貝克太太驚訝得倒抽一口氣，四處張望尋找聲音的來源。珊普妮亞嬸嬸露出饒富興味的表情，她走了過去，用陽傘在推車上俐落地敲了一下，然後說：

「早餐咖啡？」

客廳立刻瀰漫著溫暖的咖啡香。推車上立著一只高高的銀咖啡壺，正冒著熱煙，旁邊附有小巧的鍍金咖啡杯、鍍金牛奶壺、銀糖碗，還有一盤切成小塊的甜蛋糕。

貝克太太驚訝得鬆開了手中的繡花袋子，夏綠趕緊將袋子放到離她最近的扶手椅後面。

「真是高雅的魔法。」珊普妮亞嬸嬸轉向貝倫妮絲。「貝倫妮絲，過來坐吧，讓夏綠去把餐車推過來沙發旁邊。」

貝克太太一臉茫然，聽話照做了。接下來的發展令夏綠如釋重負，媽媽的來訪開始變成高貴優雅的早晨咖啡時光。珊普妮亞嬸嬸倒咖啡，夏綠負責遞甜蛋糕。夏綠面對廚房門口站著，正給珊普妮亞嬸嬸遞上盤子，這時門開了，門邊出現浪浪的大臉，顯然是被小甜蛋糕的香味引來的。

「浪浪，走開！」夏綠稍微訓斥。「噓！我是認真的！妳不能進來，除非……除非妳看起來像樣一點。走開！」

浪浪凝望的眼裡滿是哀愁，她大聲嘆了口氣，然後退回廚房。貝克太太和珊普妮亞嬸嬸各自小心翼翼地端著盛滿的咖啡杯，等她們能夠轉過頭來，看夏綠在跟誰說話時，浪浪已經走開，門也再度關上了。

「那是誰？」貝克太太問。

「沒什麼啦，只是威廉叔公的看門狗。她啊，實在太貪吃了——」夏綠以安撫的口吻說。

「這裡竟然有狗！」貝克太太極度驚慌地打斷她的話。「我不確定我是否喜歡這樣，夏縵。狗太髒了，而且妳可能會被咬！希望妳能把牠栓好。」

「不不不，她乾淨得不得了，而且聽話。」夏縵嘴巴上這麼說，其實很懷疑。「只不過——只不過她就是吃太多了。威廉叔公正在讓她節食，所以她才會很想要一塊蛋糕——」

廚房門又開了。這次門邊探出的是彼得的頭，臉上的表情說明他有緊急的事要說，然而當他看見珊普妮亞孀孀的華麗的服飾和貝克太太高貴的氣場，他的眼神變成了驚恐。

「又來了。」夏縵近乎絕望地說。「浪浪，走開！」

彼得聽懂了話中的暗示，及時在珊普妮亞孀孀再次轉頭發現他前消失了蹤影。

貝克太太變得更加驚慌。

「妳擔心太多了，貝倫妮絲。我承認狗是又臭又髒又吵，但沒有什麼比一隻優秀的看門狗更能保護房子的安全。妳應該慶幸夏縵有隻狗陪她。」珊普妮亞孀孀說。

「或許吧。」貝克太太表示同意，但聽起來沒有被完全說服。「但——但妳不是跟我說，這房子有妳叔公的……呃……魔法保護嗎？」

「是啊，沒錯！所以有雙重保障，安全得很！」夏縵連忙說。

「那是當然了。我相信沒被邀請的人都無法踏進這裡一步。」珊普妮亞嬸嬸說。

這時，彷彿要證明珊普妮亞嬸嬸大錯特錯一樣，推車旁的地板上突然冒出一個寇伯，這小藍人挑釁地說：

「喂，看這裡！」

貝克太太尖叫一聲，將手中的咖啡杯緊貼胸口。珊普妮亞嬸嬸將裙擺從寇伯旁邊拉回來，威儀堂堂。寇伯與她們面面相覷，顯然有些困惑，然後看著夏縵。他不是花園的寇伯。這位的鼻子更大，身上的藍色衣服質料更好，而且似乎習慣發號施令。

「你在寇伯裡的地位很高嗎？」夏縵問他。

「呃。」寇伯被問得有點措手不及。「妳可以這麼說。我是這一帶的族長，我叫提米茲。我率領我們的代表團過來，因為大家都被惹毛了。現在，我們聽說巫師不在，是不願意見我們呢，還是——」

眼看他的怒火就快爆發，夏緲連忙回道：

「沒錯，他不在家，因為他生病了，被精靈帶去接受治療。他不在的期間，由我替他照看房子。」

寇伯瞪大了藍色大鼻子上方的眼睛，咄咄逼人地問：

「妳說的是實話嗎？」

夏緲憤怒心想：我怎麼整天都被懷疑在說謊！

「千真萬確。」珊普妮亞嬌嬌說。「威廉．諾蘭現在人不在。所以好心的寇伯先生，可否請你離開，你嚇壞可憐的貝克太太了。」

寇伯怒視著她，再看向貝克太太。

「看樣子——我們的糾紛是不可能解決了！」他對夏緲說。

然後這位寇伯就和來的時候一樣突然就不見了。

「喔，我的老天！」貝克太太摀著胸口，上氣不接下氣地說。「怎麼這麼矮！這麼藍！他是怎麼進來的？可別讓他踩到你的裙子上啊，夏緲！」

「那不過是個寇伯，妳給我振作一點，貝倫妮絲。照理說，寇伯不會和人類打交道，所以我不知道他為何出現在這裡。但我想威廉叔公一定和寇伯有某種交易。巫師的想法是不可理喻的。」珊普妮亞嬸嬸說。

「我的咖啡都翻倒了——」貝克太太發出哀號，一邊拖動她的裙襬。

夏緵將小咖啡杯再次添滿，以示安撫。

「媽，再吃一塊蛋糕吧。」她說著，一邊遞上盤子。「威廉叔公請了一個寇伯幫他整理花園，我碰見那位的時候，他也怒氣沖沖的——」

「園丁在客廳裡做什麼？」貝克太太質問。

夏緵像平常那樣，開始不抱希望能讓媽媽理解。媽媽並不笨，她只是從不明白說出自己的想法，夏緵心想。

「那是不同的寇伯。」她開始解釋。

廚房門開了。只見浪浪小跑步進來，而且恢復成原本的大小。這表示她起碼比寇伯還小，而且她對縮小的成果相當自豪。浪浪興高采烈地小碎步跑向夏緵，渴望地朝蛋糕盤抬抬鼻子。

「開什麼玩笑，浪浪！也不想想妳早餐吃了多少！」夏縵說。

「這是那隻看門狗嗎？」貝克太太聲音顫抖。

「如果是的話。」珊普妮亞嬸嬸準備發表高見。「我看她連一隻老鼠都打不過。妳說她早餐吃多少？」

「大概滿滿五十碗的狗碗。」夏縵不假思索地說。

「五十！」她母親說。

「我是誇大了些。」夏縵說。

浪浪發現所有人都在關注她，於是坐直起來，將前掌舉高到下巴底下，擺出乞憐的姿勢。她刻意讓自己顯得特別討人喜歡，而夏縵斷定，那是她讓單一邊蓬亂的耳朵垂下來造成的效果。

「哇，好可愛的狗狗！」貝克太太驚呼出聲。「肯定餓壞了吧？」

她將自己吃剩的蛋糕給了浪浪。浪浪很有禮貌地接下，一口吃掉，然後繼續央求。貝克太太從盤子裡拿了一整塊蛋糕給她，這下子浪浪懇求的眼神更深情無比了。

「我快吐了。」夏縵對浪浪說。

珊普妮亞嬸嬸也親切地遞給浪浪一塊，然後對夏緩說：

「我必須說，有這隻優秀的獵犬保護妳，沒有人會擔心妳的安全，不過妳自己可能會餓肚子就是了。」

「她吠起來可厲害了。」夏緩說。不過，珊普妮亞嬸嬸，你說話不用這麼諷刺，我知道她不是看門狗——但夏緩才剛這麼想就立刻察覺，浪浪確實在保護她。她成功轉移了媽媽的注意力，讓她完全忘了寇伯、廚房或夏緩可能遭遇的各種危險，而且是浪浪自己恢復成正常大小，完成了這件事。夏緩發現自己心中充滿感激，也給了浪浪一塊蛋糕。浪浪用鼻子碰碰她的手道謝，模樣可愛極了，然後又將期待的目光轉向貝克太太。

「喔，她多麼可愛！」貝克太太忍不住嘆息，又給了她第五塊蛋糕。

她的肚子會爆炸，夏緩心想。不過，幸虧有浪浪，接下來的時間平靜無波地過去，直到最後，兩位女士起身準備離開，貝克太太說，伸手探進口袋裡：

「啊，我差點忘了！有一封妳的信，親愛的。」

她遞給夏緩一個硬挺的長信封，背面蓋有紅色的封蠟章，收信人寫的是「夏縵．貝克小姐」，字跡顫抖但很優雅。

夏縵盯著信封，發現自己的心跳在耳朵和胸口猛烈撞擊，彷彿鐵匠在敲打鐵砧似的。她的眼前變得模糊，手顫抖著接過信封。國王回信了。他真的回信了。她確定那是國王，因為信封上的字跡，和她在威廉叔公的書房裡發現的那封信一模一樣。

「噢，謝謝。」她盡可能讓自己聽起來若無其事。

「把信打開呀，親愛的。」她媽媽繼續問。「看起來相當慎重。妳覺得是什麼啊？」

「喔，沒什麼，只是我的結業證書。」夏縵說。

這是個失誤。她媽媽立刻驚叫：

「什麼？但親愛的，妳爸爸希望妳留在學校，多加深文化造詣啊！」

「我知道，不過每個人在十年級結束都會收到證書，」夏縵自己胡亂編造。「免得有人想離校呀。全年級每個人都會收到，別緊張。」

雖然夏縵自認為這說詞挺高明的，貝克太太仍然面露擔憂，若不是浪浪及時出手，她恐怕又要鬧得不可開交。只見浪浪突然身子一蹬，站直起來，再度將前掌收到下巴底下，無比可人的模樣，朝貝克太太踮步走去。

「哦，妳這個小甜心！」貝克太太驚呼。「夏緩啊，萬一妳威廉叔公好轉後，讓妳把這小可愛帶回家，我是不會介意的，真的不會。」

夏緩將國王的信塞進自己的腰帶間，分別親吻母親和珊普妮亞嬸嬸，向她們道別，而且兩人都沒再提起信的事。她開心地揮手，目送兩人沿著繡球花叢間的小徑離去，才總算關上前門，大大鬆了一口氣。

「浪浪，謝謝妳！妳這聰明的傢伙！」她說。

她靠在前門上，開始打開國王的信——她激動得渾身顫抖，告訴自己說，反正我早就知道國王肯定會拒絕的，因為換作我是國王，我也不會答應！

信封才開到一半，另一扇門就被彼得猛地推開。

「她們走了嗎？」他繼續問。「總算走了？快來救我，我在裡面被一群憤怒的寇伯包圍了。」

註1 原文為*The Thaumaturge as Artist*。

註2 原文為*Memoirs of an Exorcist*。

註3 原文為*The Theory and Practice of Choral Invocation*。

註4 原文為*The Twelve-Branched Wand*。

第六章　事關藍色

夏縵嘆了口氣，將國王的信塞進口袋。不管信上寫了什麼，她都不想和彼得分享。

「為什麼？寇伯為什麼生氣？」她問。

「妳自己過來看。這一切聽起來荒謬極了。我告訴他們妳是負責人，他們得等妳招待完那兩位女巫。」彼得說。

「什麼女巫！其中一個是我媽！」夏縵說。

「呃，我媽就是女巫。而且那位穿了一身絲綢，很高傲的女士，一看就知道是女巫好嗎。快點過來。」彼得說。

彼得為夏縷扶著門，夏縷進門時心想，關於珊普妮亞嬸嬸的事，彼得說的或許沒錯。在一切務求高雅的貝克家，從來沒有人會提起巫術這兩個字，但其實多年來，夏縷一直覺得珊普妮亞嬸嬸是個女巫，只不過她不曾對自己說得如此直白。

一進廚房，珊普妮亞嬸嬸的事立刻被她拋在腦後，因為裡面到處都是寇伯。地板上，只要沒堆滿狗碗或沒被茶水潑到的地方，都站滿了男性的小藍人，每位都有形狀各異的藍色大鼻子。他們也擠到桌上的茶壺堆中間，跳到水槽的髒碗盤上保持平衡。也有女性的小藍人，她們多半高踞在洗衣袋上，與男人最明顯的差別是鼻子較小巧且線條柔和，以及時髦的藍色荷葉邊裙。夏縷心想，**我也想要一條那樣的裙子**，當然，尺寸得大一點。寇伯的數量實在太驚人，以至於夏縷過了好一會才注意到，壁爐冒出的肥皂泡幾乎都不見了。

夏縷進來時，所有的寇伯都尖聲叫嚷。

「我覺得他們一整族都來了。」彼得說。

夏縵認為他說的也許沒錯。

「好了！我在這裡。現在有什麼問題？」她在吼叫聲中提高音量。

她得到的回應是一陣排山倒海而來的怒吼，逼得夏縵不得不摀住自己的耳朵。

「夠了！」接著她又放聲大喊。「你們所有人同時大吼大叫，我怎麼可能聽懂？」

她認出那位先前現身客廳的寇伯，現在正站在椅子上，旁邊還站了至少六位。他的鼻子形狀相當令人難忘。

「你來告訴我吧。再說一次你叫什麼名字？」夏縵問。

他向夏縵潦草一鞠躬：

「我的名字叫提米茲。我知道妳是莎夢．貝克，妳代表巫師發言。我說的對嗎？」

「差不多。」夏縵說。爭論她的名字唸法似乎沒有多大意義，而且，她其實挺喜歡被叫成「莎夢」的，好像人也變得有魅力起來。「我說過巫師生病了，他離開家去接受治療。」

「妳是這麼說沒錯。」提姆茲繼續回答。「妳確定他不是逃跑了？」

這句話引發一陣嘲諷叫囂，席捲了整個廚房，夏緵不得不再次用吼的說話才聽得見：

「安靜！他當然不是逃跑。他離開的時候我人就在這裡。他的身體非常虛弱，精靈還得把他抬出去。如果精靈沒來，他恐怕就沒命了。」

幾乎所有人都陷入靜默。提米茲沉著臉說：

「既然妳都這樣說了，我們當然相信。雖然這是我們與巫師之間的紛爭，但也許妳能幫忙解決也說不定。我跟妳說，我們是真的很不高興，那樣子簡直有礙風化。」

「哪樣子？」夏緵問道。

提米茲瞇起眼睛，頂著大鼻子怒目而視：

「妳可不准笑。我向巫師投訴時他竟然笑了。」

「我保證不笑。到底怎麼了？」夏緵說。

「我們氣瘋了。」提米茲繼續說。「女人們拒絕幫巫師洗碗盤，我們還奪走他的水龍頭，讓他沒辦法自己洗，但他的回應只是一直微笑，說他沒力氣跟我們爭——」

「因為他生病了啊。」夏緌繼續問。「現在你知道了。所以是為了什麼事？」

「他的花園。」提米茲繼續說。「第一個抱怨的是羅洛，我親自過來查看後，發現羅洛說得沒錯。巫師種植的灌木開的是藍色的花，就花而言，藍色是最正確合理的顏色，但他施了魔法，讓一半的灌木變成開粉紅色的花，甚至有些綠色或白色的花，簡直令人作嘔，不成體統。」

聽到這裡彼得再也按捺不住——

「不過繡球花本來就是這樣呀！我已經跟你解釋過了！你隨便問哪個園丁，他都會告訴你，如果你不在整片灌木叢的土壤撒上藍染粉末，有些就會開粉紅色的花。羅洛是園丁，他應該很清楚才對。」他猛然大吼。

夏緌環顧擠得水洩不通的廚房，但沒在這批藍色大軍中瞧見羅洛的蹤影：

「他大概只對你一人這樣說，因為他喜歡砍東西。我敢說他肯定一直纏著巫師，問他能不能把園子裡的灌木砍掉，但巫師拒絕了。他昨天就問過我——」

這時，羅洛從一只狗碗旁冒了出來，幾乎就在夏縵的腳邊。夏縵主要是認出他細小刺耳的聲音，他喊道：

「我確實問過她，那又怎麼了！她小姐一屁股坐在路中間，人剛從天上飛下來，好不威風，然後說我這麼做只是為了滿足自己。跟巫師一樣壞，她很壞！」

「你不過是個小矮子破壞狂！只因為事情不如你所願，才來找麻煩！」夏縵低頭瞪著他說。

「聽到了沒？講那什麼話？我和她誰對誰錯，大家評評理！」羅洛猛地伸出一隻手臂。

廚房響起一片可怕的尖聲喧嘩。提米茲大喊安靜，等喧鬧漸漸平息，只剩低聲的咕噥，他對夏縵說：

「那麼，妳現在准許我們把這些不雅的灌木叢剷除嗎？」

「不，我拒絕。那是威廉叔公的花，而我應該要為他照顧所有的東西。羅洛只是故意找碴。」夏縵回應。

提米茲瞇起眼睛，咄咄逼人地說：

的忙。」

「這是妳最後的決定？」

「是的。就是這樣。」夏緩說。

「那麼。」提米茲繼續說。「妳只能自求多福了。從今以後，沒有寇伯會幫妳的忙。」

然後，所有人都走了。就這樣，藍色大軍瞬間從堆積的茶壺、狗碗和髒餐具之間消失無蹤，只留下一陣微風，攪動著最後的幾個泡泡，而壁爐的火燒得正旺。

「妳真笨。」彼得說。

「什麼意思？」夏緩忿忿地繼續問。「是你自己說繡球花本來就是那樣的。很明顯，是羅洛故意煽動他的族人。我可不能讓威廉叔公回家，發現他的花全被砍光了，對吧？」

「是沒錯，但妳可以更有手腕一點。我以為妳會說，我們可以下個藍染咒，讓所有的花都變成藍色之類的。」彼得堅不退讓。

「但羅洛依然會想把它們全部砍掉。昨晚我不答應他，他就說我是掃興鬼。」夏緩說。

「妳可以讓他們看清楚羅洛的真面目，而不是讓所有人更生氣。」彼得說。

「至少我沒有像威廉叔公一樣笑他們，惹火他們的是威廉叔公，不是我！」夏縵回嘴。

「妳看看他的下場！他們奪走他的水龍頭，留下一堆髒碗盤。現在變成我們得把所有的碗盤都洗乾淨，而且浴室甚至還沒有熱水。」彼得說。

夏縵怒氣沖沖，用力坐到椅子上，再度開始拆國王的信：

「為什麼我們一定得做？我根本連碗該怎麼洗都不知道。」

「妳不知道？怎麼會不知道？」彼得大為震驚。

夏縵打開信封，抽出一大張摺起的信紙，紙張漂亮而硬挺。

「我媽要栽培我成為一個高雅體面的人，她從不讓我靠近洗碗間，也不讓我靠近廚房。」她說。

「不敢相信！什麼事都不會做哪裡體面了？用一塊肥皂生火很高雅嗎？」彼得說。

「那一次，只是意外。」夏縵高傲地繼續說。「請安靜點，讓我好好讀信。」

然後，夏綴戴起眼鏡，展開硬挺的信紙。
「親愛的貝克小姐——」她讀道。
「好吧，反正我要去試試看。我打死也不要被一群小藍人欺負。但我竟然以為妳應該有起碼的自尊心，會來幫我的忙。」彼得說。
「閉嘴啦。」夏綴說完，專心讀信。

親愛的貝克小姐

感謝妳為寡人服務的一片好意。一般情況下，寡人之女希妲公主的協助便可充分滿足寡人所需；惟公主恰好必須接待來訪的貴客，期間不得不暫停圖書館的工作。因此，寡人相當感激並接受妳慷慨的提議，為寡人提供短期的協助。若妳能在這星期三上午十點半左右前來王宮，寡人很樂意在圖書館接待妳，並說明工作相關事宜。

致上最深切的感激

夏縵讀著信，一顆心緊張得怦怦跳，直到讀到最末，她才知道那不可思議、難以置信、根本不可能的事情確實發生了——國王同意讓她在皇家圖書館幫忙！淚水湧上她的眼眶，她也不清楚為什麼，只能連忙摘下眼鏡，她感覺每次心跳的撞擊都充滿了喜悅，但一陣恐慌緊接而來——今天是星期三嗎？她不會錯過了這個大好機會吧？

她剛才一直聽見彼得製造的聲響，但沒特別留意。他撞翻了堆疊的平底鍋，將狗碗踢開，一路走向內門。現在夏縵聽到他又回來了。

「今天是星期幾？」她問彼得。

彼得將他取來的大平底湯鍋放在爐火上，鍋子嘶嘶作響。

「如果妳告訴我肥皂粉放在哪裡，我就告訴妳。」彼得說。

「你很煩欸！在食品儲藏室，有個標著『犬類』什麼的袋子裡。快說，今天是星期幾？」夏縵說。

「抹布，先告訴我抹布在哪。妳知道現在又多了兩袋髒衣服嗎？」彼得說。

「我不曉得抹布放在哪。到底星期幾？」夏綠回。

「先找抹布。」彼得說。「如果是我發問，他不會回答。」

「他根本不知道你要來。」夏綠接著說。「星期三了嗎？」

「我想不透他為什麼不知道，他明明收到我的信了。快問抹布在哪。」彼得說。

夏綠嘆氣。

「威廉叔公，有個愚蠢的男生想知道抹布放在哪裡，拜託您了。」她說。

「親愛的，妳知道嗎，我差點忘了抹布的事。抹布都收在桌子的抽屜櫃裡。」

那個親切的聲音回答了。

「今天是星期二。」彼得說著，立刻撲向抽屜，拉開的時候差點撞上夏綠的肚子。他一邊拿出幾捆毛巾布和洗碗抹布，一邊說。「我敢肯定今天是星期二，因為我是星期六從家裡出發的，花了三天走到這裡。滿意了嗎？」

「謝謝。」夏綠繼續說。「你人真好。不過明天我恐怕要進城一趟，也許一整天都不在。」

「所以我正好來幫妳看家，妳豈不是太走運了？妳打算開溜到哪？」彼得問。

「去謁見國王。他請我去幫他的忙。不信你看這個。」夏縷自豪地說。

彼得拿起信，從頭到尾讀過。然後開口：

「我明白了，妳同一時間安排去兩個地方。還真行啊。現在妳可以幫我把這些該死的盤子洗了，趁水還熱。」

「為什麼？又不是我弄髒的。」夏縷說。她將信收進口袋，站起身來。「我要去花園。」

「也不是我弄髒的啊。再說，是妳叔公惹怒了寇伯。」彼得說。

夏縷只是旋風般走過他身邊，步向客廳。

「什麼高雅體面，妳差遠了！」彼得在她背後繼續喊著。「妳只是懶！」

夏縷不予理會，快步走向前門。浪浪緊跟在後，繞著她的腳踝跑來跑去，想吸引她的注意力，但夏縷實在太氣彼得了，根本懶得理浪浪。

「老是批評個沒完——來這裡後沒一刻停過！最好他就完美無缺！」她說著，用力打開前門。

夏綠倒抽了一口氣。那些寇伯完全沒閒著。而且肯定忙得不可開交，動作飛快。沒錯，他們確實沒有將灌木叢全部剷除，因為她要求不要這樣做。但是他們將每一朵粉紅色的花，以及大多數紫紅色和白色的花都剪了。小徑前端灑滿了粉紅色和淺紫色的繡球花團，她看見灌木叢間還有更多落花。夏綠怒吼一聲，衝上前去拾起花朵。

「說我懶？」她一邊咕噥著，一邊撿起繡球花頭，收進兜起的裙襬裡。「哦，可憐的威廉叔公！真是一團亂。他就是喜歡有各種不同的花色啊。那些可惡的藍色小人！」

她將收集在裙襬裡的花朵倒在書房窗外的桌子上，發現牆邊有一個籃子，決定帶著籃子步入灌木叢。浪浪在她身邊快速奔竄，噴氣，東聞西聞，夏綠則用籃子撈起被剪下的繡球花頭。當她發現寇伯並不完全確定哪些算是藍色時，她壞心地笑了出來。他們留下了大部分微帶綠色的和少數偏薰衣草紫的花，而有一叢肯定令他們傷透腦筋，因為每簇花團裡，每朵花的中央是粉紅色，外圍卻是藍色的。根據灌木叢周圍聚集的小腳印數量判斷，他們為此召集了會議，最後決定剪掉這叢一半的花朵，保留另一半。

「看吧？才沒那麼容易。」夏縵扯開嗓門說話，免得附近有寇伯在聽。「這根本是蓄意破壞，希望你們感到羞恥。」

她帶著最後一籃回到桌邊時，仍重複說：

「破壞狂！行為惡劣！小壞蛋！」

希望至少羅洛在某個地方聽著。

有些碩大的花團連著長長的花柄，夏縵將那些收集起來，湊成一大把綜合了粉紅色、紫紅色和綠白色的花束，然後將剩下的攤開在桌面上曬乾。她記得自己在某個地方讀過，繡球花乾燥後會保持同樣的顏色，很適合當作冬天的裝飾。威廉叔公會很喜歡的，她想。

「看到沒？多讀書也是有用處的！」她對著空氣宣告。然而，這時夏縵意識到自己是因為收到國王的回信太自滿了，才忍不住想向全世界（或彼得）證明自己的價值。「好吧。我們走，浪浪。」

浪浪尾隨夏縵進屋，又顫抖著從廚房門前退了回來。夏縵踏入廚房立刻明白了原因，只見彼得從熱氣騰騰的湯鍋上抬起頭來，他不知從什麼地方找到一條圍裙，並且將所有碗盤餐具分成小堆，整整齊齊地疊在地上。他一副正義凜然的憤慨模樣，瞅了夏縵一眼，說：

「果然是大家閨秀。我請妳幫忙洗碗，妳倒是去摘花！」

「才不是那樣。那些可惡的寇伯把所有粉紅色的花都剪掉了。」夏縵說。

「真的假的？那真是太遺憾了。妳叔公回來肯定會很難過，對吧？妳可以把花放在裝蛋的那個盤子裡。」彼得說。

夏縵看著裝滿雞蛋的餡餅盤，旁邊是那一大袋肥皂片，擠在桌上的茶壺堆中間。「那蛋要放哪？等等。」她離開廚房到了浴室，將繡球花放在洗手台裡。浴室相當潮溼，感覺很陰森，而且滴滴答答的，但夏縵寧可不去想。她回到廚房。「我要把茶壺裡的茶水都倒出來，澆灌繡球花。」

「妳想得美。妳會澆個好幾小時。妳覺得這水夠熱了嗎？」彼得說。

「現在只有熱氣——我覺得應該要冒泡泡。而且我才不會花到好幾小時。看好了。」她挑出兩個大一點的深平底鍋，開始將茶水往鍋子裡倒。她一邊說著。「你知道，人懶也是有好處的。」

這時她赫然發現，只要她將一只茶壺倒空放回桌上，那只茶壺隨即就會消失。

「記得要留一個給我們。我想喝杯熱的。」彼得焦急地說。

夏縵思考片刻，小心翼翼地將最後一只茶壺放到椅子上。結果它也消失了。

「好吧。」彼得說。

看在他努力不表現得太惡劣的份上，夏縵說：

「等我把這些茶澆完，我們可以到客廳喝個下午茶。而且我媽來的時候，又帶來一袋吃的。」

「那麼洗完碗，我們就可以吃頓像樣的了。」彼得明顯精神一振，接著說。「我不管妳怎麼說，反正要先洗碗。」

彼得不顧夏縵的極力反對，堅持她非做不可。她一從花園進來，彼得就過來搶走她手中的書，遞給她一塊布要她繫在腰間，然後帶著她到廚房，也就是那神祕又恐怖的程序開始的地方。彼得將另一塊布塞到她手裡。

「妳負責擦，我來洗。」他說著，然後從爐火上拿起熱氣蒸騰的平底鍋，將一半熱水倒入灑了肥皂片的水槽，再提起一桶用汲水器打來的冷水，也倒了一半進去。

「為什麼要這樣做？」夏綠問。

「才不會被燙到啊。」彼得回答，一邊將刀叉丟進混好的肥皂水中，接著放入一疊盤子。「妳連這都不懂？」

「對。」夏綠說。

她煩躁地心想，她讀過那麼多書，卻沒有一本提過洗碗的事，更不用說解釋方法了。她看著彼得迅速動作，拿起一只有花紋的盤子，用洗碗布抹掉上面殘留的陳年晚餐。盤子過完肥皂水後變得又亮又乾淨，夏綠很喜歡現在這盤子的圖案，幾乎以為自己目睹了魔法。她看著彼得將那只盤子浸在另一個桶子裡沖洗，然後遞給她。

「我要做什麼？」夏綠問。

「當然是把它擦乾，然後在桌上疊起來。」他說。

夏綠試著去做。但這差事太可怕了，簡直要跟她耗到天荒地老。擦拭布似乎完全不吸水，盤子一直險些從她手中滑落。她擦拭的速度比彼得清洗的速度慢上許多，彼得很快就洗好一堆盤子在水槽邊瀝乾等著，開始不耐煩起來。偏偏就在此時，那只最美的圖紋餐盤徹底從夏縵手中滑脫出去，掉到了地板上。與那些神祕的茶壺不同，它摔碎了。

「啊。」夏縵低頭盯著盤子的碎片說。「要怎麼把它拼回來？」

「沒辦法。」彼得朝天花板翻了個白眼後，又說。「只能小心別再摔了。」

他將盤子碎片收集起來，扔進另一個桶子裡。

「換我擦，妳來洗洗看，不然我們恐怕要耗上一整天。」彼得說。

他將水槽裡變成褐色的髒水排放掉，拾起裡面的刀叉湯匙，放入沖洗桶裡。夏縵驚訝地發現餐具變得很乾淨，而且閃閃發亮。

夏縵看著彼得再度將肥皂片和熱水注入水槽，心裡忿忿不平且理直氣壯地認定，彼得剛才挑了比較簡單的部分來做。

但她發現自己錯了。這一點也不簡單。她清洗每一件餐具都要花上漫無止盡的時間，弄得衣服正面全濕透了。而且彼得不停地將洗過的盤子、咖啡杯、小碟、馬克杯遞回給她，說沒洗乾淨，並堅持在人用的餐具洗完之前，不准開始洗狗碗。夏縵心裡嘀咕彼得真是壞心，因為浪浪將每個碗都舔得乾乾淨淨，狗碗洗起來肯定輕鬆許多。更慘的是，她發現雙手抽離肥皂水後變得一片通紅，而且布滿奇怪的皺紋，簡直嚇壞了。

「我肯定生病了！我得了可怕的皮膚病！」她說。

彼得噗哧笑了出來，這讓她很生氣，感覺深受冒犯。

不過，這樁可怕的差事總算完成了。正面衣服濕透、雙手皮膚皺巴巴的夏縵，悶悶不樂地走到客廳，在夕陽餘暉的斜照下讀起《十二分枝的魔杖》，留彼得獨自一人將乾淨的碗盤拿進儲藏室裡疊好。她覺得再不坐下來讀一會書，自己可能就要發瘋了。一整天下來我幾乎一個字也沒讀，她想。

彼得很快便打斷了她的獨處時間。他帶著一只他找到的花瓶闖進來，用力將它擱在夏縵面前的桌子上，花瓶裡插滿了繡球花。

「妳說妳媽帶來的食物在哪？」他問。

「什麼？」夏縵回問，隔著花束的枝葉看他。

「我說食物。」彼得說。

浪浪磨蹭著夏縵的腿，嗚嗚叫表示附和。

「哦，食物。」夏緌繼續說。「如果你保證吃的時候不弄髒任何一個盤子，儘管拿一些去吃。」

「沒問題啊，反正我餓到可以從地毯上舔著吃。」彼得說。

夏緌只好不甘願地停下閱讀，從扶手椅後面拖出那袋食物。他們三個大啖貝克先生的美味餡餅，接著又跟推車點了下午茶，還點了兩次。飽餐過程中，夏緌將插了繡球花的花瓶移到推車上，免得礙手礙腳，沒想到下一秒再看，那花瓶竟然連瓶帶花消失了蹤影。

「不曉得花瓶到哪裡去了。」彼得說。

「你可以自己坐到推車上看看。」夏緌建議。

彼得並不想做到那個地步，這令夏緌大失所望。她一邊吃，一邊努力想有什麼方法可以說服彼得離開，回蒙塔比諾去。其實硬要說的話，她並不完全討厭彼得這個人，只不過與他同住一個屋簷下實在太煩人了。而且她很清楚——因為彼得明白告訴過她——下一件他要夏緌做的事，就是將髒衣袋裡的衣服倒出來洗。一想到沒完沒了的清洗工作，她就不寒而慄。

至少我明天不在，他也不能逼我做事，她想。

突然之間，她開始緊張得要命。她就要去謁見國王了。寫信給國王已經夠瘋狂了，如今她還得去見他。她的食慾蕩然無存。她從最後一塊奶油司康上抬起頭，發現外頭天色暗了。魔法燈光在屋內亮起，客廳頓時像灑滿金黃色的陽光似的，只不過窗戶盡是一片漆黑。

「我要去睡覺了，明天還要忙一整天呢。」她說。

「如果貴國國王的腦袋還算清楚，他應該一見到妳就會立刻把妳踢出門。那麼，妳就能回來洗衣服了。」彼得說。

由於這正是夏綠最害怕的兩件事，她沒有答腔。她只是拿起打算當作睡前讀物的《驅魔師回憶錄》，帶著書邁向門口，然後左轉返回臥室。

第七章　眾人抵達王宮

夏綬過了驚惶不安的一夜。部分驚擾無疑是《驅魔師回憶錄》造成的。這位作者顯然成天出入鬧鬼的地方，處理各種光怪陸離的案件，然而他敘述一切的口吻是如此平實如常，使夏綬打從心底相信鬼魂絕對存在，而且多半相當令人不快。她一整晚都在發抖，真希望自己知道如何將燈光點亮。

另一部分的干擾是來自於浪浪，因為這小傢伙似乎自認為有權利睡在夏綬的枕頭上。

然而最大的干擾純粹是出於緊張，以及無法獲知時間的不安。夏縵不斷醒來，想著，萬一睡過頭怎麼辦！她在灰濛濛的破曉時分醒來，聽見某處的啁啾鳥叫聲，決定當下起床，卻不知怎地又睡著了。等她再次睜眼，天光已經大亮。

「救命！」她大叫著掀開棉被，一不小心就將浪浪一起甩到地上。

她跌跌撞撞走到房間另一頭，找到她事先特別放好的正式禮服。她穿上自己最好的綠色裙子，此時腦中總算浮現最明智的解決方法。她喊道：

「威廉叔公，我該怎麼知道現在幾點呢？」

那個和藹的聲音回答：

「親愛的，只要輕敲妳的左手腕，然後說『時間』就行了。」

夏縵感覺威廉叔公的聲音似乎比之前更虛弱。希望只是因為咒語的力量在逐漸消失，而不是威廉叔公本人變虛弱，無論他身在何處。

「時間？」她敲敲手腕詢問。

她猜想應該會有聲音或時鐘出現，後者機會更大，因為高諾蘭的人民擅長製作鐘錶，她自己家就有十七個鐘，浴室裡也擺了一個。先前她就感到有些詫異，威廉叔公家似乎連一座咕咕鐘都沒有，直到此刻她終於明白原因——因為她在腦中直接知道了時間。現在是八點鐘。

「可是走到王宮起碼要一小時！」她倒抽一口氣，趕緊奔向浴室，邊跑邊把手臂塞進她最好的絲質上衣。

夏緲梳頭髮時，感到前所未有地緊張。她注視鏡中的自己——不知何故，有水從中淌過——鐵銹色的頭髮梳成單辮垂過肩頭，模樣非常年輕。她心想，國王會發現我只是個女學生。但現在沒時間多想了。夏緲奔出浴室，再回頭穿過同一扇門左轉，匆匆忙忙衝進溫暖而整潔的廚房。

現在有五袋髒衣服靠在碗槽邊，但夏緲沒空理會。浪浪快速向她奔去，可憐兮兮地嗚嗚叫，又快速衝回壁爐。爐火仍熊熊燃燒著。夏緲正準備輕敲壁爐要求早餐，這才明瞭浪浪的困境——浪浪現在的身材太嬌小，尾巴不要說碰到壁爐了，簡直差了十萬八千里。於是夏緲在點自己的早餐前，敲敲壁爐說：

「請給我狗食。」

她坐在收拾整潔的桌前，狼吞虎嚥吃完早餐，浪浪也快速將她腳邊的狗碗舔得乾乾淨淨。此刻夏縵必須不情願地承認，廚房經過清掃整理後，感覺確實舒服多了。我想彼得還是有他的用處，她這樣想著，一邊給自己倒了最後一杯咖啡，但又覺得應該再敲敲手腕。她得知現在是八點五十四分，整個人驚慌地跳了起來。

「我怎麼花了這麼久時間？」她大聲說著，全速衝回臥室拿她那件漂亮的夾克。

也許是因為她邊跑邊穿夾克，導致過門時轉錯了彎，她發現自己來到一個相當奇怪的地方。這是一個狹長的房間，裡面爬滿水管線路，正中央有一個巨大的滴濾缸，缸身包覆著藍色毛皮，令人匪夷所思。

「哎呀，煩死了！」夏縵抱怨著退出門。

她發現自己回到了廚房。

「至少我知道從這裡出去的路。」她衝進客廳，朝前門跑去，一出門，卻差點被一罐牛奶絆倒，想必是給羅洛的。她砰地甩上前門，忿忿說。「他才不配得到牛奶！」

夏縵奔過前院小徑，穿越被截斷頭的繡球花叢，衝出大門，鐵門在身後哐啷一聲關上。然後，她讓自己慢下來，因為去王宮不知有多少里路，一路跑過去未免太蠢了。但她仍踩著非常輕快的步伐，才剛到達第一個轉彎，就再次聽見身後傳來花園大門的哐啷聲。夏縵迅即轉身，只見浪浪奮力擺動她的小短腿，全速在後方追趕她。夏縵嘆了口氣，回頭朝浪浪大步邁去。見她走來，浪浪歡欣鼓舞地蹦蹦跳跳，發出細細的開心尖叫聲。

「浪浪，不行。妳不能來，快回家去。」夏縵說。她嚴厲地指著威廉叔公家的方向。「回去。」

浪浪垂下兩隻耳朵，直起身子作哀求狀。

「不行！」夏縵下令，再次伸手指了指。「回家！」

浪浪頹然倒地，蜷成一團可憐兮兮的白色毛球，僅有小尾巴尖在擺動著。

「喔，真是的！」夏縵說。眼看浪浪似乎鐵了心，絲毫不肯離開馬路中央，夏縵不得不抱起她，衝回威廉叔公家。她在途中上氣不接下氣地向浪浪解釋。「我不能帶妳一起去。我要去謁見國王，一般人可不會帶隻狗去見國王。」

她打開威廉叔公家的前院大門，將浪浪放到花園小徑上：

「好啦，乖乖待著。」

她對著一臉責備的浪浪關上門，又沿著馬路大步離去，一邊走，一邊焦急地輕叩手腕問：

「時間？」

但是她已經出了威廉叔公家的庭院範圍，咒語起不了作用。夏縵只知道時間越來越晚，突然就小跑起來。

後方再度傳來大門的哐啷聲。夏縵扭過頭，看見浪浪又一次追著她狂奔而來。夏縵忍不住哀號，立刻轉身衝向浪浪，然後一把將狗撈起，扔進大門裡頭。

「妳，給我乖一點，不准跑！」她氣喘吁吁說完，又十萬火急地啟程。

身後的大門哐啷一聲，浪浪再度向她撲來。

「我要尖叫了！」夏縵說。她回頭，第三次將浪浪丟進門裡。「不准動，妳這隻小笨狗！」

這次，她一出發就往城鎮的方向跑去。然而，身後的大門再次哐啷作響，隨後是細碎的腳步聲。

夏縵轉身跑向浪浪，一邊放聲大喊：

「噢，浪浪，妳這討厭鬼！我要遲到了啦！」這回，她抱起浪浪，帶著她上路。夏緩氣喘吁吁說。「好，妳贏了。我非帶著妳去不可，因為不這樣我就會遲到。但我不想讓妳跟啊，浪浪，妳聽不懂嗎？」

浪浪歡天喜地，扭動著身子，仰頭舔舐夏緩的下巴。

「不行，停下來。我很不高興，我討厭妳！真的煩死人了！不許動，不然我把妳丟在路上。」夏緩說。

浪浪心滿意足地舒了口氣，讓夏緩抱在懷裡。

「吼——」夏緩惱火著，繼續趕路。

夏緩繞過突起的巨大崖壁時，本想往上張望，以防魯伯克從上面的草地撲下來，但那時她匆匆忙忙，竟將此事忘得一乾二淨，只顧著往前慢跑。令她大為驚訝的是，拐過彎，城鎮幾乎就在面前，而印象中路程沒這麼近。在晨曦的映照下，房屋和塔樓閃爍著玫瑰色的光輝，距離近在咫尺。夏緩大步邁入第一群房舍中間，心裡暗忖：

先前那趟路，珊普妮亞嬸嬸的小馬未免跑太久了。

馬路越過河，進入城區，就變成了一條骯髒的街道。夏緩記得城鎮的這一頭有點危險，令人感覺不太舒服，於是緊張地快速前進。然而，儘管路上的居民看起來多半頗為貧困，似乎沒有人特別注意夏縵——即便有，也只注意到夏縵懷裡，那興致高昂往外窺看的浪浪。一名攜帶大串洋蔥前往市場的女人，在夏縵經過時讚嘆：

好漂亮的小狗！

「是漂亮的小怪物。」夏縵回道。

女人露出驚訝之色，浪浪也扭動身子表示抗議。

「沒錯，妳就是。」夏縵對浪浪說。此時，她們開始步入更寬闊的街道，周圍的房屋也漂亮多了。「妳這個小惡霸，勒索犯！害我遲到的話，我永遠不會原諒妳。」

她們到達市場時，市政廳的大鐘敲響十點。突然間，夏縵從原本的亟需趕路，變成得設法將十分鐘的步行路程拖到半小時，而事實上，王宮拐過彎就到了。至少她可以放慢腳步，讓頭腦冷靜一下。此刻，陽光的炙熱已穿透山間的霧靄，再加上浪浪的體溫，讓夏縵覺得熱極了。她繞了一段遠路，走上高高俯瞰河流的河濱大道，湍急的河水呈棕色，朝城外壯闊的山谷奔流而去，然後她又從步道下來閒逛一會。

她最愛的三家書店都在這條路上。夏縵賣力穿越散步的人潮前進，急切地往櫥窗裡張望，途中聽見好幾個人說：好可愛的小狗！

「哼！這些人根本不懂！」夏縵對浪浪說。

她抵達皇家廣場時，那裡的大鐘正敲響半點整的鐘聲，夏縵很滿意。然而，當她伴著鐘聲穿越廣場，卻不知為何變得一點也不高興，身體也不熱了。她渾身發冷起來，感覺自己既渺小又無足輕重。她知道赴約是個愚蠢的決定，她真是傻瓜，人家只會瞧她一眼就要她走人。王宮的金色屋頂閃耀著炫目的光芒，完全震懾了她。幸好此時浪浪又用溫暖的小舌頭舔了舔她的下巴。當她拾級而上，來到王宮厚重的大門前時，她緊張得幾乎要轉身逃跑。

但她堅定地告訴自己，這是世界上唯一一件我真正想做的事——雖然現在我也不確定了，她想。但她又向自己喊話：大家都知道，那些屋瓦不過是施了魔法後貌似黃金的錫磚！她拉起金漆大門環，勇敢地叩響了門，下一秒膝蓋卻差點癱軟下去，心想不知還能否逃跑。她站在那裡顫抖著，緊緊抱住浪浪。

開門的是一名很老很老的侍從。夏縵猜測，他或許是男管家，一邊納悶以前在哪裡見過面。一定是上學途中曾經擦身而過，她想。

「呃……我是夏緵．貝克。國王寫了一封信給我——」她開口說。一隻手放開浪浪，想取出口袋裡的信，但還沒碰到信，老管家就為她敞開大門。

「莎夢小姐，請進。」他蒼老的聲音顫抖說著。「陛下在等候妳。」

夏緵發現自己走進皇宮時，搖搖晃晃的程度簡直與老管家不相上下。年邁的管家駝背相當嚴重，所以當夏緵搖搖晃晃走過時，他正好平視浪浪。

老管家顫巍巍地，伸出衰老的手攔住她：

「小姐，請抱緊這隻小狗，讓牠在這裡遊蕩恐怕不妥。」

「希望我帶她來不會造成麻煩，她堅持要跟著我，所以，最後我只能抱著她一起來，否則我會——」夏緵發現自己開始胡言亂語。

「完全不麻煩，小姐。」老管家說著，將厚重的大門關上。「陛下非常喜歡狗。事實上，他還被咬了好幾次，就為了表示友好——嗯，小姐，是這樣的，我們的拉普特[1]籍廚師養了一隻狗，牠不是好惹的傢伙。眾所皆知，若有其他狗侵犯牠的領土，牠不會讓對方活著離開。」

「我的老天。」夏綏無力地說。

「正是。」老管家繼續說。「那麼，小姐，請讓我為妳帶路。」

浪浪在夏綏的懷裡不停蠕動，因為夏綏尾隨男管家走過一條寬闊的石磚走廊時，將她掐得太緊了。王宮內部很冷，而且挺暗的。夏綏驚訝地發現，裡頭竟然不見任何裝飾品，幾乎沒有一絲皇家富麗堂皇的氣派，除非那一兩張圖畫嚴重泛黃、金色外框發黑的大畫也算數。牆上不時可見一個個顏色較淺的偌大方塊，表示原本掛在該處的畫作已被取下，但夏綏此時過於緊張，並不感到奇怪。她只覺得越來越冷，越來越瘦小，越來越不重要，直到最後，她感覺自己變得只跟浪浪差不多大。

男管家停步，推開一扇宏偉方正的橡木門，發出嘎吱嘎吱的聲響。

「陛下，莎夢．貝克小姐到了。還有狗。」他宣告，然後步履蹣跚地離去。

夏綏也步履蹣跚地進了房間。這發抖的毛病肯定會傳染！她這麼想著，不敢行屈膝禮，以免雙膝發軟。

這房間是一座巨大的圖書館。成排的棕色書架擺滿了書籍，在昏暗中向兩邊延伸。夏綏平時喜愛的舊書氣味，在這裡濃烈到幾乎難以忍受。她的正前方有一張巨大的橡木桌，上面高高堆著更多書籍和成疊泛黃的舊文件，桌子的近端放有一些較新較白的紙張，附近則擺了三把寬闊的雕花木椅，椅子圍繞著一只點著細小炭火的鐵籃。這鐵籃放在某種鐵製托盤上，托盤底下則是破破爛爛的地毯。兩位老者坐在兩張雕花木椅上。一位是身材高大的男性，白鬍子修剪得整整齊齊，夏縵壯起膽子與他對視時，發現他皺巴巴的眼皮底下，有著一對蒼老和藹的藍色眼眸。她知道這人肯定是國王。

「過來吧，親愛的。拉張椅子坐，把小狗放在火盆邊。」他對夏縵說。

夏縵勉強按照國王的話做到，並且鬆了一口氣，因為浪浪似乎明白，任誰到了這裡都必須舉止得宜。她端莊地在地毯上坐妥，輕輕搖顫尾巴表示禮貌。夏縵坐在雕花椅的前沿，渾身都在發抖。

「讓我為妳介紹我的女兒——這是希妲公主。」國王說。

希妲公主也上了年紀。倘若夏縵不是事先知道她是國王的女兒，她可能會以為公主和國王年齡相仿。兩人之間最明顯的區別在於，公主比國王有王室氣場好幾倍。她與父親一樣身材高大，一頭整齊俐落的鐵灰色頭髮，身穿粗花呢套裝，那粗花呢料的顏色如此素樸，夏綴知道那一身極為高貴。公主在蒼老滿布青筋的手上，戴了一枚碩大的戒指，這是她全身上下唯一的飾品。

「真是可愛的小狗。她叫什麼名字？」她以堅定且直截了當的語氣說。

「殿下，她叫浪浪。」夏綴的聲音飄忽。

「妳養她很久了嗎？」公主問道。

夏綴知道，公主之所以與她一來一往對話，是為了讓她放鬆下來，不過這反倒令她陷入空前的緊張。

「不……呃……那是，其實她是流浪狗……不過……呃……那是威廉叔公說的。他應該沒養太久，因為他連她是母……呃……我的意思是……連她是女生都不知道。威廉．諾蘭，就是那位巫師。」她說。

聽到最後，國王與公主都發出「哦！」的一聲。國王問：

「親愛的，那麼妳是巫師諾蘭的親戚囉？」

「他是我們偉大的摯友。」公主補充說。

「我——呃——其實，他是我珊普妮亞嬸嬸的叔公。」夏綴坦言。

談話的氣氛似乎輕鬆多了。國王渴盼地問道：

「我想，妳應該還沒收到關於巫師諾蘭的消息吧？」

「恐怕沒有，陛下。精靈帶走他時，他看起來病得很重。」夏緲搖頭。

「並不意外。可憐的威廉。那麼，貝克小姐——」希妲公主說。

「噢——哦——請叫我夏緲就好。」夏緲結結巴巴地說。

「好的。但現在我們必須談正事了，孩子，因為等會我要先離開，去招待我的第一位客人。」公主表示同意。

「我女兒會給妳一小時左右的時間。」國王繼續說。「她會向妳解釋我們在圖書館的工作，以及妳能為我們提供的協助。這是因為我們從妳的字跡推斷，妳的年紀應該不會太大——實際見面也確實如此——所以妳可能比較沒有經驗。」

他又給了夏緲一個迷死人的微笑：

「我們真的非常感謝妳自願幫忙，親愛的。以前從來沒有人想過我們可能需要協助。」

夏緲感覺臉頰發燙。她知道自己的臉肯定紅透了。

「這是我的榮幸，陛——」她勉強咕咕噥噥地說話。

「把妳的椅子拉到桌子旁邊。」希妲公主打斷她。「我們得開始工作了。」

夏綠起身拖動沉重的椅子，國王客氣地說：

「火盆放得很近，希望妳不會覺得太熱。雖然現在是夏天，但我們老人家這些天已經感覺到涼意了。」

「一點也不熱，陛下。」夏綠仍緊張得全身僵硬並說。

「至少浪浪很開心。」國王伸出一根扭曲變形的手指指著。浪浪剛才翻了個身，現在四腳朝天仰躺著，享受烤火的溫暖，模樣似乎比夏綠還開心。

「爸爸，去工作。」公主嚴肅地說。

她拎起掛在脖子上的眼鏡，戴上她高貴的鼻梁。國王取出一副夾鼻眼鏡。夏綠也拿起自己的眼鏡。若非她過於緊張，否則看見他們三人都必須這麼做，肯定會讓她忍俊不禁。

「首先。」公主繼續說。「這座圖書館的收藏包括書籍、文件，還有羊皮紙卷軸。父親與我投入畢生努力，已經列出大約半數的書目資料——按照書名和作者名建檔，並為每本書附上編號與內容簡介。父親會繼續進行這項工作。至於妳要肩負的任務，則是我的主要工作，那就是為文件和卷軸分類編目。這部分恐怕我才剛起頭，這是目前的列表。」

她打開一個大資料夾，裡面的每張紙頁都寫滿了筆畫細長捲曲的優雅字跡。公主將文件在夏縵面前攤開，擺成一排：

「如妳所見，我列出幾個主要的分類標題：『家書』、『家庭帳本』、『歷史文書』……等等。妳的任務是檢查每一疊文件，判定每份文件包含的確切內容。然後，妳要在適當的標題下，寫下對那份文件的描述，之後再把文件小心放入這些貼有標籤的箱子裡。目前為止都清楚嗎？」

夏縵傾身瀏覽列表優美的字跡，深怕自己顯得過於笨拙。

「如果發現不符合任一分類的文件該怎麼辦呢，殿下？」她問。

「這個問題非常好。」希妲公主繼續說。「我們正是希望妳會發現許多無法歸類的東西。只要找到一份，就立刻詢問我父親，說不定那很重要。假如不重要，就把它放入標示『雜項』的箱子裡。這是妳負責的第一捆文件，妳翻閱的過程中，我會從旁觀察妳如何進行。這裡有紙可以寫列表。這是筆和墨水。請開始吧。」她將一捆用粉紅色帶子綁起的泛黃信件推到夏縵面前，然後坐下來看。我從沒碰過如此倒人胃口的事！夏縵心想。她顫抖地拆開粉紅色的結，然後想讓信件散開一點。

「每一封信，都要捏住對角再拿起來。」希妲公主還叮嚀。「不要硬扯。」我的老天！夏縵在心裡嘟噥。她側頭瞥看一旁的國王，國王拿了一本封面發皺的軟皮書，正仔細翻閱著。夏縵心想，我希望做的是像那樣的事。她嘆了口氣，小心翼翼地展開第一封信，脆化的信紙都變成了棕褐色。

「我最親愛，最美麗，最不可思議的寶貝，妳令我魂牽夢縈……」她讀著。

「這個……」她對希妲公主說。「有專門放情書的箱子嗎？」

「有的，確實有。這一個。要記下日期和寄信人的姓名——順道一問，是誰寫的？」公主說。

夏縵往下瞄到信的結尾：

「呃，署名是『大道菲』。」

國王和公主不約而同地「哎呀！」並大笑出聲，國王尤其笑得開懷。

「這樣的話，那些是我父親寄給我母親的信。」希妲公主繼續說。「我母親多年前就離世了，但沒關係，把它寫進妳的列表。」

夏縵端詳紙張脆化呈棕色的狀態，思忖這想必是相當久遠以前的事了。她感到驚訝的是，國王似乎不介意情書被她讀到，而且他和公主兩人似乎都不擔心。或許王室成員與常人不同，她想著，看下一封信。開頭是：

「最親愛的圓膨膨寶貝。」

嗯，好的。她繼續進行自己的工作。

過了一會，公主起身將椅子推到桌邊，整齊靠攏。

「看起來相當令人滿意。我得走了，我的客人馬上要到了。父親，我依然覺得遺憾，要是也能邀請她先生過來就好了。」她說。

「這是不可能的，親愛的。」國王說。他頭也沒抬，始終盯著手邊在做的筆記。

「這是非法挖角，畢竟他是別人家的宮廷巫師。」

「唉，我知道。」希妲公主繼續說。「但我也知道因格利分明有兩位宮廷巫師，而我們可憐的威廉生病了，恐怕還命在旦夕。」

「生命從來不是公平的，親愛的。」國王說著，一邊仍用鵝毛筆持續刮寫紙面。「況且，威廉的進展並不比我們順利。」

「這一點我也知道，父親。」希妲公主說著，離開了圖書館。門在她身後砰的一聲重重關上。

夏綠俯身看她的下一疊文件，試圖裝作剛才沒在聽的樣子。似乎是私事。這一疊紙被捆在一起的時間太久，以至於每張紙都黏在一起，既乾燥且呈棕褐色，就像夏綠曾在自家閣樓發現的馬蜂窩。她開始忙著將每一層紙分開來。

「別裝啦。」國王說。夏綠抬起頭，發現他正對她微笑，手中的鵝毛筆懸在空中，然後從眼鏡上方斜斜對她眨了眨眼睛。「我看妳是個非常謹慎的女孩。」

「想必妳已經從我們剛才的對話猜到，我們——和妳叔公一起——正在尋找非常重要的東西。我女兒的標題會給妳一些線索，提示該找什麼。妳的關鍵字有『國庫』、『收入』、『黃金』、『精靈禮物』。如果發現文件提及這當中的任何一個字眼，請立刻告訴我，親愛的。」

一旦知道要尋找如此重要的東西，夏縵擱在脆弱紙張上的手指，頓時變得冰冷而笨拙。

「好的，當然沒問題，陛下。」她說。

令她鬆了一口氣是，手中這細文件只不過是購買商品及價格的清單——價格似乎全都低得驚人。

「十磅蠟燭，每磅二便士，共二十便士。」她讀著。嗯，看起來是二百年前的事。「六盎司頂級番紅花，三十便士。九根芳香蘋果木，用作主廳室香氛，一法尋[2]。」諸如此類。下一頁記滿了像是「四十厄爾亞麻窗簾，四十四先令」之類的帳目。夏縵仔細做了筆記，將這幾頁紙放進標有『家庭帳本』的箱子裡，然後剝開下一頁。

「喔！」她驚呼出聲。下一頁單子上寫著。「支付巫師麥利柯，酬謝其對一千平方英尺的錫瓦施加魔法，賦予屋頂金色的外觀，二百枚金幣。」

「怎麼了，親愛的？」國王將手指放在書頁上讀到的位置，問道。

夏縵將那張古老的帳單讀給他聽。他發出一聲輕笑，微微搖頭。

「那麼，屋頂肯定是魔法的效果了，對吧？我必須承認，我一直都希望結果證明那是真金。妳呢？」他說。

「我也是。但它看起來就像真的黃金呀。」夏綬安慰道。

「這咒語能維持兩百年，很厲害了。」國王點頭後繼續說。「但也真昂貴。那個年代，二百枚金幣可是一大筆錢。哎，罷了。我也從未冀望靠那種方式解決我們的財務問題。再說，如果我們爬上去把屋瓦全拆了，會很嚇人吧。繼續找下去，親愛的。」

夏綬繼續尋找蛛絲馬跡，但她只發現有人索價二枚金幣栽種一座玫瑰園，另一人整修金庫的酬勞是十枚金幣——不，這不是別人，就是那位裝潢屋頂的巫師麥利柯！

夏綬唸出這筆帳目後，國王說：

「我猜，麥利柯是這方面的專家。在我看來，他就像個熱衷於偽造貴金屬的傢伙。國庫那時肯定就空了。多年來，我一直知道自己的王冠是假的，想必是出自這位麥利柯之手。親愛的，妳餓了嗎？會不會覺得冷或身體僵硬？我們不會固定吃午餐，因為我女兒不贊成吃午餐，但我通常會請管家在這個時間送些點心過來。趁我搖鈴的時候，妳要不要站起來活動一下筋骨？」

夏縵站起來走動，浪浪也翻過身來好奇觀看，國王則是一跛一跛地步向門邊的鈴繩。他明顯非常虛弱，夏縵想，而且個子好高，彷彿他的個頭對他來說負荷太重了。等待回應的空檔，夏縵將握機會瀏覽架上的書籍。藏書似乎包羅萬象，雜亂無章，旅遊書旁邊擺著代數和詩集，又緊鄰地理書。夏縵剛翻開一本叫做《宇宙揭密》的書，圖書館的大門開了，一名頭戴廚師高帽的男人端著托盤走了進來。

此時，國王突然敏捷地跳到桌子後方，令夏縵大吃一驚，他急切喊道：

「親愛的，快抱起妳的狗！」

進來的還有另一隻狗。牠彷彿感到有危險似的緊貼在廚師的腳邊，是一隻神情凶狠的棕色犬，有著粗糙歪扭的耳朵和稀疏邋遢的尾巴，一進門就開始低吠。毫無疑問，牠就是那頭會殺死其他狗的惡犬，夏縵趕緊俯身去抱浪浪。

但浪浪不知怎地從她手中溜了出來，朝廚師的狗跑去。另一隻狗從原本的低吠，變成齜牙咧嘴的咆哮，枯瘦的棕色背脊上豎起一整排剛毛。牠看起來危險極了，夏縵絲毫不敢靠近，倒是浪浪似乎並不害怕，她踩著無比雀躍的步伐，直接來到咆哮的狗跟前，然後用她的短短的後腿站直起來，毫不害臊地湊近自己的鼻頭，輕碰對方的鼻子。另一隻狗嚇得後退，驚訝得停止吠叫。接著，牠豎起兩隻凹凸不平的耳朵，小心翼翼地嗅了浪浪的鼻子作為回應。浪浪發出一聲高亢的吠叫，開始活蹦亂跳。一轉眼，兩隻狗已經打成一片，歡快地在圖書館裡奔跑嬉戲。

「嗯！我想這樣應該沒事了。不過這是怎麼回事，賈馬？為什麼是你來，不是辛姆？」國王說。

夏綠注意到賈馬只有一隻眼睛，他走過來，帶著歉意將托盤放到桌上。

「公主殿下帶辛姆去接待客人了，陛下。只留下我一個人送餐，所以我的狗也會跟來。」賈馬解釋道。他看著兩隻蹦跳嬉戲的狗，繼續說。「我覺得，我的狗在今天以前從來沒有好好享受過生活。以後請經常帶妳的小白狗來，莎夢小姐。」

他向夏綠鞠躬後，便向他的狗吹口哨。狗假裝沒聽見。他走到門口，再吹一次，然後說：

「食物。來吃魷魚。」

這次兩隻狗都來了。夏綠既吃驚又失望，眼看著浪浪跟在廚師的狗旁邊跑出去，門在兩隻狗身後關上。

「別擔心。牠們似乎交上了朋友。賈馬會帶浪浪回來的。賈馬這個傢伙，非常可靠。若不是因為他那隻狗，他會是個無可挑剔的廚師。我們來看看他帶了什麼來，好嗎？」國王說。

賈馬送來一壺檸檬水，一只以白布覆蓋的大淺盤，盤裡堆滿了酥脆的棕色點心。國王急切掀開布巾時驚呼：

「啊！趁熱吃吧，親愛的。」

夏縵照做了。她光嚐一口就能肯定，賈馬的手藝比她父親還要出色——而貝克先生已是鎮上公認最棒的廚師。那種棕色點心的口感酥脆，又不失柔軟，並且帶著一種夏縵從未嘗過辛辣味。所以才需要檸檬水。她和國王將整盤點心一掃而空，檸檬水也全數飲盡。然後兩人繼續投入工作。

此時，兩人相處起來已相當融洽。有任何想知道的事，夏縵都不會羞於發問。

「為什麼他們需要兩英斗的玫瑰花瓣呢，陛下？」她問道。

「那年代的人在用餐室時，喜歡在腳下墊著玫瑰花瓣。我認為這習慣很糟，會把地方弄得很亂。親愛的，聽聽這位哲學家對駱駝是怎麼說的。」國王回答。

他唸出書中的一頁，兩人都被逗笑了。這位哲學家顯然跟駱駝很不對盤。

過了好一會，圖書館的門開了，浪浪一臉得意洋洋地小跑步進來，賈馬跟隨在後。

「陛下，有公主的口信。夫人已經入座，辛姆正送茶點去前會客廳。」他說。

「啊，有煎餅嗎？」國王說。

「還有瑪芬蛋糕。」賈馬說完便走開了。

國王用力闔上書，站起身來：

「我最好去跟客人打聲招呼。」

「我會繼續檢查帳單，把有疑問的放在同一堆。」夏綠說。

「不，不，妳也一起來，親愛的。帶上妳的小狗，冷場時可以有話聊。這位夫人是我女兒的朋友，我自己也沒見過。」國王說。

夏綠頓時又感到緊張極了。她覺得希妲公主令人生畏，尊貴的王室氣息也教人難以放鬆，她料想公主的朋友恐怕也好不了多少。不過見到國王滿心期待地為她開門，她實在不忍拒絕，況且浪浪已經小跑步跟在國王後頭了，夏縵感覺身不由己，只能跟上去。

前會客廳是一個寬敞的房間，擺滿許多褪色的沙發椅，沙發扶手皆有些微磨損，流蘇飾邊也破破爛爛的。牆面上有更多淺色方塊，那些位置肯定曾經掛過畫。面積最大的淺色方塊位於氣派的大理石壁爐上方。夏縵見到熊熊燃燒的爐火，鬆了一口氣，因為會客廳與圖書館一樣很冷，而夏縵已經又緊張得渾身冰冷了。

希妲公主端正挺直地坐在壁爐邊的沙發上，辛姆剛好推著大餐車過去送上茶點。一見辛姆推餐車的模樣，夏縵立刻想起自己在哪裡見過他——當時她迷路闖到會議室旁，正好瞥見辛姆推著餐車，走過一條陌生的廊道。這太奇怪了！她心想。辛姆顫抖著將一盤抹了奶油的煎餅放到爐邊。一看到那些煎餅，浪浪的狗鼻子立刻顫動幾下，拔腿就想往前衝，好在夏縵及時逮住了她。夏縵緊抱不停扭動的浪浪站起身時，公主說：

「啊，這是我父親，國王。」

會客廳裡的眾人都站了起來。

「父親。」公主繼續說。「讓我為您介紹我的好友，蘇菲．潘卓根夫人。」

國王跛著腿大步向前，伸出手。頓時，偌大的廳室似乎變小了一些。夏緭先前沒意識到國王究竟有多高大，此刻夏緭心想，**簡直跟那些精靈一樣高**。

「潘卓根夫人。」國王繼續說。「幸會。寡人女兒的朋友，就是寡人的朋友。」

潘卓根夫人的模樣令夏緭大呼意外。她很年輕，比公主年輕太多了，一身時髦的孔雀藍禮服，將她帶紅的金髮和藍綠色的眼眸襯托得完美無缺。**她真美**！夏緭有些羨慕地想。潘卓根夫人與國王握手時行了屈膝禮，說：

「陛下，我會盡力而為，其餘暫不多說。」

「甚是，甚是。」國王繼續答道。「快請回座。在場的各位，一起用茶吧。」

每個人都坐了下來，輕聲展開一場恭敬有禮的談話，辛姆則搖搖晃晃地為眾人上茶。夏緭自覺是個徹底的局外人，認定自己壓根不應該在場。她坐在最遠沙發的邊角，試著分辨其他人的身分，與此同時，浪浪安靜地坐在夏緭身旁，看上去很是端莊，目光則熱切地跟隨在分送煎餅的男士。那位先生相當沉默，臉上毫無血色，以至於夏緭的視線一離開，就立刻忘了他的長相，還得再次端詳提醒自己。另一位男士，就是那位即使說話也像閉著嘴的人，她推測是御前大臣。他似乎有許多祕密之事要告訴潘卓根夫人，她不停地點頭——然後眨了眨眼睛，彷彿大臣的話令她感到詫異。另一位女士已經上了年紀，似乎是希妲公主的女侍臣，非常擅長談論天氣。

「如果今晚不再下雨，我也不意外。」她說。此時，那位面無血色的男子來到夏縵身邊，給她一塊煎餅。浪浪的鼻子渴望地隨著盤子的移動來回打轉。

「噢，謝謝。」夏縵說，高興自己沒被忘記。

「拿兩塊吧。陛下肯定會把剩下的全部吃掉。」面無血色的男子建議。

此時，國王正在享用瑪芬蛋糕，還將兩個疊在一起吃，同時跟浪浪一樣渴切地望著煎餅。

夏縵再次感謝那位先生，拿了兩塊。她從來沒吃過抹了這麼多奶油的煎餅。浪浪轉過鼻子輕觸夏縵的手。

「好啦，好啦。」夏縵咕噥著。

她想掰下一塊，還得小心不讓奶油滴到沙發上，但奶油沿著她的手指流淌下來，差點一路滴到袖子上。當夏縵用手帕擦拭之際，女侍臣總算結束所有你能想到的天氣話題，轉向潘卓根夫人。

「希妲公主告訴我，妳有一個可愛的小男孩。」女侍臣說。

「是的，他叫摩根。」潘卓根夫人說。她似乎也遇上奶油麻煩，正用手帕擦抹手指，神色慌亂。

「蘇菲，摩根現在多大啦？上回見他的時候，他還是小嬰兒呢。」希妲公主問。

「嗯，快兩歲了。」潘卓根夫人回答，同時驚險接住一滴金黃色的奶油，差點就要落到裙子上。「我把摩根交給——」

此時會客廳的門開了。走進一名學步年紀的胖胖小男孩，成套的藍色衣服髒兮兮的，眼淚啪答啪答的滾下來。

「媽媽——媽媽——媽媽！」他一邊號哭，一邊跌跌撞撞地進來，不過一見到潘卓根夫人，臉上立刻綻開令人融化的燦笑。他伸長雙臂衝了過去，一頭埋進母親的裙子裡，放聲大喊：

「媽媽！」

隨後進門的，是一團飄浮在空中，顯得很激動的藍色東西，形狀像一滴拉長的淚珠，正面有張臉孔，似乎整個是由火焰構成的。它帶進來一股暖流，同時令所有人驚得倒抽一口氣。一名更激動的女僕急匆匆地進來。

女僕之後是一名小男孩。夏綫從未見過如此天使面孔的孩子，一頭濃密的金色鬈髮，簇擁著天使般白嫩透粉的臉龐。眼睛又大又藍，神色羞赧。精緻小巧的下巴輕托在潔白的花邊領上，優雅的小身軀穿著一套淺藍色的天鵝絨服，別著大大的銀色鈕扣。他進門時，玫瑰花苞似的粉紅小嘴綻放出害羞的微笑，吹彈可破的小臉頰漾起一彎迷人的酒窩。夏綫不明白為什麼潘卓根夫人看他的神情如此驚恐。他無疑是個可愛迷人的孩子啊。看那又長又卷的睫毛！

「——交給我先生和他的火魔照顧。」潘卓根夫人終於將話說完。她滿臉漲得通紅，目光越過稚子頭上，狠狠瞪著後方那位小男孩。

註1 原文為Rajpuht與Rajpuhti（後可接續拉普特的任何事物）。此處指的就是第二集《沙塵之賊》中出現的賈馬與他的狗，而第二集提到他們原居住於拉休普特（Rashpuht），可以得知此處應指同一個國家。可能與拉休普特人稱呼因格利王國為奧欽斯坦是同一概念，高諾蘭親王國可能稱呼拉休普特另有別稱；又或跟該國語言的發音有關。但作者已逝世，無從確認此處異名之來由，因此依然翻譯為「拉普特」。

註2 原文為farthing。英國的舊制貨幣之一，在一八六〇年至一九五六年間所使用。價值約為當時的四分之一便士。

第八章　彼得遭遇水管危機

「噢，殿下，陛下！我不得不讓他們進來，那個小的實在太難過了！」女僕喘著氣說。

她對著滿室的混亂說。此時每個人都站了起來，有人手中的茶杯掉了，辛姆飛身過去搶救，國王跑過辛姆身邊去撿那盤煎餅。潘卓根夫人懷抱摩根起身，仍對著小男孩目露凶光，藍色淚滴狀生物則飄在她面前上下晃動。

「這不是我的錯，蘇菲！」他不停用激動又劈哩啪啦的聲音說。「我發誓這不是我的錯！摩根一直哭著找妳，我們實在沒辦法讓他停下來。」

「妳先下去。」希妲公主起身平息場面。她對女僕說完後轉向蘇菲。「誰都沒有必要難受。蘇菲，我不曉得妳沒雇用保母。」

「不，我沒有。而且原本我還希望自己能喘口氣呢。」潘卓根夫人說完，怒瞪天使臉孔的小男孩，繼續說。「因為妳會以為，有一名巫師和一隻火魔，照顧一個學步小娃應該不成問題。」

「男人啊！」公主繼續問那位面無血色的男子。「我對男人處理任何事的能力都不敢恭維。不過既然來了，摩根和另一個孩子當然也是我們的貴客。火魔需要什麼樣的住宿？」

男子看起來一臉茫然。

「我希望有一堆燒得很好的柴火。」火魔劈啪作響地說。「這房間的爐火就挺不錯，我只需要這個。順道一提，我叫卡西法，殿下。」

公主和面無血色的男子似乎都鬆了口氣。公主說：

「我記得你。我想我們兩年前在因格利王國見過面。」

「那麼另一個小傢伙是誰？」國王親切問道。

「輸菲是我阿姨。」小男孩抬起他天使般的臉孔和藍色大眼，用口齒不清的甜美嗓音對國王說。

潘卓根夫人看起來氣瘋了。

「很高興認識你。你叫什麼名字，小伙子？」國王說。

「亮亮。」小男孩小聲回答，靦腆地低下一頭金色鬈髮的腦袋。

「來塊煎餅吧，亮亮。」國王熱情地遞出盤子。

「靴穴。」亮亮恭敬地說，拿了一塊煎餅。

聽到這，摩根伸出一隻肥胖而霸道的手，大聲嚷嚷著：我，我，我！直到國王也給他一塊煎餅。潘卓根夫人讓摩根坐到沙發上吃，辛姆環顧四周，反應機靈地從餐車抓了一塊抹布過來，抹布幾乎立刻就吸飽了奶油。摩根仰起臉，對辛姆、公主、女侍臣和大臣露出燦爛的笑容。

「仙餅、好粗的仙餅。」他說。

以上場面進行的同時，夏綠注意到，潘卓根夫人不知怎地將小亮亮圍困在她坐的沙發後方。夏縵忍不住偷聽到潘卓根夫人的質問。

「你知道你在做什麼嗎，霍爾？」她的語氣好兇，嚇得浪浪跳到夏縵腿上瑟縮起來。

「他們忘記邀請我了。」亮亮輕柔甜美的嗓音回道。「仄麼做很蠢。你無法獨自解決仄些亂機八招的似，輸菲。你需要我。」

「不，我不需要！再說，你非得這樣口齒不清嗎？」蘇菲反駁。

「似。」亮亮說。

「吼！」蘇菲惱怒道。「這一點也不有趣，霍爾。況且你還把摩根捲進來——」

「我高數妳，摩根從妳離該的那一各就辜個不停，不信妳去問卡機法！」亮亮打斷她的話。

「卡西法跟你一樣可惡！」蘇菲振振有詞地繼續說。「我不相信你們倆有誰真正試著去安撫他，有嗎？你不過是在找藉口上演這一齣——在可憐的希妲公主面前上演這場化裝舞會！」

「她需要我綿，輸菲。」亮亮誠懇地說。

這段對話讓夏緹聽得入迷，不幸的是，此時摩根回頭尋找他的母親，正好發現窩在夏緹膝上發抖的浪浪。他發出驚天大呼：狗狗！然後溜下沙發，邊走邊踩過抹布，伸出沾滿奶油的雙手撲向浪浪。浪浪不顧一切地跳到沙發椅背上，站在那裡使勁狂吠，吠個不停，聽起來就像有人在猛烈乾咳，只是更尖銳刺耳。夏緹不得不將浪浪抱起來，退到摩根碰不著的地方，於是這段沙發後奇妙對話的後續，她只聽到潘卓根夫人要讓亮亮（還是他叫霍爾？）沒得吃晚餐直接上床睡覺，然後亮亮回嘴說：

「妳敢就四四看！」

浪浪平靜下來後，亮亮語帶惆悵地說：

「藍道妳都不覺得我渾可愛嗎？」

接著，響起一陣奇怪的低沉重擊聲，好像潘卓根夫人至此已經完全拋棄了禮儀，氣得跺腳。

「是很可愛。」夏緹聽見她說。「可愛得令人作嘔！」

「好啦。」希妲公主在爐火邊說，此時夏緹仍在遠離摩根。「有孩子們在肯定會熱鬧一點。辛姆，給摩根一個瑪芬蛋糕，快。」

摩根立刻掉頭，朝辛姆和瑪芬跑去。夏綅聽見自己的頭髮滋滋作響。她四處張望，發現火魔在她肩膀旁徘徊，烈焰燃燒的橘色眼睛注視著她。

「妳是誰？」火魔說。

夏綅的心臟怦怦直跳，但浪浪顯得十分平靜。夏綅心想，要不是我才遭遇過魯伯克，否則肯定會被這個卡西法嚇壞。

「我……呃……我只是臨時的圖書館助理。」她回。

「這樣的話，我們之後必須和妳談談。妳渾身散發著魔法的氣味，妳知道嗎？妳和妳的狗都是。」卡西法劈哩啪啦地說。

「這不是我的狗。她是屬於一名巫師的。」夏綅說。

「妳是說那位似乎把事情搞砸的巫師諾蘭？」卡西法問。

「我不認為威廉叔公把事情搞砸，他是個大好人！」夏綅反駁。

「但他好像一直找錯地方。並不是只有壞蛋才會把事情弄得一團糟。看看摩根。」卡西法說。

說完他就突然不見了。夏綅感覺他的作風就是這樣，突然從一處消失，又突然從另一處出現，彷彿池塘上的蜻蜓點水。

國王走向夏綅，一邊愉快地用一塊硬挺的大餐巾擦手：

「親愛的，最好回去工作了。我們得為晚上收拾一下。」

「是的，沒問題，陛下。」夏綅說，然後跟著他向門口走去。

兩人還沒走到門口，天使臉孔的亮亮不知如何逃離了氣頭上的潘卓根夫人，跑去拉拉女侍臣的袖子。

「霸偷妳。」他施展魅力詢問。「葛以給我王具嗎？」

「親愛的，我沒有玩具。」女侍臣顯得不知所措。

摩根捕捉到其中的關鍵字。

「王具！」他揮舞雙手大喊，一隻手還捏著一個奶油瑪芬蛋糕。「王具！王具！王具！」

此時，一個彈簧玩偶盒降落在摩根面前，自己撞開了盒蓋，於是玩偶隨著一陣怪聲蹦了出來。盒子旁邊又落下一座大娃娃屋，隨之而來的是一大堆老舊的泰迪熊如雨點般灑下。再一眨眼，餐車旁出現了一匹破舊的搖搖馬。摩根高興得又喊又叫。

「我想我們就讓我女兒去應付她的客人吧。」國王說。

他帶領夏縵和浪浪步出會客廳，關上門之際，只見越來越多玩具陸續出現，男孩亮亮的姿態仍端莊優雅，其他人都在困惑地東奔西跑。

「巫師經常是非常有活力的客人。」國王在返回圖書館的途中說。「不過我不知道他們年紀這麼小就開始了。我想，這對他們的母親來說是有點辛苦。」

半小時後，夏縵踏上返回威廉叔公家的路程，浪浪跟在她後方快速地小跑步，看起來跟亮亮一樣端莊。

「呼！妳知道嗎，浪浪，我從來不曾在三天之內過得如此充實，從來沒有！」夏縵對浪浪說。

但同時她也感到些許惆悵。國王要她負責帳單和情書是有道理的，但她仍希望他們能輪流看書。她希望一天至少有些時間能翻閱一本極為古老、充滿霉味的皮面精裝書，這才是她原本嚮往的工作。但沒關係。反正她一回到威廉叔公家，就可以立刻埋首在《十二分枝的魔杖》的世界裡。也許《驅魔師回憶錄》更適合，因為它似乎是那種白天讀起來更開心的書。不然，另挑一本新的也不錯？

她滿心沉浸在享受閱讀的期待裡，幾乎沒留意步行路途，只有在浪浪開始喘氣、跑得有些艱辛時，又再度將她抱起。夏綠懷裡抱著浪浪，一腳踢開威廉叔公家的花園鐵門，不料在小徑半途遇上了羅洛，沉著那張小藍臉，怒皺著眉。

「又怎麼了？」夏綠對他說，並且認真考慮要不要乾脆也將他拎起來，扔進繡球花叢。羅洛個子這麼小，應該能丟出美麗的拋物線，雖然她一隻手還摟著浪浪。

「妳鋪在外面桌子上的那些花，難道是希望我把它們黏回去嗎，還是怎麼？」羅洛說。

「當然不是。我把它們放在陽光下曬，乾了之後就拿進屋裡。」夏綠說。

「哈！把家裡裝飾得漂漂亮亮，是嗎？妳覺得巫師看到會作何感想？」羅洛說。

「不干你的事。」夏綠昂首回答，然後大步向前走，逼得羅洛不得不跳到一邊。

夏綠開門時，羅洛在背後嚷嚷些什麼，但她懶得理會，反正是些粗魯無禮的話。她在羅洛的叫喊聲中砰地關上門。

屋裡，客廳的氣味除了霉味以外似乎還多了些什麼，聞起來就像一潭死水。夏縵將浪浪放到地上，懷疑地嗅聞起來。浪浪也是。只見通往廚房的門底下滲出一條條長長的、棕色手指狀的不明物體。浪浪小心翼翼，躡手躡腳靠近。夏縵同樣警戒，伸出一隻腳趾，戳了戳最近的那一灘，感覺像沼澤一樣濕濕黏黏的。

「噢，彼得又做了什麼好事？」夏縵大聲驚呼，打開門。

廚房裡積了兩寸深的水，水面泛著陣陣漣漪。夏縵可以看見水從碗槽邊的六袋髒衣服裡陰森地滲流出來。

「不！」她哀號著，用力關上門，再次打開，然後向左轉。

走廊都被水淹沒了。陽光從盡頭的窗戶灑進來，照亮了水面，可見一股強勁的水流正從浴室奔湧而出。夏縵怒火中燒，一路濺著水花朝浴室走去。她心想，我不指望別的，就只想回來好好讀個書，結果竟然淹大水了！

浪浪跟在夏縵後面悶悶不樂地划水，當夏縵抵達浴室時，門開了，彼得從裡面衝了出來，正面全身濕透，看起來疲憊不堪。他腳上沒穿鞋，褲管捲到膝蓋處。

「太好了，妳回來了。」夏縵還來不及說話，他搶先前開口。「裡面的一根水管有破洞，我試了六種不同的咒語想把洞堵住，結果咒語只是讓破洞四處亂竄。我正準備去毛茸茸的水缸那裡把水關掉——試看看，不知道能不能關掉——不過，或許妳有其他辦法。」

「毛茸茸的水缸？哦，你說那個外面長滿藍色毛皮的東西。你憑什麼認為那有幫助？現在到處都淹水了！」夏縵說。

「因為那是唯一我沒試過的地方！水肯定是透過某種方式從那裡接過來的，妳可以聽到水流聲。我在想也許可以去找個旋塞——」彼得對她咆哮。

「你這個沒用的傢伙！讓我看看。」夏縵吼回去。

她將彼得推到一邊，怒氣沖沖地走進浴室，所經之處激起一大片水花。

水管確實有一個洞。洗手台與浴缸之間的一根水管，上面有一道縱向的裂縫，水從洞口噴灑出來，儼然形成一座快樂噴泉。沿著那根水管散布著幾團灰色的黏稠物，看起來像是魔法造成的，肯定就是那六道毫無用處的咒語。*這都是彼得的錯！*

她對自己咆哮，*是他把水管弄得發燙燒紅的。真是夠了！*

她衝到噴水的裂縫前，氣呼呼地用雙手按住洞口。

「停下來！立刻停止！」她命令道。水繼續從掌邊噴濺出來，灑了她滿臉。

結果，那道裂縫只是從她手指下方側移大約六寸，然後噴水濺濕了她的髮辮和右肩。夏縵沿著水管移動，拱起手掌又蓋住它：

「停下來！停止！」

裂縫再度側移。

「你想跟我玩，是嗎？」夏縵對它說著，又拱起手掌蓋了幾次。

裂縫移動，她伸手追擊，一會之後，她將裂縫逼到浴缸上方的角落，此時，水看似無害地灑入浴缸，順著排水孔流出。她將一隻手靠在管子上擋住裂縫的去路，思考下一步對策。她喃喃自語想著，奇怪，彼得怎麼沒想到這一招，只會到處亂跑、施展些沒用的咒語？

「威廉叔公。我該如何止住浴室水管的漏水呢？」她出聲呼喚。

沒有回應。顯然，威廉叔公沒料到夏縵會需要知道這件事。

「我想他不太懂水管方面的事。行李箱裡也沒有相關的有用資訊。我都翻遍了。」彼得站在門口說。

「哦，是嗎？」夏縵語中帶刺說。

「沒錯，裡面有些東西非常有意思。我可以告訴妳，只要——」彼得說。

「安靜一點，我要思考！」夏緹厲聲斥責。

彼得似乎發現夏緹的心情可能不太好。他閉上嘴安靜等待，夏緹則是人站在浴缸裡，靠在水管上思考。這破洞必須從兩面包夾，這樣才不會再溜走。首先將它固定在一個地方，之後再蓋起來。但怎麼做？快點想，不然我的腳就要完全濕透了。

「彼得。」她繼續說。「去拿一些抹布過來，至少三塊。」

「為什麼？妳不覺得——」彼得說。

「快點！」夏緹說。

幸好彼得氣呼呼地踩著水花去拿了，嘴裡一邊喃喃唸著「專橫霸道」、「壞脾氣野貓」之類的字眼。夏緹故意不去聽。與此同時，她絲毫不敢鬆懈對裂縫的盯梢，持續噴出的水讓她身上越來越濕了。噢，該死的彼得！她將另一隻手按到裂縫較遠的那一頭，然後開始使盡全力，滑動兩隻手向中間用力擠壓。

「關閉！停止漏水，關閉！」她命令水管。

水柱粗暴地噴到她臉上。她感覺到裂縫企圖閃避，但她拒絕讓步，持續用力擠壓。我會魔法！她在腦中對水管喊話。我成功施展了咒語，當然也可以讓你關上！

「關起來吧！」

方法生效了。等彼得只拎著兩塊抹布涉水回來，說他只能找到這麼多時，夏縵已經連內衣都濕透，不過水管也回復完好如初。夏縵拿了抹布，綁在先前裂縫所在位置的兩端，然後從浴缸旁抓起一把長柄搓背刷——這是眼下勉強最像魔杖的東西了——用它敲了敲抹布。

「待在這裡，別想動！」她對抹布說。她又敲敲補好的裂縫，對它說。「你，好好閉上，否則後果不堪設想！」

之後，她將搓背刷指向彼得那些黏糊糊的灰色咒語，也往上頭敲了敲。她說：

「消失！消失！沒用的東西！」

它們全都聽話地消失無蹤。握有強大力量的感覺令夏縵紅了臉，她敲敲膝蓋旁邊的熱水水龍頭說：

「恢復出熱水，別讓我說第二次！」

然後她伸長刷子去敲洗手台的熱水水龍頭：

「還有你！兩個都給我出熱水——但不要太熱，否則有你們苦頭吃！不過，你們乖乖繼續出冷水就好。」

她敲敲冷水水龍頭下指示。最後，她踏出浴缸，濺起巨大的水花，敲敲地上的積水：

「你也消失！快點變乾，排掉，反正消失！不然要你好看！」

彼得涉水走到洗手台邊，扭開熱水水龍頭，把手放在底下試探。

「是熱的！妳成功了！真是鬆了一口氣。謝謝。」他說。

「哼！現在我要去換上乾衣服，好好讀本書了。」渾身濕透、又冷又氣的夏縵說。

「妳不幫忙把地板拖乾嗎？」彼得有些哀怨地問。

夏縵不明白她為何需要幫忙。但她的目光落在可憐的浪浪身上，只見她費力地向她走來，水流不斷拍打著她的下腹。看來搓背刷對地板似乎沒用。

「好啦。」她嘆了口氣後繼續說。「但我已經工作了一整天，你知道的。」

「我也是啊。我一整天跑來跑去，就為了想把漏水的水管堵住。我們至少把廚房弄乾吧。」彼得激動地說。

廚房的爐火依然燒得很旺，導致裡頭儼然成了蒸汽浴。夏緲越過微溫的水，將窗戶打開。除了不斷神祕增生的髒衣袋被水浸透，地板以外的地方都是乾的。包括放在桌子上打開的行李箱。

夏緲聽見彼得在後方說著奇怪的話，浪浪嗚咽叫著。她立刻轉身，發現彼得張開雙臂，從手指到肩膀都跳動著許多閃爍的小火苗。

「哦，地板上的水，變乾吧！」他吟誦道。

火焰開始竄上他的頭髮，也順著他濕漉漉的身體正面向下蔓延。他的表情瞬間從得意變為驚慌，脫口說：

「天啊！」

此話一出，火焰便在他全身上下蕩漾開來，火勢十分兇猛，他的臉上只剩恐懼。

「好燙！救命！」彼得喊著。

夏緲衝上前，抓住他燃燒中的一隻手臂，將他整個人推進地上的積水中。然而，這麼做完全沒幫上忙。夏緲目睹了一幅不可思議的景象——火焰持續在水面下搖曳閃爍，彼得的身體周圍開始冒出細小的氣泡，附近的水快沸騰了！夏綠又十萬火急地將他拉起來，連帶著往空中噴灑出大量的熱水和蒸汽。她將自己的手從彼得燒燙的袖子上抽開，大喊：

「快取消它！你用了什麼咒語？」

「我不知道怎麼取消！」彼得哀號。

「到底什麼咒？」夏綠對他狂吼。

「《複寫本文錄》裡停止洪水的咒語，可我不曉得要怎麼取消。」彼得說得語無倫次。

「吼唷，你這蠢蛋！」夏綠大叫。她抓住彼得燃燒中的一邊肩膀，用力搖晃他。

「咒語，取消！」

接著她繼續高聲呼喊：

「好痛！咒語，我命令你立刻取消！」

咒語聽從了她的命令。夏綠站在原地甩著灼燙的手，目睹火焰在嘶嘶聲、大團的蒸汽和潮濕的烤焦味中消失。歷劫的彼得一身焦棕色，滋滋作響，他的臉和手都變成了亮粉紅色，頭髮明顯短了一大截。

「謝謝妳！」彼得鬆了一口氣，倒在地上說。

「噁！你有頭髮燒焦的味道！你怎麼可以這麼蠢！你還用了哪些咒語？」夏綫推著他坐直起來。

「沒有別的了。」彼得說著，用手將頭髮燒焦的部分撥出來。

夏綫相當肯定他在說謊，但如果真是如此，他也不會坦承。

「況且，我也沒那麼蠢。妳看看地板。」彼得爭辯道。

夏綫低頭一看，發現積水已經消失了大半。地面恢復成只有地磚，有點潮濕，閃閃發亮，冒著蒸汽，但沒淹水了。

「那是你運氣好。」她說。

「我向來如此。每次我的咒語出錯，我媽也都這麼說。我好像該去換個衣服了。」彼得說。

「我也是。」夏綫說。

他們穿過內門，彼得想右轉，被夏綫推向左邊，於是兩人往前直走抵達客廳。

地毯上的小水流正冒著蒸汽，並迅速乾去，但整個房間仍瀰漫著難聞的氣味。夏縵哼了一聲，推著彼得轉過身，再推著他往左穿過門。眼前的走廊雖然潮濕，但也不再積滿了水。

「看到沒？咒語確實有效。」彼得走進臥室時說。

「哈！」夏縵不以為然，也進了自己的臥室。不知道他還做了些什麼，我一點也不相信他。她的正式禮服濕答答的，變得一團糟。夏縵傷心地褪下衣服，掛在房間裡晾乾。她最好的夾克正面燒出了大塊的焦痕，肯定回天乏術了。這下子，明天她就得穿普通的衣服進皇宮。再說，我敢留彼得一個人在這裡嗎？她想。我打賭他會整天都在實驗各種咒語。換作是我我就會。她意識到自己並不比彼得好多少，不禁聳了聳肩。畢竟，她之前也完全無法抵擋《複寫本文錄》裡咒語的誘惑。

夏縵再度回到廚房，感覺自己對彼得生出許多好感。她穿著最舊的衣服和拖鞋，除了頭髮外一身乾爽。

「妳看看我們該怎麼要晚餐吃吧。我餓死了。」夏縵將自己的濕鞋擱在火爐邊烘乾時，彼得說。他換上初抵小屋時穿的那套舊藍色套裝，人看起來舒服多了。

「我媽昨天帶來的袋子裡有食物。」夏緩說著，一邊忙著調整鞋子的擺放位置。

「不，沒有。我午餐時吃光了。」彼得說。

夏緩對彼得的好感瞬間沒了。

「貪吃的豬。」她一邊說，一邊敲打壁爐為浪浪點餐。雖然浪浪在皇宮吃了一堆煎餅，看到新冒出的狗碗還是興高采烈。

「妳也是，貪吃的豬。」夏緩看著狼吞虎嚥的浪浪繼續說。「威廉叔公，你都把食物放在哪裡？我們要怎麼吃到晚餐？」

那個和藹的聲音變得很微弱：

「只要敲儲藏室的門，說聲『晚餐』就行了，親愛的。」

彼得先一步來到儲藏室前，他猛力敲門，大吼：

「晚餐！」

桌子處傳來一種圓滾滾的、啪答啪答掉落的聲音。兩人立刻轉過身看。只見敞開的行李箱旁，此刻正躺著一塊小羊排、兩顆洋蔥和一條蘿蔔。夏緩和彼得呆愣注視。

「都是生的！」彼得大驚。

「而且根本不夠啊。你知道怎麼煮飯嗎？」夏綠說。

「不知道。我們家都是我媽負責煮飯。」彼得說。

「噢，真是夠了！」夏綠說。

第九章 威廉叔公的房子有許多通道

彼得與夏縵自然而然地於火爐前遇到了彼此。當他們兩人一前一後地輪流拍擊著壁爐架，承先啟後，一口同聲喊聲「早餐！」，一旁的浪浪咻地將身子退卻到更旁邊。他們因而發現這道魔咒此時不管用，僅晨間時才能使用。

「好啦，我甚至不介意吃鯡魚乾就好。」夏縵說。她稍稍哀怨地盯著眼前的兩盤盛有些許食物的托盤。盤上有著麵包捲、蜂蜜與柳橙汁，沒有其他的食物。

「我知道怎麼煮蛋。浪浪會吃這些羊排嗎？」彼得說。

「她幾乎什麼都吃。」夏縵繼續說。「她與我們差不多，但我覺得她不會吃蕪菁，我可不會。」

今日這頓晚餐令他們品嚐起來不怎麼心滿意足。因為，彼得所烹飪的蛋有點──很──嗯，很硬。彼得為了使夏縵的目光從蛋上騰開，開口向她問道王宮的歷程。夏縵聽聞彼得所問便不再在意剛才的蛋料理，告訴了他自己在王宮所經歷之事。兩人終於不用再望著眼前與蜂蜜相襯不合的硬蛋。彼得好奇國王尋找黃金的模樣長什麼樣子，也好奇摩根與亮亮──可見這兩個小嬰兒來頭可不小。

「還有火魔？妳剛剛說，會魔法的嬰兒有兩個，又有火魔！我的天，我敢說公主一定頭痛死了。他們會待多久？」彼得說。

「我不知道，沒有人說。」夏縵回。

「我猜兩頓下午茶、兩杯早上的咖啡，公主就會請他們走人了，肯定撐不到周末──妳吃完了嗎？我希望妳可以去整理妳叔公的手提包。」彼得說。

「才不，我想要看書。」夏縵抗議。

「不行。妳要看，以後隨時可以看。但現在，手提包裡都是妳得知道的必要事務。我拿給妳看。」彼得將餐盤往旁邊推開，一把手提包快速放在她面前。

夏綠看了，嘆了口氣，戴上眼鏡，準備察看那只手提包。

手提包裡頭盛滿了紙張。第一張紙上勾勒著威廉叔公為夏綠所寫，華美又有些顫抖的筆跡。上頭寫著：給夏綠，家裡的重點。下方壓著一張較為大張的紙，畫有錯綜複雜的線條。線段交會處的旁邊都有標註，而線段在紙張邊緣處都畫了箭頭，寫著「未探索」。

「是簡短版的重點。」夏綠拾起紙張。彼得接應說：

「箱子裡的其他紙張才是正式的地圖，是摺疊起來的。妳看。」

他拾起其中一張，下一張跟著曳起，再下一張接踵而至，也是如此，為了放進手提包而仔細摺疊了。紙張在桌上凌亂地攤開。夏綠不耐煩地怒視著。每張紙上仔細地畫好了前往各房間與走廊的路線，還以整齊的字跡註記著。部分字跡寫著「在這左轉兩次」或「向右兩步，向左一步」。每間房間以方格繪製並區隔之，某幾間的標示較為簡單，例如「廚房」；某幾間則標名冗長，例如「我的巫師用品儲備，由我引以為傲的咒語自動補充。請注意，左邊牆上的原料相當危險，必須謹慎處理」。幾張接續的紙張間跨寫著交錯的標註，例如「通往未探索的北部區域」、「通往寇伯」、「通往大蓄水池」，或是「通往宴會廳‥我猜可能永遠用不上」。

「我不該打開這個手提包。」夏緣繼續說。「這是我這輩子看過最混亂的地圖！不可能！整棟房子就長這樣嗎？」

「就是這樣。這棟房子非常大。」彼得繼續說。「如果妳仔細看，妳會發現摺地圖的方式，暗示看地圖的人該怎麼去各地。看這裡，最上面那頁是客廳，妳再看下一頁，就不會是書房或臥室，因為那些被向後摺過去了。反過來講，妳會到達廚房，因為摺疊的方式一樣……」

夏緣被地圖弄得暈頭轉向。她的耳朵自主地闔上，聽不進彼得一旁熱切的解說。她望著手中紙張上那些混亂線條，又感到沒那麼複雜了。儘管複雜，她依然可以在地圖正中央瞧見「廚房」，甚至是「臥室」、「游泳池」與「書房」。*游泳池？這是真的？*她心想。一團富有趣味的線段漩渦向右邊延伸過去，通過這些註記下方，進入一處混亂的線條集團中。那集團之下的註記是「會議室」，會議室有個箭頭朝外，標註著「通往王宮」。

「哇！這裡能到國王家！」她驚嘆。

「……去一處山區的草原，那標註著『馬廄』，我還是看不懂要怎麼從他的工作坊到那裡。」彼得說完，打開另一疊紙張。「……這裡是『存糧』，寫著『靜滯咒運作中』，真不知道要怎麼解除。不過，我感興趣的是這裡，妳看，他寫了『儲物空間。只是垃圾？後續待調查。』妳覺得這些彎曲的空間是他自己創造的嗎？還是他搬進來時就發現了這些空間的存在？」

「是他發現的。」夏綠繼續說。「在『未探索』的箭頭這裡，看得出來，他還不知道那通往哪。」

「或許妳是對的。」彼得明智地說。「他真正使用的，只有中心那部分，對吧？我們能幫他多探索一些。」

「你想要的話，自己去吧。我要看我的書。」夏綠繼續說。

她將畫了漩渦線條的紙張摺好，塞進口袋。這能夠讓她的早晨省一番工夫。早晨，夏綠所著的正式禮服還未乾，只能繼續曬在房裡。她著上自己次好的那件衣服，同時思考自己能否讓浪浪與彼得一起待上一整天。這可能不是個好主意。

彼得搞不好想嘗試另一個咒語時，不小心害得浪浪開腸破肚，還是發生什麼其他的災難。

夏繆邁步一進廚房，浪浪毫不意外地熱切迎接她。夏繆敲敲火爐，變出一小堆狗食，接著半信半疑地等待自己的早餐。或許她與彼得昨夜要求早餐時就不小心讓咒語失效了。

但沒有——今天，她有幸能收到滿滿一整托盤的大餐，還能選擇咖啡或茶，吐司、滿滿一盤的鮮魚與白飯也有供應，最後的飯後甜點是一顆桃子。咒語可能想道歉吧，她心想。她不怎麼喜歡魚料理，大多塞給了浪浪享用。浪浪看上去對所有食物展示了相同的熱情。當夏繆翻開地圖，起身準備前往王宮時，浪浪踏著輕快步伐跟在夏繆的後方，魚味也跟著步伐飄來。

夏繆望著線團，更加眼花撩亂，接著她察覺手提箱裡的表格繁亂。她將紙張正著摺再反著摺，想要重現昨天看到的模樣，毫無助益。歷經幾次左轉與右轉，她發現自己邁進了一個碩大的空間，窗邊撒落進來的陽光開朗了整個空間，窗外是河流景色，河對岸的城鎮也能一目了然。令夏繆感到挫折的一幕出現，她發現王宮那金黃色的屋頂正在陽光之下閃閃發亮。

「我想要去的是那裡！」她望著那說道。「不是這裡！」

窗台下方有幾張木頭長桌，堆滿了奇怪的器具，房間中央也堆了更多器具。窗台左右兩方的三面牆有著擺架，堆著玻璃罐、罐頭與形狀奇特的玻璃容器。夏縵可以聞到剛砍下樹木的氣息，然後是她在威廉叔公的書房也聞過的暴風味和香料味。她知道這是剛施完魔法產生的餘味。那這肯定就是叔公的工作坊。再說，瞧見浪浪活跳的模樣，她猜想牠應該很熟悉這裡。

「來，浪浪。」夏縵說著，停下腳步。

她望向房中某項奇怪器材上所貼的紙張，上頭有著字跡：請勿觸摸。她對浪浪說：

「我們回廚房，再走一次吧。」

但這並不簡單。夏縵出了工作坊左轉，領著浪浪來到暖和的露天空間。白色石磚的中央，有座正在曳起波瀾的小型藍色水池。四周圍起白色石欄杆，綻放的玫瑰花攀附在上頭，有幾張白色躺椅坐落在花叢旁，還披上了一些蓬鬆的浴巾。這大概是游完泳就能用，夏緲猜想。不過，一旁的可憐浪浪心生畏懼似的，她躲縮在門口，一邊呻吟，一邊瑟瑟發抖。夏緲將她抱起來：

「嘿，浪浪，有人想淹死妳？妳以前是沒人要的小狗？沒事了，沒事了。我也不想接近這個水池。我根本不會游泳。」

她出門後向左走，意識到游泳不過是眾多她未擁有的技能之一罷了。彼得雖然指出她的無知，但這也沒錯。

「但我又不是懶惰。」她們正走進像是馬槽的地方時，她向浪浪解釋道。「我不笨，我只是沒想過要脫離媽媽做事的方式，懂嗎？」

馬廏的味道不怎麼好聞。夏緲發現馬廏裡的馬匹漫步在柵欄後的草原，頓時鬆了口氣。馬屬於她一無所知的事物。至少浪浪在這並沒有感到害怕。

夏緲嘆息，將浪浪放下，手忙腳亂地戴起眼鏡，再度查看凌亂的地圖。「馬廏」就在這，在山上的某個地方。她現在得再右轉兩次才能回到廚房。她隨即右轉兩次，浪浪輕快地跟在後方，接著發覺身處陰暗之中，眼前所望似乎是個有著大口的洞穴。藍色的寇伯在四周奔忙，此時他們轉過身子，都在打量夏緲。夏緲發覺，立刻再次右轉，這次接著現身在販售杯子、盤子與茶壺的商店。浪浪低鳴著。夏綠望向櫃子上數百只大小不一、色彩相異的茶壺，驚慌爬上心頭。糟透的是，她一戴回眼鏡，翻查地圖時，發現自己位在漩渦的左下角那，一個指向邊緣的箭頭一旁有著筆跡，上頭寫著：一群魯伯克族住在這個方向，務必謹慎。

「噢！這太荒謬了！來，浪浪。」夏綠嘆氣。她再次打開剛剛通過的門，再次右轉。

這次，他們邁入了黑烏烏、伸出手也見不著的黑暗。夏綠能夠感覺得到，浪浪那用鼻子焦慮地蹭著她，從腳踝傳來的觸感。他們都費了勁地聞著，夏綠在心裡唸道：啊！這地方聞起來是潮濕石磚的氣味，我第一天抵達屋子就記住了。

「威廉叔公。我該如何從這裡到廚房？」她問。

有道溫柔的聲音浮現，這令她鬆了一大口氣。那聲音耳聞遙遠，微弱無比：

「假如妳在這裡，親愛的，代表妳迷路了，所以仔細聽好。順時鐘方向轉一圈……」

夏綠認為不須再繼續聽。她沒有轉完一整圈，小心翼翼地在繞了半圈後向前窺伺。如她所想，前方是條閃耀著微光的石磚走廊，與她身處的走廊在此處交會。她心懷感恩，敞開步伐，浪浪尾隨在她身後。他們轉了個彎，沿著那條走廊前行。她想，自己大概是身處在王宮。她想起剛來到威廉叔公家的那天，她也身處在這條走廊中，並見到辛姆正推著推車。這味道嗅起來沒錯——除了濕氣以外，仍有一股微微的食物香醇。牆壁顯然也是王宮那特別專屬的模樣。原本是畫框的地方，殘留著淺色的正方形與長方形痕跡。唯一有問題的是，她無法得知這裡是王宮的何處。浪浪幫不上忙，她只能倚著夏緵的腳踝顫抖。

夏緵一把抱起浪浪，沿著走廊步行，期許搜尋到自己至少能夠認得的地方。她通過兩個轉角處，仍然毫無概念，還些許差點撞上昨天分送煎餅的那個面無血色的男子。男子向後蹬，驚跳了一下。

「我的天啊。」他說著在黑暗中打量夏緵。「我不知道妳已經到了，呃，莎夢小姐，是嗎？妳迷路了嗎？我能否幫上忙？」

「是的，拜託您。」夏緵機靈地說。「我去找，呃，找……呃，你知道的，一位女士會去的。我想，我一定是轉錯彎了。你可以告訴我回圖書館的路嗎？」

「我可以為妳做更多。」面無血色的男子繼續說。「我能為妳指路，跟著我吧。」

他轉動身子，領著她走向剛才他所行經而來的方向，並進入另一條黯淡的走廊，接著穿越了一處寬敞且冷颼颼的大廳，抵達了向上走的一道石磚樓梯前。浪浪的小尾巴輕輕搖晃，她似乎認為這一帶有些熟悉。但小尾巴在他們經過樓梯的那刻驟停。

摩根響亮的聲音從上方向下傳來。

「不想要！不想要！不想！」摩根叫著。

其中摻入亮亮更刺耳的聲音：

「我不要穿辣個！我要穿我條紋的辣件！」

接著才是蘇菲．潘卓根的聲音：

「你們兩個，安靜！否則我要做可怕的事了，我警告你們！我的耐心要用完了！」

臉上失去光采、毫無血色的男子眨眼，使了個眼色。他向夏緡說：

「小小孩真的為一個地方帶來很多活潑氣息，對吧？」

夏緡望著他，想要點頭微笑。但不知為何，她無法控制地顫抖。她嘗試著微微點頭，但只能做到這樣。她隨著男子走向某一條拱廊。摩根與亮亮的尖叫聲漸行漸遠。

經過某處轉角後，面無血色的男子打開一扇門。夏縵一眼便認出那是皇家圖書館的門扉。

「莎夢小姐似乎已經到了，陛下。」他鞠躬說道。

「喔，太好了。」國王從一疊薄薄的皮革書後仰起頭繼續說。「進來坐下吧，親愛的。我昨天才為妳，找到了一堆文章。我不知道王宮怎麼會有這麼多。」

夏縵覺得自己彷彿未曾離開過。浪浪也變得平穩，倚在火盆旁，露出柔軟的肚子仰躺。夏縵坐在一疊快崩跌的簿本之前，找到一枝筆與一張紙，並開始工作。只有這，真讓人感到安心。

過一陣子，國王開口：

「我的這位祖先，也就是日記的作者，覺得自己可是位詩人。妳覺得這寫得如何？當然，是寫給他心愛的女士。」

妳如山羊般優雅地舞動，我的愛，
妳的聲音柔軟，就像山上的乳牛。

「妳覺得這算是浪漫嗎，親愛的？」

夏綠一見，露出笑容：

「這太可怕了。我希望她把他甩了。呃，陛下，呃，那位面無……呃，那位帶我來這裡的紳士是誰呢？」

「妳是說我的管家嗎？」國王繼續問。「妳知道的，他已經在我這裡很多、很多、很多年了，我卻永遠記不起這可憐人的名字。妳得問問公主，親愛的。她才會記得這類的事。」

喔，好的，夏綠心想。那我只要叫他「面無血色的人」就好。

這天平靜度過。夏綠覺得，與起先的混亂相比起來，這種驟變美好多了。她整理了兩百年前、一百年前與僅四十年前的帳單，並為此製作記錄。怪異的是，古代的帳單數目遠比近代的多上許多。王宮的花費好像逐年減少。夏綠也為此整理了來自四百年前的信件，與近代斯坦蘭吉亞、因格利，甚至來自拉普特大使的報告也加入了整理行列。大使之中，有幾人曾寄來詩作。夏縵為國王朗誦較糟糕的詩文作品。那一疊紙張的最底部，她還發現一堆收據，裡面的內容大致如下：

支付女性畫像，據說由某大師所繪製，兩百鐖尼[1]。

這類的收據很多，大部分皆出自這近六十年間。夏縵發現，王宮似乎從國王統治開始，便持續販售各種畫作收藏。她決定不要向國王問起。

午餐遞來圖書館，全是廚師賈馬所擅長的辣味美食。辛姆送餐時，浪浪躍起，興奮地搖曳小尾巴，接著驟停，然後失落地離開了圖書館。夏縵不知道浪浪是想要廚師的狗狗，還是他所烹飪的午餐。應該是午餐吧。

辛姆將餐盤擺上桌時，國王愉快地問道：

「外頭的狀況如何呢？辛姆。」

「有一點吵鬧，陛下。」辛姆繼續稟報。「我們方才剛接收了六隻搖搖馬。摩根少爺似乎很想要一隻活生生的猴子。但我要很慶幸地說，潘卓根女士拒絕他了。這當然讓少爺吵了一陣子。除此之外，亮亮少爺似乎相信有人故意不讓他穿條紋的長褲。他整個早上都在吵這件事。然後，火魔選定了前會客廳裡的壁爐當作棲息的地方。您今天會和我們一起在前會客廳裡用茶嗎，陛下？」

「應該不會。」國王繼續說。「我對火魔沒什麼意見，但放了搖搖馬後，那裡變得有點擁擠。行行好，幫我們送點煎餅到圖書館吧，辛姆。」

「沒問題，陛下。」辛姆說完便搖晃地退出房間。

門關上後，國王對夏綠坦承：

「其實並非是因為搖搖馬。我也還挺喜歡的，就是那些吵鬧聲。只不過，這都讓我羨慕起當祖父的感覺。真的很遺憾。」

「呃……」夏綠繼續說。「城裡的人說過，希妲公主對愛情絕望。這是她不結婚的原因嗎？」

國王對此似乎感到訝異。

「就我所知不是這樣。」國王繼續回答。「公主年輕時，有許多王子和貴族排隊等待著能夠娶她，但她不是想結婚的那種類型，且對婚姻從來都沒有興趣，她是這麼告訴我的。她寧願住在這裡，幫我的忙。不過，真的有點可惜。現在，我的繼承人是路德維克王子，我愚蠢表親的兒子。妳很快會見到他，要是我們至少能把一隻搖搖馬給移到別的地方，或是改放在大的會客廳……不過真正讓我難過的是，王宮裡已經都沒有年輕人了。我懷念以前的日子。」

國王看起來確實不太愉快。雖然他的語氣實事求是，卻沒有表露太多的悲傷。夏縵為此意識到一點，王宮真是個讓人難過的地方。巨大無比，又空盪盪的。

「我懂了，陛下。」她回答。

國王淺淺一笑，開始品嚐賈馬所烹飪的美食。

「我知道妳會懂的。」他繼續說。「妳是個很聰明的年輕人。某一天，妳一定能成為威廉叔公的驕傲。」

這投射而來的讚美，令夏縵有點不知該如何反應。不自在的情緒從心中誕生之前，夏縵已然意識到國王的話語中藏有深意。她心想，我可能真的夠聰明吧，但遺憾的是，我並不仁慈，也不充盈著同情這種情緒。或許，我甚至可以說是無情的人吧。仔細思考我對待彼得的方式的話。

餘下的午後時光，她沉浸於思考這些事的憂鬱中。接著，整日的工作告一段落之後，趁辛姆與尾隨他的浪浪回到圖書館時，夏綠起身開口說道：

「謝謝你對我這麼好，陛下。」

國王表露訝異的神態，並告訴她別放在心上。夏綠心想，但怎麼可能？他這麼慷慨，我得好好學習。她的步伐緩慢，尾隨在辛姆身後，一旁的浪浪看上去疲累又有些變胖了，腳步也跟著緩慢起來。夏綠暗忖堅決的心，返回威廉叔公家後得對彼得好一點。

辛姆快要抵達前門時，亮亮的身影突然冒出，還精力十足地翻了一個大圈圈。摩根使勁地全力尾隨他，還伸長了他的小手臂喊著：哇！哇！哇！辛姆被擊中了，翻倒在地。夏綠吃力地緊靠牆壁，令亮亮能夠越過她。一瞬間，她覺得亮亮露出了意味深長的眼神並打量她，不過浪浪呼喚的吠聲可令她沒有任何時間思考這件事。夏綠立刻上前，想要救下即將被撞到的浪浪。浪浪仍然被撞個東跌西跌，表情微露不滿。夏綠將她扶起並抱起來時，幾乎一頭撞上追著摩根的蘇菲．潘卓根。

「哪個方向？」蘇菲氣喘吁吁地問。

夏縵指出摩根身影消失的方向。蘇菲高高提起了她的裙身，快步趕緊追上，嘴裡喃喃念著要扒什麼皮的事。

希妲公主在較遠的地方出現，接著停下並扶起辛姆。她對夏縵說：

「我向妳道歉，莎夢小姐。那個孩子就像鰻魚那樣——好吧，他們兩個都是。我得做點什麼，否則可憐的蘇菲就沒時間幫我們解決問題了。站穩了嗎，辛姆？」

「沒問題，女士。」辛姆說。他對夏縵行禮，像是什麼都沒發生那般替她打開前門。午後陽光依然燦爛無比，閃耀著大地。

夏縵擁著浪浪穿越廣場，暗忖著：假如我真的結婚了，絕對不要生小孩。只要一個星期，小孩就會把我逼瘋，我會變得冷酷又殘忍。或許我應該像希妲公主一樣，永遠不結婚。如此一來，我才有機會學習仁慈溫柔。無論如何，我都該用彼得來練習一下，因為他真的很難搞。

回到威廉叔公家後，她內心盈滿著仁慈的決心。她穿過繡球花間的小徑，心裡又想著：羅洛不在真是幫大忙了。她覺得自己永遠不可能對羅洛仁慈。

「只要是人類都不可能辦到。」她自言自語。接著她將浪浪放在客廳的地毯上。她驚訝地發覺，客廳裡的整潔程度相當不尋常。從整齊地排放在搖椅後的手提包，再到咖啡几上花瓶裡繽紛綻放的繡球花，每樣物品的擺放都井然有序。夏縵向花瓶皺眉。毫無疑問，這只花瓶就是放在推車上消失的那只。也許，彼得點了杯早晨咖啡後，花瓶毫髮無傷地返回了。她這麼想著——但她有點心不在焉，她腦袋中又閃過一絲想法，自己那些濕透的衣服還散亂在臥室裡，睡衣全扔在地上攤放。天啊！我得整理一下。

走到臥室門口時，她頓然停下腳步。有人已為她鋪好了床。她的衣服像是被烘乾過了，整齊地摺放在櫃子上。真是太過分了。夏縵的仁慈已絲毫不留，她憤懣地跑進廚房。

彼得正坐在桌前，表情莊嚴且慎重，令夏縵猜到他肯定做了些什麼事。他背後的爐火上，擺著一只冒泡的漆黑大鍋，隱約散發著詭異、辛辣的氣味。

「你整理我房間是怎麼？」夏縵質問。

彼得看起來很受傷。夏縵察覺到，他內心充滿了祕密的興奮。

「我以為妳會很高興。」他說。

「是嗎?但我一點也不!」夏縵訝異地發現自己快氣哭了。「我才剛開始學到,把東西丟到地上的話,在我撿起來之前都會留在地上。假如我弄得一團亂,就得自己清理,否則不會自動消失。然後你就幫我清理了!你和我媽一樣壞!」

「我成天獨自待在這,總得做點什麼。還是,妳要我就這樣在這發愣?」彼得抗議。

「你想做什麼就去做啊!跳舞、用頭倒立或對羅洛扮鬼臉之類的。就是別破壞我的學習!」夏縵叫著。

「想學就去學啊!」彼得繼續回嘴。「妳還有一大堆要學的。我不會再碰妳的房間了。妳對我今天的新發現有興趣嗎?不然妳就是真的徹頭徹尾的自我中心?」

夏縵聽到後彷彿窒息,嚥下口水:

「我本來希望這個晚上要對你好一點的,你為什麼要讓一切變得這麼困難?」

「我媽說困難會幫助妳學習。妳應該要慶幸的。我告訴妳,我今天學到的事,就是怎麼得到充足的晚餐。」彼得說完。他用大拇指指著冒泡的鍋子,大拇指上綁著一條綠色線段；另一邊拇指則綁著紅線，還有一隻指頭是藍色的線。

他想要同時往三個方向走，夏綏心想。她盡力想令自己的聲音聽起來友善點：

「那麼，要怎麼得到足夠的晚餐？」

「我一直拍櫥櫃的門，直到桌上出現足夠的食材。接著，我把它們全部丟到鍋子裡煮熟。」彼得說。

「什麼食材？」夏綏看著鍋子。

「肝臟和培根。高麗菜、更多蕪菁，還有一塊兔肉。洋蔥，然後是兩塊兔肉，還有一根芹菜。其實挺簡單的。」彼得說。

噁心！夏綏心想。為了不要說出失禮的話，她轉身走回客廳。

彼得在她背後喊著：

「妳想知道我怎麼把花瓶找回來嗎？」

「你坐在推車上。」夏綏冷漠地說，開始翻開並閱讀《十二分枝的魔杖》。沒用，這沒有用。她持續地抬頭查看，望見那瓶繡球花，然後又轉望著推車，猜想彼得是否真切地坐在推車上，然後與下午茶一同消失。那他是怎麼回來的？眼睛只要轉動一遍，看向推車，她更加意識到自己對彼得好一點的決心分明沒有貫徹。她忍耐將近一小時後，最後回到廚房找彼得。

「我道歉。你是怎麼把花朵找回來的？」她說。

彼得用一匙湯匙，攪動著鍋子裡的東西：

「我覺得還沒煮好。湯匙一直反彈起來。」

「噢，拜託，我很有禮貌了。」夏縷說。

「我會在晚餐時告訴妳。」彼得回應。

如奇蹟發生，他遵守承諾。之後的一小時內，他一字未提。直至鍋內的東西被平均分配成了兩碗。分裝這些食物挺不簡單的，因為食材下鍋時，彼得幾乎沒費什麼力進行削皮或切塊的動作。他們得用兩匙湯匙將高麗菜分開。彼得甚至還忘記燉菜得要添入鹽巴。結論來說，泛白泡爛的培根、一整塊兔子肉、整顆蕪菁再到軟爛的洋蔥，每樣食材全泡在稀薄如水的湯汁裡。委婉一點的說法，這食物真糟糕。夏縷盡可能地做個好人，一言未道。

唯一的好消息是浪浪喜歡這些食物。所言便是，她欣然接受湯湯水水般的稀汁，還小心地在幾層高麗菜間將肉塊挑剔地咬出來吃掉。夏綅與浪浪相同，都嘗試靜住顫抖。她很高興能聽到彼得的故事，轉移對晚餐的注意力。

「不知道妳有沒有注意到？」彼得有點浮誇地說。但夏綅知道，他腦袋內將這段經歷編得像則故事，仍然就那樣說出來了。「妳有發現嗎?有東西從推車裡消失，就會回到過去？」

「是嗎?那我想『過去』是有夠讚的垃圾場吧。」夏綅繼續說。「只要你確定東西真的已在過去了，不會在發霉以後再度出現——」

「妳到底想不想聽？」彼得質問。

溫柔一點，夏綅提醒自己。她又嚐了一片噁透了的高麗菜葉，微微點頭。

「況且，這房子有一部分存在於過去。」彼得繼續說。「妳知道的，我沒有坐在推車上，我拿著路線清單繼續探索這棟房子。其實我是意外發現的，途中大概轉錯了一兩個彎之類的。」

我並不意外，夏綅心想。

「無論如何，我到了某個地方，那有數百個女寇伯在清洗茶壺，還將食物放在早餐和下午茶的盤子裡。我覺得有點緊張，擔心像繡球花那時一樣惹惱她們。所以，我試著表現得很和善，微笑點頭之類的。我驚訝的是，她們也對我微笑點頭，相當友善地向我道聲早安。因此，我繼續點頭微笑著走過，直到抵達一間我從未去過的房間。我一打開門，就看到一個花瓶，放在一張很長很長——很長的桌子上。接著，我看見巫師諾蘭就坐在一旁——」彼得接著說。

「天啊！」夏縵說。

「我也很震驚。」彼得承認，繼續說。「老實說，我只能呆呆地站在原地看著他。他看起來很健康——妳知道的，強壯又有紅潤的臉色，而且髮量比我記憶中的還要多非常多。他忙著寫那些手提箱裡的圖表。接著，他把圖表都攤在桌子上，大概只完成了四分之一。這讓我有了些想法。總之，他抬頭看我，相當禮貌地說：『你可以把門關上嗎？風一直吹進來。』在我能開口之前，他又抬起頭說：『你到底是誰啊？』」

「我說：『我是彼得．雷吉斯。』」

「這讓他皺起眉頭。他說：『雷吉斯，雷吉斯？這代表你是蒙塔比諾女巫的親人，是嗎？』」

「『她是我的媽媽。』我說。」

「而他說：『我以為她沒有任何子女。』」

「『她只生了我。』我說。『在我出生不久，我的爸爸就在特蘭斯蒙坦的雪崩中過世了。』」

「他又皺了皺眉頭，說：『但雪崩上個月才發生，年輕人。他們說是魯伯克引起的，而且殺死了很多人。還是，你說的是四十年前的雪崩？』他嚴厲又懷疑地緊盯著我。」

「我很想知道，怎樣才能讓他相信我。我說：『我發誓一切都是真的。你的房子一定有一部分回到過去了。這就是下午茶的去向。如果要證據的話，我們那天把那瓶花放在推車上，現在回到你身邊了。』他看著花瓶，什麼都沒說。我說：『我到你家去，因為我媽媽安排我成為你的學徒。』」

「他說：『她真的這樣做？我當時一定很想討好她。你看起來一點才能也沒有。』」

「『我能施魔法。』我說。『但我媽媽只要想要，沒有安排不了的事。』」

「他說：『真的。她的個性太烈了。你出現的時候，我說了什麼？』」

「『你什麼都沒說。』我說。『你不在家。有個叫夏縵．貝克的女孩在幫你照顧房子——或者說她應該要這麼做。但她到王宮去幫國王做事了，還認識了一位火魔——』」

「他打斷我，看起來嚇了一跳。『火魔？年輕人，火魔是非常危險的存在。你是說荒野女巫不久之後就要來到高諾蘭了？』」

「『不，不是。』我說。『因格利的其中一位宮廷巫師差不多在三年前替荒野女巫來了。夏縵說好像和國王有點關係。我想從你的角度來看，她才剛剛出生。但她說你身體虛弱，被精靈帶去治療。她的珊普妮亞嬸嬸安排她在你離開的期間，幫你照顧房子。』」

「看起來他對這件事很沮喪。他坐回椅子上，眨眨眼睛。『我有個曾孫叫珊普妮亞。』他細細思量著後緩緩道出。『應該就是這樣。我想，珊普妮亞是嫁進了好人家——』」

「『的確是！』我說。『你應該見見夏緲的媽媽。她超級高貴，什麼都不讓夏緲動手做。』」

真是謝謝你喔！彼得！夏緲心想。現在，他會覺得我的存在是浪費空間了。

「但他好像並不感興趣。」彼得繼續說。「他想知道自己生病的原因，但我也不知道。妳知道嗎？」

他問夏緲。夏緲搖搖頭，彼得聳肩說：

「接著，他嘆了口氣，說或許也不重要，因為這似乎是無法避免的。但那之後，他又有點無助和困惑地說：『但我不認識任何精靈啊！』」

「我說：『夏緲說是國王派精靈來的。』」

「『喔。』他說，看起來開心多了。『當然是這樣！王室有精靈的血統——有些成員嫁給了精靈，而我想精靈保持著雙方的連結。』接著，他看著我說：『所以，故事開始拼湊在一起了。』」

「我說：『確實應該這樣，因為都是事實。但我不理解，你做了什麼讓寇伯們那麼生氣？』」

「『什麼也沒做，我向你保證。』他說。『寇伯是我的好朋友，許多年來一直是。他們為我做了許多事。我不會惹怒我的國王好友，當然也不會去激怒寇伯。』」

「他似乎對此感到惱怒，因此，我立刻換個話題。我說：『那麼，我可以問你關於房子的事嗎？是你蓋的，還是你找到的呢？』」

「『喔，找到的。』他說。『或者該說，是在我很年輕困頓時買的，因為它又小又便宜。後來，我發現房子就像個錯綜複雜的迷宮。我告訴你，這個發現讓我很開心。房子似乎曾屬於巫師麥利柯，就是讓王宮屋頂變成金色的那位。我一直希望可以在這房子裡，可以找到當時皇家寶庫裡真正的黃金。你知道的，國王已經找那些黃金好幾年了。』」

「你可以想像這引起了我的好奇心。」彼得繼續說。「但我沒有機會問更多，因為他看著桌上的花瓶說：『那麼，這真的是來自未來的花朵了？你介意告訴我，它們是什麼花嗎？』」

「我很驚訝他竟然不知道。我告訴他，這是他的花園裡摘的繡球花。『彩色的是寇伯砍下來的。』我說。他看著花朵，喃喃地說它們很美，特別是五彩繽紛的樣子。『我應該要開始自己種了。』他說。『它們的顏色比玫瑰還要多。』」

「『你可以讓它們變成藍色的。』我說。『我們家的是我媽媽用魔咒和銅粉種出來的。』當他還在喃喃自語時，我問他是否可以把花帶回去，向妳證明我真的和他見面了。」

「『當然，當然。』他說。『它們在這裡是有點擋路了。告訴那位認識火魔的年輕女士，我希望等到她長大需要時，我已經把房子的地圖給畫好了。』」

彼得說完了這段冒險故事後，給了個結束：

「於是，我就帶著花瓶離開了。很神奇，對吧？」

「非常。」夏綠同意。「假如寇伯沒有把花砍掉，我沒有撿起來，你也沒有迷路的話，他根本不會開始種繡球花——這讓我的頭好暈。」她將那碗高麗菜與蕪菁往旁邊推。我要對他好一點，一定要！

「彼得，假如我明天回家的路上，去找我爸爸，向他要一本食譜，你覺得如何？他一定有好幾百本。他是城裡最好的廚師。」夏綠問。

彼得聽到後，看起來像是仰天呼出一口鬆懈的氣息後回道：

「好點子。我媽媽幾乎沒教過我和煮菜有關的事，她幾乎全都自己來。」

夏緩對自己說，我不該氣他讓威廉叔公對我有這種印象，我應該當個好人。但假如他敢再試一次……

註1　原文為guinea。畿尼為英國首度以機器鑄造的黃金貨幣，為英格蘭王國、後來因歷史與殖民演變而成的大英帝國及現今的英國在一六六三年至一八一三年所發行。目前仍有部分買賣用途會使用此金幣，再轉換成英鎊儲存。

第十章　亮亮跑到屋頂上去了

當日夜晚，夏緩不由得開始擔憂。如果在威廉叔公的房子裡能夠進行時間旅行，那該如何確保自己不會抵達十年前的王宮，驚覺國王根本不知道她？又或者十年後的未來，路德維克王子是否能夠繼承王位？擔憂讓她心裡暗忖，乖乖走過去就好，別多招惹什麼事。

隔天早晨，夏縵踏上路程。浪浪在她後方小碎步，直到她們抵達魯伯克居住的草原旁的懸崖。浪浪怯生生地喘著氣，夏縵見狀將她抱起來。每次都是這樣，夏縵心想。我簡直像個成年的女工，她邁步前往城鎮時，又如此感嘆一遍。浪浪愉悅地想要舔拭她的臉頰肉。

前一天的夜晚又下了一遍雨，但此時的天空所替換的顏色是淡藍色，有大片白色雲朵浮動。山丘如絲綢般的藍與綠交雜，陽光的耀斑在城鎮裡的鵝卵石上閃動著，一旁的河面波光粼粼。夏緩對此心滿意足。她期待能夠用一整天的時間整理文件，靜靜地陪國王聊天。

穿梭過皇家廣場時，陽光輝映著璀璨的黃金色屋頂，刺眼得使夏緩被迫低頭凝望鵝卵石地。浪浪眨眼，也跟著這麼做。正當他們這麼做之際，王宮裡突然傳出尖叫聲，令她驚嚇到雙腳離地。

「看著我！看著我！」不知何處的聲音這麼說。

夏緩仰起頭，雙眼被刺眼的陽光逼出淚水。她騰出一隻手遮住陽光，再抬頭一遍。年幼的亮亮跨坐在金黃色的屋頂上，那離地面可有整整一百英尺高，他歡快地向她揮動手臂。此時，他差點就要失去平衡。夏緩立刻拋開她昨天對小孩的厭惡感。沒怎麼想過，夏緩將浪浪放在鵝卵石路上，徑直衝向王宮大門，瘋狂敲打門環、猛按門鈴。

當辛姆緩緩推開嘎吱作響的門，她喘著氣說：

「那個小男孩！亮亮。他坐在屋頂上！必須派人去把他弄下來！」

「是這樣嗎？」辛姆說。他走下門口的台階。夏縵得等他再跨出幾步遠的距離，站到可以看見屋頂的地方，再搖晃地抬頭往上瞧。他同意道。「真的是呢，這位女士。這個小惡魔，他會掉下來的。屋頂就和冰塊一樣滑。」

夏縵焦躁不安，全身沒有秩序地動來動去：

「派個人去把他抓進來！快一點！」

「我不知道要派誰。王宮裡沒幾個擅長攀爬的人。我猜我可以派賈馬，但他只有一隻眼睛，平衡感不太好。」辛姆娓娓道來。

浪浪不斷踱步，要求被抱上階梯。夏縵沒有理睬她。

「那派我去吧。告訴我怎麼到那裡。現在！他可能會從旁邊滾下去。」她說。

「好點子。」辛姆也贊同。「妳從大廳後方的樓梯向上，一直往上。最後一段樓梯是木頭的，接著，妳會看到一扇小門——」

夏緩焦急到不聽完說明就出發了。她將浪浪留在原地，越過潮濕的石磚走廊，抵達一處設有石階的大廳。她開始使勁地爬樓梯，眼鏡在胸口上上下下彈跳著，腳步聲也迴盪在牆壁之間。她持續向上增加高度，途經兩段長長的樓梯，腦裡盡是弱小的身體墜落的恐怖影像。降落在鵝卵石地上……接著是……是彷彿壓榨果汁的噴濺聲。真是如此的話，大約會落在浪浪被留下的地方。她深吸一大口氣，一路向上到了第三段比較窄的樓梯。樓梯彷彿永無止盡，無法望見盡頭。接著，她來到木製樓梯，盡全力向上，呼吸急促到近乎至停止。這一段好像也沒有盡頭。最後，她終於抵達窄小的木製門扉前。她對天祈禱自己應該趕上了。夏緩用力推開門，步出至璀璨陽光下的金色屋頂。

「我以為妳噗來了。」亮亮在屋頂中央說。他身著淡藍色的天鵝絨套裝，一頭金色的頭髮如屋頂的金色那樣閃亮無比。他的神態令人感到一股冷靜，與其說是在屋頂上遇到麻煩的小孩，倒不如說是個迷失的天使。

「你嚇壞了嗎？」夏緩焦慮地喘著氣。「好好站在原地，不要動。我會爬過去帶你。」

「霸偷妳了。」亮亮有禮貌地說。

他不知道自己的處境有多危險！夏緩想著，我必須要非常冷靜才行。她極為謹慎地攀爬到屋頂上，像亮亮那樣跨騎屋脊。這非常不舒服。夏緩不知道哪個比較糟：錫製的屋瓦燙到像是沸騰，濕氣滿布且盡是鋒利的邊緣，坐上去仍能感受到滑潤感，或是屋頂像是要將她切成兩半。她偷偷瞥向下方遙遠的皇家廣場，得認真地提醒自己才行。但三天前，她才成功施展了飛行咒，不只幫助她逃離魯伯克，更證明她會飛。她或許能夠緊抱亮亮的腰，與他一起飄盪下去。

她突然意識到，當她接近時，亮亮正在後退著遠離她。

「停下來！你不知道這有多危險嗎？」她說。

「我當藍吱道。」亮亮回嘴。「太高的地番會把我嚇撒。但四，只有在仄裡我才能跟你縮話，不會被別人偷聽。快點到屋頂宗間，我才不需要大叫。動作快一點。希妲公祖為我和摩根雇用了一個保母。那個邪惡的女孩隨時會出現。」

他說話的方式簡直像個成人。夏緩不由得眨眼，整個人愣在那盯著他瞧。亮亮回以過於耀眼的笑容，還擁有著藍色大眼睛與玫瑰般的迷人嘴唇。

「你是個天才嬰兒，還是什麼？」夏緲問他。

「這個嘛，我現在是。」亮亮繼續說。「當我曾的六級的時候，我想我只是個普通人。當藍，有很棒的魔法天賦。快點好嗎。」

「我在試了！」夏緲使盡力氣，沿著屋脊往前挪移，來到亮亮前方一英尺處。

「那麼，我們到底要談什麼？」她耿直，了當地問。

「先縮巫斯諾蘭。他們告訴我，妳認得他。」亮亮說。

「不算是。他是我姻親關係的叔公。我在他生病的期間幫他照顧房子。」夏緲如此道出。她一點也不想提起彼得。

「他的房子似什麼樣紙？」亮亮問。他又愉悅地補充道。「我既己也住在移動的曾堡裡。諾蘭的房子會動嗎？」

「不會。」夏緲繼續說。「但裡面有一扇門，可以帶你去一百多間不同的房間。他們說那是巫師麥利柯製造的。」

「啊！麥利柯。」亮亮說。他的神情盡是滿意。「那麼，不管卡機法怎麼說，我都得過企看看了。可以嗎？」

「我想可以吧。」夏縵接著問。「為什麼？」

亮亮向夏縵對此解釋：

「因為，輸菲、卡機法和我被雇用，要弄清楚國王寶庫裡黃金的下若。自少，我們覺得仄是他們想要的。他們都縮不清楚。有一半的時間，他們好像縮他們不見的似叫做精靈禮物的東西，但又沒有人吱道那似什麼。藍後公祖請舒菲調查稅金的錢都到哪裡去了。仄好像又似完全不同的似。他們賣了很多畫像和其他東西，但似還似和教堂的老鼠一樣窮——你也駔意到了吧？」

夏縵微微點頭應答：

「我注意到了。他們不能多收一點稅嗎？」

「或似賣一點圖蘇館裡的東西。」亮亮提議。他聳聳肩，卻因此很危險地搖搖晃晃，讓夏縵忍不住閉上眼。「昨天晚喪，卡機法擦一點被請走，就因為他建議賣圖蘇館裡的蘇。自於稅金，國王縮高諾蘭的人民很富裕滿足，況且額外的稅收可能也仔會消斯而已。那可不好。我想請妳做的——」

下方傳來大喊聲。夏縵睜開眼睛，向旁邊一瞥。廣場上已經聚集了不少人，都用手遮著陽光，對屋頂指指點點。

「快一點。他們很快就會叫消防隊來了。」夏縵說。

「他們有消防隊嗎？還真是個文明的地方。」亮亮問。他又露出燦爛的笑容。

「我們需要妳做的——」

「你們兩個在那裡開心嗎？」夏縵正後方有個聲音問。那聲音迫近且突兀，讓夏縵幾乎就要跳起來，失去平衡。

「小心，輸菲！」亮亮急迫地說。「妳差一點害她掉下去。」

「這只證明了這個計畫有多愚蠢，就算以你的標準來說也是。」蘇菲說。從聲音聽起來，她應該是從木門探出身子，夏縵沒有足夠的心理準備回望。

「妳施了我給你的魔咒了嗎？」亮亮傾身繞過夏縵，和蘇菲對話。

「我施了。」蘇菲繼續說。「每個人都在王宮裡跑來跑去，亂成一團。卡西法還要設法阻止那個愚蠢的保母歇斯底里發作。外面還有人叫了消防隊。我設法在混亂中帶著你的魔咒溜進圖書館。滿意了嗎？」

亮亮又露出天使般的笑容：

「棒極了！妳現在看粗我的計畫有多狡猾了嗎？」

接著，他靠近夏緵向她說：

「我所做的，是斯展咒語，浪任何和國王的問題有一點關係的蘇本和紙髒都亮起來，但似只有妳看得到。當妳看到亮起來的，我要妳記得似哪些，內容又似什麼。當藍，要保密。仄裡一定有些問題，不能浪別人吱道妳在做什麼，因為可能會傳到自造麻煩的人耳朵裡。妳可以為我們做仄件似嗎？」

「我想可以吧。」夏緵回答。這聽起來很簡單，但她不太想隱瞞國王什麼事。

「你什麼時候要我的記錄？」

「今天晚上，拜託了，要在那王位繼承人來之前。」蘇菲在夏緵背後繼續說。

「沒必要把她也牽扯進來。我們真的很感謝妳。這非常重要。這就是我們來這裡的原因。不過現在，老天啊，在他們開始架雲梯之前，你們兩個都趕快進來吧。」

「好吧。我們來了。我可能會變成兩半，小心一點。」亮亮說。

「你活該。」蘇菲說。夏緵下方的屋頂開始接續湧動、震動，她幾乎要放聲喊叫。她雙手緊抱著屋脊，持續提醒著自己：我真的會飛，不是嗎？屋頂持續抖動著，將她朝著剛才挪過來時的方向推送。她前方的亮亮尾隨其後。半晌之後，夏緵感覺到蘇菲從腋下抱起她，使盡力氣將她拖進了王宮內。接著，蘇菲探出身體，也將亮抓了進來，丟在夏緵身旁。

「又要變回嬰鵝了。」亮亮深沉地望著夏緵。他嘆著氣說。「妳不會洩漏我的秘密，對吧？」

「唉，別來亂了。夏緵沒問題的。」蘇菲向夏緵說。「他的名字其實是霍爾，而且他實在是自戀過頭了，想體驗第二次童年時光。來吧，小男子漢。」她一手撈起亮亮，領他下樓。亮亮接著又是一陣的哭鬧、掙扎。

夏緵對此無比地無奈，搖搖頭，然後尾隨上去。

走到兩段樓梯間的平台時，一行人發現王宮內聚集了無數群眾，其中也有少許夏緵從未見過的人。卡西法在人群間活蹦亂跳著。國王也親臨在現場，心漂漂地擁著浪浪。有個肥胖的年輕女人則抱著摩根，嗚咽啜泣。希妲公主望見夏緵的到來，用力地推開人群，上前握緊夏緵的手。

「親愛的莎夢小姐，真是太感謝妳了。我們都慌了手腳。辛姆，去告訴消防隊我們不需要梯子了，當然也不需要水管。」

夏綬幾乎沒有聽見她說了什麼。浪浪一看見夏綬，立刻從國王的懷抱掙脫，歇斯底里地吠叫，彷彿在慶祝夏綬平安無事。後方也傳出了哀傷的嚎叫應和著，是廚師賈馬的狗兒。胖保母發出抽泣聲，摩根喊著：「汪！汪！」其他人也七嘴八舌地討論著。遠處，傳來亮亮的喊聲：

「我才不調皮！我縮，我似嚇壞了！」

夏綬抱起浪浪，阻止了一些聲音。希妲公主則用力拍手，讓剩下的人都安靜下來。她說：「每個人都回去工作。南西，在我們都聾掉之前把摩根帶走，然後很清楚地告訴他，絕對不可以跑到屋頂上。蘇菲，親愛的，妳可以讓亮亮閉嘴嗎？」

每個人都快速離開。亮亮正喊著：「我才不調皮——」就中斷了，像是有人用手摀住他的嘴巴。下一秒，夏綬就發現自己正跟著國王走下剩餘的樓梯，往圖書館的方向前去。欣喜若狂的浪浪一直想舔她的臉頰。

「這讓我一瞬間回到過去。當我還小時，也上過屋頂好幾次，每次都造成大混亂。有一次，消防隊還差點不小心把我沖下去。男孩子就是調皮啊，親愛的。妳準備好要開工了嗎？或是還想坐下來休息一下？」國王說。

「不，我沒事。」夏縵向他保證。

她坐在圖書館的老位置時，感到放鬆又自在。四周都是舊書的氣味，浪浪在爐火邊烤著她的肚子，而坐在對面的國王則翻閱著一堆破爛的舊日記。夏縵實在太過安詳，竟將亮亮的咒語給拋到腦後。她全神貫注地分開一疊潮濕的舊信件。它們的作者是一位許久以前的王子，他一邊飼育馬匹，一邊要求母親從國王那裡詐取更多錢。王子充滿感情地描述著他最好的母馬所生出的美麗小馬，這時夏縵抬頭，才看見火魔緩慢地在圖書館四周閃爍移動著。

「早安，卡西法。」國王也抬起頭，他有禮貌地說。「你需要什麼嗎？」

「只是在探索。」卡西法用劈哩啪啦的聲音輕聲說。「我現在能理解你為何不想賣這些書了。」

「真的。告訴我，火魔閱讀嗎？」國王說。

「通常不會。」卡西法繼續回答。「但蘇菲常常讀給我聽。我喜歡有謎題的故事，必須猜出殺人兇手是誰的那種。你有這類的書嗎？」

「可能沒有，但我女兒也偏愛偵探小說。或許你可以問她。」國王說。

「我會的。感謝你。」卡西法說完就消失了。

國王搖頭，又繼續埋首於日記中。卡西法似乎觸發了亮亮的咒語，夏緲立刻就注意到了，國王手中的日記正隱隱發出淡綠色的光。她自己那疊的第二份也是——是卷被壓扁的卷軸，用失去光澤的金色膠帶彌封。

夏緲深深吸了口氣，問：

「日記裡有什麼有趣的事嗎，陛下？」

「這個嘛。」國王繼續說。「其實還挺粗鄙航髒的。這是我曾祖母一位女侍臣的日記，都是些八卦。就例如這裡，她表達了她很震驚，因為國王的姊妹難產而死，產婆似乎把那個嬰兒也殺死了。說那個嬰兒是紫色的，嚇壞了她。他們會把那可憐的傻女人送上法院，判她謀殺罪。」

夏緲的思緒飄向了那天她和彼得在威廉叔公的百科全書裡搜尋「魯伯克」的時候。她說：

「我猜，她一定是覺得那個嬰兒是魯伯克族。」

「是的。既迷信又無知。當今已經沒有人相信魯伯克族的存在了。」國王說。他又繼續閱讀下去。

夏緩不知道要不要告訴國王，那位古老的產婦可能是對的。既然魯伯克存在，魯伯克族想必也是吧？但她很確定國王不會相信她，於是僅做了筆記。接著，她拿起卷軸。但開始閱讀前，她突然想到，前面已經看過的好幾箱紙張，也必須再次檢查，以免漏掉發光的部分。發光的只有一份，光芒很微弱。當夏緩拿出來後，發現那是巫師麥利柯讓屋頂發光的帳單。這讓人很不解，但夏緩還是記了下來，這才拆開封口，將卷軸攤開。

這是高諾蘭親王國的王室族譜，不過字跡潦草又寫得急促，似乎只是草稿。夏緩覺得字跡難以理解，有許多部分都被劃掉，還有些箭頭指著額外的註解，以及中間以筆記劃寫的歪扭圓圈。

「陛下，能請您向我解說嗎？」她說。

「我來看看。」國王接過卷軸，在桌上攤開繼續說。「啊，我們在王座室裡就掛了一幅更精美的複製品。我已經好幾年沒有仔細看過了，但那一幅看起來簡單多了——只有統治者的名字和結婚對象之類的。這一份好像還有些註記，是由不同的人寫的。看，這是我的祖先阿道弗斯一世。旁邊的註記用的是很古老的文字，寫著……嗯……『以精靈禮物之名，築起的城牆通往城鎮。』現在已經找不到這些牆了，對吧？但他們說河岸的河堤街就是城牆的一部分——」

「抱歉，陛下。」夏縵打斷國王。「但精靈禮物是什麼？」

「我也不知道，親愛的，真希望我知道。據說，精靈禮物會帶來繁榮，以保護這個王國，但似乎很久以前就消失了。嗯，真是有意思。」國王說。國王用細長的手指拂過一條條整齊列出的註記。「這裡，在我祖先的妻子旁邊，寫著：『坊間所稱的精靈女性。』人們總是說，瑪蒂爾達王后只有一半的精靈血統，但她的兒子漢斯·尼可拉斯的標註是『精靈之子』，或許這就是為什麼他無法稱王的原因。沒有人真的信任精靈。我個人認為，這大錯特錯。他們讓漢斯·尼可拉斯的兒子登基，是個非常無趣的人，名字叫阿道弗斯二世，一點建樹也沒有。他是卷軸裡唯一沒有額外註記的國王，這說明了很多事吧。但是他的兒子，在這裡，漢斯·彼得·阿道弗斯，就有個註記是：『與精靈建立合作關係，再次確保國家的安全。』不知道那是什麼意思。親愛的，這太有趣了。妳能否幫我一個忙，把這些人的名字和註記都整理成比較好讀的版本？妳可以省略表親的部分，或是沒有特別註記的事物。妳介意幫這個忙嗎？」

「一點也不，陛下。」夏縵說。她本來還在想，該如何秘密地替蘇菲和亮亮記下內容。問題解決了。

當天剩下的時間，她都在為卷軸抄寫兩份複製版。第一份是比較凌亂的草稿，她得不斷詢問國王註記的內容，而第二份則是她用最整齊的字跡為國王所寫的。她和國王一樣興味盎然。為什麼漢斯·彼得三世的外甥「在山區成為盜賊」？為什麼葛楚王后是「令人恐懼的女巫」？為什麼她的女兒埃索拉公主被標註成「愛藍人的人」？

國王也無法回答這些問題，但他知道尼可拉斯·阿道弗斯王子的標籤為何會是「酒鬼」。夏縵是否注意到，王子的父親彼得·漢斯四世被稱為「黑暗暴君及巫師」？

「我的祖先有一部分不是什麼好人。我打賭這位狠狠虐待了可憐的尼可拉斯。人們都說，假如精靈的血脈走偏了，就可能會這樣。但我覺得這只是人性罷了。」

國王說。

當天傍晚，夏綅幾乎已經進行到卷軸的底部，每位統治者的名字好像都是阿道弗斯、阿道弗斯．尼可拉斯，或是路德維克．阿道弗斯。她很驚訝地發現有一位莫伊納公主的註解寫著「和斯坦蘭吉亞的領主結婚，因為生下醜惡的魯伯克族難產而死」。夏綅相當確定這位莫伊納就是女侍官日記裡的那位。看起來，還是有人相信了產婆的故事。她決定不對國王提起這件事。

又往下三行，她終於讀到了國王本人，上頭註記著了「迷失在自己的書本中」，以及希妲公主則註記著「拒絕一位國王、兩位領主和一位巫師的求婚」。他們被擠在頁面的角落一處，留下空間給國王的伯父尼可拉斯．彼得的眾多兒子。那些兒子們的兒子則占滿了頁面最底部。他們到底怎麼記得誰是誰呢？夏綅對此好奇。一半的女兒叫埃索拉，另一半則叫瑪蒂爾達；男孩們大部分是漢斯或漢斯．阿道弗斯。只能從小小的註記文字分辨他們，其中一位漢斯是「酒鬼，溺斃」，另一位是「意外被謀殺」，還有一位「死於國外」。女孩們更慘，有一位瑪蒂爾達是「乏味的傲慢女子」，另一位「像葛楚王后那樣令人畏懼」，第三位則是「本性低劣」。埃索拉們不是「被毒死」就是「走上邪路」。國王的繼承人路德維克．尼可拉斯的家庭在夏緵心中已經建立了恐怖的印象。但王子本人沒有任何註記，就像許久前的乏味阿道弗斯一樣。

她全都寫了下來，所有的名字和註記從未遺漏。下午結束時，她右手的食指已失去觸摸的實感，還沾滿了藍色墨水。

「謝謝妳，親愛的。」當夏緵遞上比較好的整齊版時，國王對她說。他迫不及待地開始閱讀，給了夏緵充分的時間，暗自收拾她凌亂的草稿版，塞進口袋裡。她站起身時，國王抬頭說：

「請見諒，親愛的。接下來兩天，妳都可以不用過來。公主堅持要我這個週末離開圖書館，親自招待年輕的路德維克王子。妳也知道，她不太擅長面對男性賓客。但我們應該能星期一再見，希望囉。」

「是的，當然。」夏緵說。她抱起從廚房跑向她的浪浪，然後朝前門走去，暗自想著該拿懷裡的版本怎麼辦。她不確定自己能否信任亮亮。我真的能相信外表像個小男孩，實際上卻顯然不是的人嗎？還有彼得說威廉叔公對火魔的看法。真的可以相信這麼危險的人？她悶悶不樂地邊走邊想著。

突然，她發現自己和蘇菲面對面。

「進行得如何？有什麼發現嗎？」蘇菲對她微笑地問著。

這個微笑太過友善，讓夏縵立刻放下心防，決定無論如何都要相信蘇菲。但願這麼做是對的。

「我有一些發現。」她說著將草稿版從口袋裡拿出來。

蘇菲接下時簡直比國王更迫不及待，又滿懷感激。

「太棒了！這應該至少能給我們一些線索。我們現在可說是毫無頭緒。霍爾，我是說亮亮，他說探查咒在這裡似乎無效。這很奇怪，因為我認為國王和公主應該都不會魔法，對吧？至少沒辦法到阻擋探查咒的程度。」她說。

「是啊，但他們很多祖先都會。而且國王並不如妳所想的那麼簡單。」夏縵說。

「妳說的對。妳能留下來陪我們看過這些筆記嗎？」蘇菲說。

「星期一再問我。我得在麵包店打烊前，趕去看看爸爸。」夏縵告訴她。

第十一章　夏縵跪在蛋糕上

當夏縵抵達那時，麵包店已經打烊了。隔著一層玻璃窗，她瞧見有人在陰暗的店內清掃著。夏縵敲門，無人回應。她只好將臉靠上玻璃，大喊著：讓我進去！

裡頭的人慢慢地走上前，將門打開了一條縫，從中探出頭來張望。原來是個年紀和彼得差不多的學徒，夏縵並不認得他。

「我們打烊了。」他說。他看見夏縵懷裡的浪浪。甜甜圈的香氣從門縫中飄溢，浪浪興高采烈地嗅聞著。他接著補充道。「狗狗也不能進來。」

「我得見我爸爸。」夏緾說。

「妳誰也不能見，烘焙房裡還有很多事要忙。」學徒說。

「我爸爸是貝克先生。我知道他會見我。讓我進去。」夏緾告訴他。

「我怎麼知道妳是不是在騙我？」學徒狐疑地問。「我可不想冒著丟掉飯碗的風險——」

夏緾知道在這種情況下，她得有禮貌地用點手腕，但她的耐心所剩無幾，就像面對寇伯一族那樣。

「你這個蠢蛋！」她打斷對方。「假如我爸爸知道你不讓我進去，當場就會把你給炒魷魚！假如你不相信我，就把他找來啊！」

「真是沒教養啊！」學徒說。但他還是退開。「進來吧，但狗得留在外面，懂嗎？」

「不，我不懂。可能會有人把她偷走。我告訴你，她是價值連城的魔法犬，連國王都讓她進屋。假如國王都准了，你也得准。」夏緾忿忿說道。

學徒變得滿臉嗤之以鼻，說道：

「妳去告訴山上的魯伯克啊。」

在情況變得一觸即發前，幸好烘焙坊的貝拉女士碰巧從裡頭步出。她一邊繫著頭巾，一邊說：

「我要走了，提米。你得洗乾淨所有的——」她看見夏縵，連忙說：

「嗨，夏縵！來找爸爸嗎？」

「哈囉，貝拉。沒錯喔，但他不讓我帶著浪浪進去。」夏縵說。

貝拉看著浪浪，臉上綻放笑容：

「多麼甜美可愛的小東西！但妳知道妳爸爸對於讓狗進烘焙坊裡的想法。最好把她放在店面，讓提米暫時看著吧。你會好好照顧她對吧，提米？」

學徒發出不情願的咕噥聲，瞅了夏縵一眼。

「但我得警告妳，夏縵。」貝拉喋喋不休地說。「裡頭忙得很，因為我們接到特製蛋糕的訂單。妳不會待太久吧？把妳的小狗放在這裡，她會很安全的。提米，我希望你這次好好把架子擦乾淨，否則你明天就小心了。就這樣，晚安！」

貝拉旋風似地離開，而夏縵用相同的氣勢走進店裡。夏縵確實想過如此帶著浪浪直接闖進烘焙坊，但她知道浪浪在食物面前的自制力堪憂。於是，她將浪浪放在櫃檯旁，冷冷地對提米微微點頭。他會恨我一輩子吧，她心想。接著，她經過空空如也的玻璃櫥窗、冰冷的大理石架和一堆白色的桌椅。這是高諾蘭居民習慣享受咖啡和美味蛋糕的地方。當夏縵推開烘焙坊大門時，浪浪發出無助的哀鳴。夏縵硬起心腸，讓門在背後關上。

烘焙坊像蜂巢那般奔忙，熱得像是熱帶地區，撲鼻的香氣肯定會讓浪浪瘋狂流口水。有新麵團的香氣和烘烤麵團的香氣，小圓麵包、蛋糕塔和鬆餅的甜美混合了餡餅和鹹派的鹹香，但凌駕在一切之上的，是奶油和風味糖霜的氣味——來自門邊桌上好幾層的大蛋糕，幾名師傅正努力裝飾著。是玫瑰水！夏縵一邊想著，一邊吸進各種氣息。檸檬、草莓、來自因格利王國南部的杏仁、櫻桃和桃子！

貝克先生在烘焙師之間穿梭，不時給予指示或鼓勵，檢視他們的成果。「傑克，揉麵團要全力以赴！」夏縵進房時，聽見他這麼說。片刻之後，則是：「對餡餅溫柔些，南西。別捶打，否則會硬得像石頭。」接著，他走向另一端的烤爐區，告訴那裡的年輕人該用哪一具爐。無論走到哪，他都能瞬間受到注目和服從。

夏縵知道，她的爸爸是烘焙坊裡的國王——或許比王宮裡真正的國王更像個國王吧，她想著。他頭上的白帽子宛如一頂王冠。他的臉部削瘦，頭髮和她一樣是薑黃色，但雀斑比她多了不少。

她在爐邊追上他，他正在試吃餡餅的肉餡，告訴熬煮的女孩說她香料加太多了。

「但嚐起來很美味！」女孩抗議。

「或許吧。但**美味和完美的味道**天差地別，蘿爾納。妳去幫他們弄蛋糕吧，不然他們恐怕得忙到天亮。我來試試看這餡料還有沒有救。」他將平底鍋移開火源，看著鬆了一大口氣的蘿爾納快步離開。他轉身就看見夏縵。「嗨，甜心！沒想到會看到妳！」他有些狐疑地問：

「妳媽派妳來的嗎？」

「不，我自己來的。我負責照料威廉叔公的房子，還記得嗎？」夏縵回答。

「喔，當然。」她的爸爸接著說。「有什麼需要我幫忙的地方？」

「噢……」夏縵猶豫了。烘焙房裡的一切都再次凸顯了她父親的專業，頓時讓她感到難以啟齒。

「等我一下。」他說著轉身在爐灶旁的架子上尋找，檢視一罐罐的藥草和香料粉末。他拿起一罐，打開蓋子，在平底鍋裡倒了一點點。他攪拌後嚐了一些，點點頭，說：

「勉強可以了。」

將平底鍋放下來冷卻後，等著夏緩開口。

「爸，我不會煮東西。送到威廉叔公家的晚餐食材都是生的。你會不會剛好有些食譜或教學呢？給學徒參考之類的？」她脫口而出。

貝克先生用乾淨的手摸摸長滿雀斑的臉頰，思考一段時間後開口：「我總是告訴妳媽，不管體不體面，妳總有一天會需要學一些這類東西的。我想想，我這裡的食譜大多數對妳來說都還太難，糕點或醬汁之類的。現在，我要求學徒在進來之前就必須會最基本的。不過，我應該還有一些以前留下來，最基礎、簡單的筆記。一起來找找吧？」

貝克先生帶著夏緩穿過烘焙坊裡忙碌的廚師們，來到最遠的牆邊。那裡有幾個搖搖欲墜的櫃子，堆滿了筆記本和沾到果醬的紙張，以及布滿麵粉指紋的鼓脹檔案夾。

「等等喔。」貝克先生在架子旁放了剩菜的桌子邊停下腳步。「在妳用功時，該給妳一些動力，對吧？」

這張桌子夏緵很熟悉。浪浪肯定會喜歡的。桌上放的都是不完美的糕點：碎掉的塔類、塌陷的麵包和裂開的餡餅，以及店裡當天沒有賣完的商品。烘焙坊的員工可以自由將這些東西帶回家。貝克先生撿起員工們使用的麻袋，快速地將麵包塞進去。第一個是完整的奶油蛋糕，接下來是幾個派、幾個圓麵包和甜甜圈，最後則是挺大的起司布丁塔。他將袋子放到桌上，開始在架子上翻找。

「在這呢。」他說著拉出一本鬆散的棕色筆記本，上頭沾滿了陳年的油漬。「我就知道自己還留著！這是我還在市集裡跑腿時用的。我當時和妳一樣什麼都不知道，所以應該符合妳的需求。妳需要一些搭配食譜的咒語嗎？」

「咒語！」夏緵喊道。「但是，爸——」

夏緵很少看到貝克先生如此難堪，臉脹紅得連雀斑也看不見了。

「我知道，我知道，夏緵。妳媽媽大概會發作個七十次，會說魔法是低俗、不入流的東西。但我出生就會用魔法，控制不了，特別是在烹飪的時候。我們在烘焙坊裡一直使用魔法。當個好女孩，別告訴妳媽媽，好嗎？」他從架子上取下一本薄薄的黃色筆記本，懷念地翻閱。「裡頭寫的都是最簡單有效的咒語。妳想要嗎？」

「要！拜託你！」夏縵央求。「當然，我什麼都不會跟媽說的。我們都很清楚她這個人。」

「好孩子！」貝克先生說。他俐落地將兩本筆記本放進袋子裡的起司布丁塔旁，將袋子遞給夏縵。他們心照不宣地相視而笑。

「用餐愉快。祝妳好運囉。」貝克先生說。

「你也是。爸，謝謝你！」夏縵說。

她踮起腳尖，親吻他廚師帽下方沾著麵粉、長了雀斑的臉頰，接著就離開了烘焙坊。

「妳真好運！」當夏縵推門時，蘿爾納喊著：「我本來已經看中了他給妳的奶油蛋糕！」

「蛋糕有兩個！」夏縵走進店面時回頭喊道。

她驚訝地看見提米坐在玻璃和大理石的櫃檯上，將浪浪抱在懷裡。提米辯解似地說：

「你離開時她真的很難過，一直在哀號。」

或許我們不會是一輩子的敵人！夏緾心想。浪浪跳起身來，興奮地尖聲吠叫，在夏緾的腳踝邊繞來繞去，顯然完全掩蓋了夏緾和提米道謝的聲音。夏緾只好給了他大大的笑容，用力點點頭，才走到外頭的街上。浪浪還是在她的腳邊蹦蹦跳跳、大呼小叫。

麵包店和烘焙坊在城鎮的另外一端，與河流、堤岸剛好相反。夏緾得穿越整座城鎮。她手裡抱著碩滿的袋子，浪浪得獨自行走，那麼沿著高地街走會更近些。雖然高地街是一條幹道，看起來卻不是那樣。街道本身狹窄又蜿蜒如蛇，也沒有人行道，但兩側都經營著很棒的商店。夏緾走得很慢，欣賞著兩側的商店櫥窗，給浪浪時間跟上。她一邊閃躲很晚才出來買東西的購物者和晚餐前散步的行人，一邊思考著。她的思緒在心滿意足和驚奇間變換——首先，彼得再也沒有做出難吃食物的藉口了。再來，她的父親竟然是魔法使用者！而且一直都是。直到剛剛，夏緾對於她用《複寫本文錄》做的實驗有隱約的罪惡感，如今已如釋重負。我想，我可能遺傳了爸爸的魔法！噢，太棒了！我可以施咒語了！但為什麼爸總是要照媽說的去做？他堅持要我像她那樣高雅可敬。父母就是這樣啊！夏縵發覺這一切都讓她雀躍不已。

此時，她後方傳來轟隆隆的馬蹄聲，以及低沉的吼叫聲：

「讓開！讓開！」

夏縵回頭，看見街上都是穿著某種制服的騎士。他們飛奔迅捷，立刻就來到她的正後方。行人紛紛緊貼著兩側的商店和牆壁。夏縵轉身，伸手想抱起浪浪。她絆到某一戶門口的階梯，半跪在食物袋上，依舊緊抱住浪浪，也沒有讓袋子直直落地。她雙手緊抱浪浪和袋子，背倚著離她最近的牆壁。馬的腳和踏在馬蹬上那騎士的腳就這麼從她的鼻子前方掠過。緊隨其後的是更多奔馳的馬匹，全身漆黑發亮。騎士拿著皮製長鞭抽打牠們的背。再來是一輛壯觀繽紛的馬車，裝飾著黃金、玻璃和彩繪盾牌。兩名戴著羽毛帽的男子攀扶在馬車後側。隊伍的尾端有更多身穿制服的騎兵，發出的聲音震耳欲聾。

隊伍在街底轉彎，消失於視線之外。浪浪輕聲哀鳴。夏縵癱在牆邊。「老天，那是什麼啊？」她對身旁同樣靠在牆上的女性說。

「那位，就是儲君路德維克王子。我猜他應該是要去謁見國王陛下。」她答道。

她是個看起來很強悍的美麗女性，讓夏綠不禁想起蘇菲．潘卓根。她緊抓著一個小男孩，又讓夏綠想到了摩根，只不過那男孩一點聲音都沒出。他的臉色慘白，看起來和夏綠一樣嚇壞了。

「他應該要有點概念，別在這麼窄的街道上騎得這麼快！可能會撞傷人的！」她檢查袋子裡，發現起司布丁塔裂開了，擠成一團，不禁更加憤怒。「他明明可以走比較寬敞的堤岸，還是他根本不在乎？」

「的確不太在乎。」女子說。

「想到他當上國王以後的樣子，真讓人不安！多可怕啊！」夏綠說。

女子用奇怪的眼神意味深長地看了她一眼：

「我什麼也沒聽到。」

「為什麼？」夏綠問。

「路德維克不喜歡被批評。他讓魯伯克族來執行他的意志。魯伯克族——妳沒聽錯。妳就祈禱沒有別人聽見妳這番話吧。」她將小男孩抱起來，動身離去。

夏縵一手抱著浪浪，另一手提著袋子，邊走邊想著這件事。她發現自己開始認真祈禱著，國王阿道弗斯五世可以活久一點。她心想，或許我可以發動革命。我的老天啊，今天回威廉叔公家的路怎麼這麼遠！

最後，她還是返回了，滿心感激地將浪浪放到花園小徑上。屋裡，彼得正待在廚房。地上堆了十袋髒衣服，他坐在其中一袋上，陰沉地看著桌上巨大鮮紅的肉塊。旁邊還擺著三顆洋蔥和兩條紅蘿蔔。

「我不知道怎麼煮這些。」他說。

「你不需要。我晚上回去找爸爸了。你看這個。」夏縵說著將袋子扔到桌上，她撈出兩本筆記本。「這是食譜和相關的咒語。」

兩本筆記本被起司布丁塔弄得很髒，夏縵先用裙子擦了一下才遞過去。

彼得的表情亮了起來，從髒衣袋上跳下，說：

「真是太有幫助了！更棒的是，還有一袋食物。」

夏縵將擠成一團的起司布丁塔、碎掉的餡餅和壓扁的圓麵包都拿出來。袋子底部的奶油蛋糕上有膝蓋形狀的凹陷，有些奶油都流到餡餅上了。這讓她再次對路德維克王子感到憤怒。她一邊試著將餡餅拼回去，一邊告訴彼得剛剛的所見所聞。

「對啊，我媽媽也說他有暴君的所有特質。」彼得有些心不在焉地回答，因為他正在翻閱筆記本。「她說，這就是她出國的原因。我是要一邊煮，一邊施咒語，還是事前？事後？妳知道嗎？」

「爸爸沒說，你得自己搞清楚。」夏綠丟下這一句後，回到威廉叔公的書房，想找一本書安撫自己。《十二分枝的魔杖》讀起來很有趣，但會讓她覺得自己的心碎裂成數百片。每個分枝又分出不同的枝條，然後再分成十二枝。再讀下去，我就會變成一棵樹了，夏綠邊想邊在書櫃中翻找。她選了《魔法師的旅程》[1]這本書，期待看到冒險的情節。某種程度而言，這本書的確如此，但她很快地領悟到，書內也循序漸進地記錄了魔法師學會魔法的過程。

這又讓她想起爸爸竟然也是個魔法使用者。我知道我遺傳了魔法，她心想。我學會飛行，還修好了廁所的水管，都是一瞬間的事。但我得學會怎麼平順、安靜地進行，而不是粗暴地大吼大叫。當她坐著思考時，彼得大喊著吃飯了。

「我用了咒語。」他驕傲地宣告。他正將餡餅加熱了，又用洋蔥和紅蘿蔔做了美味的燉菜。「探索了一整天，我真的好累。」

「尋找黃金嗎？」夏緩問。

「這不是再自然不過的嗎？我們都知道黃金就在屋裡的某個地方，但我只找到了寇伯的窩巢。看起來像個大洞，他們在裡頭製作東西。主要是布穀鐘，但也有些在做茶壺，入口處附近還有些在做像是沙發的家具。我沒和他們對話——我不知道他們存在於現在還是過去，所以只是微笑地看著。我不希望又惹他們生氣。妳今天做了什麼？」彼得說。

「老天啊，該從何說起？真是不得了的一天。一開始是亮亮跑到屋頂上，我嚇壞了。」她將剩下的部分都告訴了彼得。

彼得皺起眉頭後開口：

「這個亮亮和蘇菲——妳確定他們沒有什麼邪惡的意圖嗎？妳也知道，巫師諾蘭說過火魔都很危險。」

「我的確想過，但我認為他們沒問題。看起來是希妲公主找他們來幫忙的。我只希望自己知道怎麼找到國王想要的東西。當我發現族譜時，他看起來好愉快。你知道路德維克王子有八個遠房表兄弟姊妹嗎？他們的名字大都是漢斯或埃索拉，而且幾乎都身敗名裂了。」夏緹承認。

「因為他們都是些壞胚子。我媽說殘暴漢斯被女殺人犯埃索拉給毒死，而她又被酒鬼漢斯在大醉酩酊時殺掉。然後酒鬼漢斯跌下樓梯，摔斷了脖子。他的姊妹埃索拉在斯坦蘭吉亞被吊死，因為她想殺掉和自己結婚的領主……我說了幾個了？」彼得說。

「五個，還有三個。」夏緹聽得入迷。

「這三個裡有兩個叫瑪蒂爾達，還有一個漢斯。」彼得繼續說。「全名是漢斯．尼可拉斯，我不知道他是怎麼死的，只知道事情發生在國外。其中一位瑪蒂爾達的豪宅起火，被活活燒死，另一位據說是非常危險的女巫，路德維克王子只好把她鎖在喜樂堡的某個閣樓。沒有人敢接近她，連王子本人都不敢。她用眼神就可以殺人。我可以把這塊肉給浪浪吃嗎？」

「應該吧，只要她別噎著就好。」夏緹繼續問。「你怎麼知道這些遠房表親的事？在今天之前，我根本一無所知。」

「因為我來自蒙塔比諾。我們學校裡的每個人都知道高諾蘭的九個壞蛋表親。但我猜在這個國家裡，國王或路德維克王子都不希望讓人民知道，他們有這麼卑劣的親戚。大家都說，路德維克王子就像那些人一樣糟。」彼得說。

「我們這個國家很棒，真的！」夏縵抗議。聽到她的高諾蘭親王國竟誕生了九個這麼糟糕的人，她覺得很受傷。國王似乎也很難過。

註1　原文為 *The Magician's Journey*。

第十二章　髒衣服和魯伯克蛋

隔天，夏緲一大早就起床了。浪浪顯然以為他們得照慣例前往王宮，所以將冰涼的小鼻子湊到夏緲的耳朵裡。

「不，我沒有要去！國王陛下今天要照顧路德維克王子。浪浪，走開啦，否則我要變成埃索拉來毒死妳！不然就變成瑪蒂爾達，對妳施展邪惡的魔法。走開啦！」夏緲不開心地說。

浪浪難過地跑開，但夏緲已經完全清醒了。不久之後，她就坐起身來，整頓自己的情緒，下定決心，這一整天都要懶散安穩地閱讀《魔法師的旅程》。

彼得也起床了，他有不同的看法。

「我們今天得來洗一些髒衣服。妳注意到已經累積十袋了嗎？巫師諾蘭的房間裡還有十袋。我記得儲藏室裡還有十袋。」他說。

夏緵瞪著那些裝滿髒衣服的袋子。她無法否認，它們占據了廚房很大的空間。

「別費事了，這一定是那些寇伯搞的鬼。」她說。

「才不是。我媽說髒衣服如果不洗，就會一直繁殖下去。」彼得說。

「我們家有洗衣婦，我不知道該怎麼洗東西。」夏緵說。

「我示範給妳看，別再用妳的無知當藉口了。」彼得說。

夏緵一邊氣彼得總能讓自己去做事，一邊認命地在院子裡用汲水器打水。水桶裝滿後，彼得會提到洗衣房裡，倒進巨大的銅鑄鍋爐。往返了十次後，彼得說：

「我們得在銅鍋下生火，但我找不到木柴。妳覺得他都放在哪裡？」

夏緵用痠痛的手將臉上被汗水弄濕的頭髮撥開，說：

「大概和廚房的爐子差不多。我去看看。」

她一邊帶頭走向小屋，一邊想著：假如沒效，我們就可以不用再試了。很棒。

「我們只需要一個可以燒的東西。」她告訴彼得。

彼得茫然地四處張望。小屋裡除了一疊木盆和一箱肥皂外，空空如也。夏綏打量著鍋爐底部的空間，那裡被日積月累的火焰給燻得漆黑。她看看木盆，感覺太大了。她轉望洗衣用的肥皂，決定不要再冒前幾天那泡沫風暴的險。她走到外頭，從病懨懨的樹上摘下一段嫩枝，扔進漆黑的火爐內。她拍了拍鍋爐側邊，說：

「火！」

當熊熊火焰從下方冒出時，她迅速向後跳開，對彼得說：

「好啦。」

「很好。回汲水器那吧。我們現在得把鍋子裝滿。」他說。

「為什麼？」夏綏問。

「因為有三十袋衣服要洗啊，還有什麼好問的？我們得把熱水倒進一些盆子裡，絲綢需要浸泡，毛衣要手洗。接著，需要清水再洗一遍。一桶又一桶的水。」彼得說。

「簡直不敢相信！」夏綏對探頭探腦的浪浪咕噥著。她嘆了口氣，繼續打水。

彼得正巧從廚房搬來一張椅子。夏縵震怒地看見他將木盆並排擺好，開始將她辛苦提來的水倒進去。

「我以為這些水是要倒進鍋爐的！」她抗議道。

彼得爬到椅子上，開始一大把一大把地將肥皂片撒入銅鍋裡。鍋爐已經冒煙，發出開水沸騰的聲音。

「意見不要那麼多，繼續打水吧。」他接著說。「溫度差不多，可以洗白衣服了。再四桶水應該就夠了，然後把襯衫那些丟進去。」

彼得爬下椅子，回到主屋裡。他再回來時，拖著兩袋髒衣服，堆到小屋的一個角落，再轉身去拿其他衣服。夏縵打水、喘氣、爬上椅子，滿腔怒火地將四桶滿滿的水倒入銅鍋。充滿肥皂氣味的蒸汽煙霧從鍋裡升起。她慶幸接下來可以做點別的事，將髒衣袋口繫的繩子解開。裡面有幾隻襪子、一件紅色的巫師袍、兩條長褲、幾件襯衫和內衣，全都因為彼得浴室的淹水事件而散發著霉味。奇怪的是，當夏縵打開第二個袋子時，發現裡頭的內容物一模一樣。

「巫師連洗衣服大概也都要這麼怪。」夏縵說。她抱起一堆髒衣服，爬上椅子，將它們扔進鍋子裡。

「不，不，不！停下來！」當夏綴正在倒第二袋時，聽見彼得大吼。他衝過草地，拖著剩下的八個袋子。

「是你要我做的耶！」夏綴爭辯。

「丟下去之前要先整理過，蠢蛋！只有白色的衣物要煮沸！」彼得說。

「我又不知道。」夏綴悶悶不樂地說。

早上剩下來的時間，她都在草皮上整理髒衣服，並成堆擺著。彼得則將襯衫丟進銅鍋，然後將肥皂水倒進木盆裡，用來浸泡袍子、襪子和二十條巫師長褲。

「我想襯衫已經煮夠了。」一陣子後，彼得將一盆冷水拉過來。「妳把火熄掉，我來放掉熱水。」

夏綴分明不知道如何熄滅魔法之焰。她嘗試性地拍了拍銅鍋的側邊，手掌立刻就被燙傷。她幾乎是尖叫著：

「噢！火焰，熄掉吧！」

火焰服從地黯淡下來，然後徹底消失。她吸吮自己燙傷的手指，盯著彼得轉開銅鍋底部的水龍頭，讓冒著蒸汽的粉紅色泡沫流向排水孔。夏緲透過白煙看著水龍頭的流水。

「我不知道肥皂是粉紅色的。」她說。

「才不是。老天啊！看看妳又做了什麼好事！」彼得說。

他跳到椅子上，用一支專用的分叉木桿將冒煙的襯衫撈出來。襯衫一件件落入冷水盆中，濺起水花。夏緲發現它們全部都變成櫻花般的亮粉紅色。接著，他又撈出十五隻縮了水的迷你襪子，這大概連摩根都穿不下。還有一條嬰兒尺寸的巫師長褲。最後，他撈出一件窄小的紅色袍子，控訴般地湊到夏緲眼前。袍子還滴著水、冒著白煙。

「妳看妳做的好事！絕對不可以把紅色羊毛和白色襯衫丟在一起洗。染料會跑出來。而且這縮水到連寇伯都快穿不下了！妳真的是個超級蠢蛋！」他說。

「我怎麼會知道？我以前被保護得太好！媽媽從不讓我靠近洗衣房。」夏緲激動地反駁。

「因為太不高貴優雅了，我知道。我猜，妳希望我替妳難過！不過，我一點也不。我絕對不會讓妳接近軋布機的，天知道會發生什麼事！當我軋乾時，會試一下漂白的咒語。妳去儲藏室拿晾衣繩和那盒衣夾，把衣服都晾起來。妳不會不小心把自己吊死之類的吧？」彼得嫌惡地說。

「我又不是傻瓜。」夏緌不滿地說。

大約一個小時後，又累又濕的夏緌和彼得兩人在廚房裡嚴肅地吃著昨天剩下的餡餅。夏緌得意地想著，至少她和晾衣繩的奮鬥比彼得的軋乾和漂白咒成功多了。雖然繩子在院子裡來來回回繞了十幾圈，但最後還是掛好了。衣架上的襯衫皆無潔白，有些染上紅色的痕跡，有些布滿怪異的粉紅色紋路，剩餘的是某種微妙的藍色。大部分的袍子上都有些白色的條紋。襪子和長褲全是奶油般的白色。夏緌覺得自己很識相，沒有告訴彼得那隻精靈在晾衣繩間穿梭，臉上盡是凝重和驚奇。

「外頭有一位精靈！」彼得滿嘴食物地宣告。

夏緌吞下剩下的餡餅，打開後門，察看精靈想要什麼。高大的精靈低下頭，走到廚房中央，將手中的玻璃盒放到桌上。玻璃盒裡有三個白色的球體，大小和網球差不多。彼得和夏緌看看盒子，又瞧瞧精靈，但精靈只是站著，一句話也不說。

「這是什麼？」彼得終於開口。

精靈略微鞠躬後，說：

「這是我們從巫師威廉・諾蘭身上移除的三顆魯伯克蛋。這個手術很困難，但我們成功了。」

「魯伯克蛋！」彼得和夏緣異口同聲地喊著。夏緣感覺臉上頓時褪去光采，後悔剛剛吃了餡餅。棕色的雀斑在彼得發白的臉上分外明顯。本來在餐桌下討食的浪浪發出瘋狂的哀鳴。

「為什麼……為什麼要把蛋帶來這裡？」夏緣結結巴巴地問。

精靈的回答平靜無比：

「因為我們沒辦法摧毀牠們，無論是物理或魔法的攻擊都無效。最後的結論是，只有火魔能夠對付牠們。巫師諾蘭告訴我們，莎夢小姐現在應該已經和一位火魔建立聯繫了。」

「巫師諾蘭還活著？他和你對話？」彼得急切地問。

「事實上，他復原的狀況很好，最多再三、四天就可以回來了。」精靈說。

「喔，我太開心了！所以說，讓他生病的是魯伯克蛋嗎？」夏緹說。

「正確。巫師似乎是在幾個月前，在山裡的草地上散步時遇到一隻魯伯克。因為他是巫師，魯伯克蛋就開始吸收他的魔力，變得堅不可摧。你們絕對不可以碰觸這些蛋，也不該打開盒子，太危險了。你們最好盡快得到火魔的幫助。」精靈同意道。

當彼得和夏緹對盒子裡的三顆蛋愣怔怔時，精靈又再度稍稍鞠躬，走過通往室內的門。彼得好不容易回過神，追了上去，大喊著想要詢問更多問題。但他走進客廳時，只見前門砰地關上。夏緹和浪浪跟在他後方衝進前院時，已經完全看不見精靈的蹤跡。夏緹看見羅洛鬼鬼祟祟地在一叢繡球花後探頭探腦，精靈卻不知去向。

她抱起浪浪，放到彼得懷裡後說：

「彼得，讓浪浪在這裡待著。我立刻去找卡西法。」

接著，她匆匆沿著花園小徑狂奔。

「快一點！」彼得在她背後喊道。「越快越好！」

夏緹可不需要彼得的提醒。她盡力狂奔，聽著浪浪絕望的哀鳴。她不斷邁出腳步，直到繞過懸崖，看見前方的城鎮。她不得不放慢腳步，讓自己喘口氣，但還是維持著快走的速度。想到廚房桌上那些白色的蛋，立刻讓她在恢復呼吸後，繼續奔跑。假如蛋在她找到卡西法之前就孵化了呢？假如彼得做蠢事，像是對它們施咒呢？假如——她試著大口喘氣來轉移注意力，不去想其他恐怖的可能性。

「我真蠢！我應該問精靈『精靈禮物』是什麼！但我完全忘了。我應該要記得的！我真蠢！」但她心不在焉，腦海裡只有彼得對著玻璃盒喃喃唸咒的景象。他就是會做這種事的人。

進入城鎮時，天空下起傾盆大雨。夏縵不禁慶幸，這應該會使彼得分心，不去想魯伯克蛋的事了。他得衝到屋外，在濕掉之前將晾著的衣服收回屋內。只希望他還來不及做什麼蠢事！

她全身濕透、上氣不接下氣地來到王宮。她瘋狂地敲著門環，又猛按門鈴，比亮亮跑上屋頂那次更緊張。像過了一輩子那麼久，辛姆終於將門打開。

「喔，辛姆！我必須立刻見卡西法。你可以告訴我他在哪裡嗎？」她喘著氣說。

「當然，莎夢小姐。」辛姆回答，似乎一點也不介意夏縵濕透了的頭髮和滴著水的衣服。「卡西法爵士目前正在大貴賓廳裡，請容我為您帶路。」

他關上門，滴著水的夏綏跟在他身後，穿過潮濕的長廊和時接，來到王宮深處的某扇雄偉大門。夏綏以前不曾到過這裡。

「他在裡面，小姐。」辛姆說著推開華麗但陳舊的大門。

夏綏踏入，迎面而來的是嘈雜的人聲和一大群穿著華麗的人。他們似乎是一邊對彼此大吼，一邊走來走去，還享用著高級盤子上的蛋糕。夏綏一眼就看見那個蛋糕——聳立在房間正中央特製的桌子上。雖然已經被吃了一半，但那肯定是他父親的麵包師傅昨晚趕工的蛋糕。這感覺就像是在華服陌生人中，尋獲一位熟悉的老朋友。離夏綏最近的男子穿著午夜藍的天鵝絨和深藍色的綢緞。他轉身一臉鄙夷地盯著夏綏，接著和身旁的女性交換了嫌惡的眼神。那位女性穿的衣服不能算是晚會禮服——現在可是下午茶時間！夏綏認為她身上的絲綢太奢華，或許就算珊普妮亞嬸嬸在場，都會相形見絀了。當然，珊普妮亞嬸嬸不在這裡，但市長先生和夫人都在，還有許多城裡的重要人物。

「辛姆，這個溼答答的平民到底是誰？」穿著午夜藍的男子問。

「稟告殿下，莎夢小姐是陛下的新助手。」辛姆回答。他轉向夏縵，說道。「小姐，請容我將您引見給儲君路德維克王子殿下。」

他後退一步，將自己關在門外。

夏縵巴不得地板裂開，讓她溼答答的腳和身體都落入地窖裡。她完全忘了路德維克王子來訪。希妲公主顯然邀請了高諾蘭親王國所有的達官顯貴來面會王子。而她，平凡無奇的夏縵．貝克，就這麼誤闖了下午茶宴會。

「很高興認識您，王子殿下。」夏縵試著說，但卻只發出了受驚嚇的微弱聲響。

路德維克王子很可能什麼都沒聽見。他笑著說：

「莎夢小姐是國王為妳取的綽號嗎？小女孩。」

他用蛋糕的叉子指向身著不算晚禮服的女子：

「我都叫我的助手——錢袋小姐，因為她可是花了我一大堆錢呢。」

夏縵開口想說明自己真正的名字，但身著不是晚禮服的女子先憤怒地插話了：

「你沒資格那樣說！你這惡毒的東西！你啊！」

路德維克王子大笑著轉身，和一位面無血色、穿著褪色灰色絲綢的男子交談。

夏緌本想立刻躡手躡腳地離開，去找卡西法。但王子轉身時，頭頂上那巨大水晶吊燈的光剛好照在他的側臉。她看見那側眼閃著深沉的紫色。

驚恐的夏緌像雕像一樣全身僵硬。路德維克王子是魯伯克一族。一時之間，她動彈不得，卻也意識到在場的人都看見她的恐懼，多半會開始猜測原因。面無血色的男子已將注意力轉向她，紫色的眼中充滿好奇心。老天啊！他也是魯伯克一族。這就是她在廚房附近遇見他時，最害怕的事。

幸運的是，市長大人恰好離開蛋糕桌，向國王深深鞠躬。這讓夏緌看見一匹搖搖馬——不，有很多匹搖搖馬。她從驚恐中分心。不知為何，廳內的牆邊圍繞了一圈搖搖馬。亮亮坐在其中一匹離大理石製壁爐最近的馬上，一臉真誠地看著她。夏緌知道他發現她受了驚嚇，所以希望她告訴他原因。

她開始慢慢靠近壁爐。這讓她看見坐在大理石壁爐圍欄旁玩積木的摩根。蘇菲站在他身旁。雖然蘇菲穿著孔雀藍的禮服，散發著屬於這場宴會的氛圍，但那一瞬，夏緌卻覺得她就像一隻母獅子，露著獠牙守護她的稚子。

「喔，哈囉，莎夢。」希妲公主幾乎是對著夏緌的耳朵說。「既然妳來了，要吃一塊蛋糕嗎？」

夏縵婉惜地看了蛋糕一眼，深深地吸了一大口迷人的香氣，說：

「不了，謝謝您，女士。我只是來捎信給……嗯……潘卓根女士。」

卡西法到底在哪裡？

「是嗎？她就在那裡。」希妲公主說，指著蘇菲的方向。「我得說，孩子們現在表現得不錯。希望能維持久一點！」

她快速離開，前去邀請其他穿著華麗的賓客享用蛋糕。雖然動作華麗，但她的服裝和會場其他人的服裝有如天壤之別——有些部分幾乎完全褪色，讓夏縵想起彼得施過漂白咒的衣服。老天啊，請不要讓彼得在魯伯克蛋上嘗試任何咒語！夏縵一邊祈求，一邊走向蘇菲。

「哈囉。」蘇菲的笑容有點緊繃。

在她身後，亮亮正在玩搖搖馬，發出有些惱人的嘎吱聲。胖保母站在他身旁，不停說著：

「亮亮少爺，請您下來。您發出太多噪音了，亮亮少爺。亮亮少爺，我不想再說第二次了。」這些叨唸聽起來又比噪音更加煩人。
蘇菲蹲下身來，遞給摩根一塊紅色積木。摩根將積木送到夏縵前，告訴她：
「然色的居木。」
夏縵也蹲下來，說：
「不，不是藍色的。再試一次。」
「很高興見到妳。我根本不想理那個王子，妳也是嗎？還有他旁邊那個華麗過頭的蕩婦。」蘇菲不動聲色地低聲說。
「紙色？」摩根又一次舉起積木，猜道。
「這不能怪妳。」夏縵輕聲對蘇菲說。「不，這不是紫色，是紅色的。但王子的是紫色，更精確來說是他的眼睛。他是魯伯克族。」
「是什麼？」蘇菲看起來很困惑。
「恆色？」摩根不可置信地看著他的積木。搖搖馬持續發出嘎吱嘎吱的聲響。
「是的，紅色。我沒辦法在這裡解釋。請告訴我卡西法在哪裡——我會告訴他，讓他再轉告妳。我必須盡快找到卡西法。」夏縵說。

「我就在這。妳需要我做什麼？」卡西法問。

夏綠轉頭。卡西法就在壁爐裡燃燒的木柴上，藍色的火焰和木頭的橘色火焰混在一起。他看起來如此祥和，才會讓夏綠沒有注意到他的存在。

「喔，感謝老天！你能立刻和我趕到巫師諾蘭的宅邸嗎？那裡有些緊急狀況，只有火魔能處理。拜託了！」她說。

第十三章　活躍的卡西法

「妳還需要我看守著這裡嗎？或是你們兩個人沒問題？」卡西法橘色的眼睛轉向蘇菲。

蘇菲擔憂地看著穿著華服、彼此交談的賓客們：「我不認為此時此刻會有人想做什麼事，但盡快回來。我有種很不祥的預感。我沒辦法相信那個淡紫色眼珠的人，或是那個令人作嘔的王子。」她說。

「沒問題，迅速處理完就回來。」卡西法劈啪作響地轉對夏緵說。「站起來，年輕的莎夢。我要坐在妳的手上。」

夏縵站起身來，做好隨時被烤焦的心理準備，或許至少會有些燒傷。摩根不希望她離開，抗議似地揮舞黃色的積木，提高音量喊著：

「利色！利色！利色！利色！」

「噓——」蘇菲和亮亮異口同聲，胖保母也加上一句。「摩根少爺，我們不能大吼大叫，在國王面前不能這樣。」

「那是黃色的。」夏縵說著，等著看熱鬧的人轉頭。她意識到，沒有任何賓客知道卡西法就在壁爐裡，而卡西法也希望保持隱密。

當大家都失去興趣，繼續聊天後，卡西法跳出火堆，輕巧地落在夏縵緊張的手指上方，看起來就像一盤蛋糕。夏縵一點也不覺得痛。事實上，她幾乎感受不到卡西法的存在。

「聰明。」她說。

「假裝妳端著我。帶我一起走出房間。」卡西法回答。

夏縵的手指捧著假的盤子，朝大門走去。路德維克王子已經離開了，讓她鬆了一口氣。不過，國王卻向她走來，對她點頭微笑。

「拿蛋糕了嗎？味道很棒吧？我真想知道為什麼有這麼多搖搖馬。妳知道嗎？」他說。

夏綠搖搖頭，國王轉身離去，還是笑著。夏綠問：

「為什麼？為什麼有這些搖搖馬？」

「為了守護。」她手裡的那盤蛋糕說。「把門打開，我們出去吧。」

夏綠的其中一手離開假的盤子，打開門，溜進潮濕又空盪盪的走廊。

「但是要守護誰？要防禦什麼東西？」她一邊盡可能安靜地把門關上，一邊問。

「摩根。」蛋糕盤繼續說。「蘇菲今天早上收到一張匿名的紙條，內容是『別再調查下去了，離開高諾蘭，否則妳的孩子將會受苦』。但是我們不能離開，因為蘇菲答應公主，在找出錢的下落之前，都會留在這裡。明天，我們會假裝離開——」

卡西法被高亢的吠叫聲打斷。浪浪衝過轉角，欣喜若狂地撲在夏綠的腳踝。卡西法跳了起來，以本身的形狀飄浮在半空中。他在夏綠的肩膀附近，像是一滴盤旋著的炙熱藍色淚珠。夏綠抱起浪浪。

「妳怎麼——?」她一邊閃躲浪浪熱情的舌頭，一邊問著。她注意到浪浪完全沒有淋濕。「喔，卡西法，她一定是從房子裡的歧路捷徑來的！你可以幫我找到會議室嗎？我們可以從那裡回去。」

「輕而易舉。」卡西法像藍色彗星那樣噴射而出，速度快到夏緲幾乎跟不上。他轉過幾個轉角，進入可以聞到廚房香氣的走廊。轉眼間，夏緲已背對著會議室的大門，懷裡抱著浪浪，卡西法則飄浮在她的肩頭。她試著回想起下一步該怎麼做。

「就像這樣。」卡西法說著，在她面前用「之」字形飄動。夏緲盡可能地照做了，發覺自己出現在臥室的走廊。耀眼的陽光從威廉叔公書房的窗戶照了進來。彼得朝他們衝來，看起來蒼白又著急。

「喔，浪浪，好孩子！我派她去找妳。快過來看這個！」他說。

他轉身朝走廊另一頭狂奔，顫抖地指著窗外的景象。

外頭的山間草地上還下著雨，天空的大片烏雲已經漸漸轉移到下方的城鎮上空。一道彩虹跨過山丘，在烏雲的那端顏色鮮明，草地那端則泛白而朦朧。潮濕草地上的水珠在陽光下閃耀，讓夏緲目眩神迷了片刻，不知道彼得指的到底是什麼。

「那是魯伯克，對吧？」彼得沙啞地說。

魯伯克就在那裡，高聳而巨大的紫色身軀在草原的中央。牠微微俯身，正在聽一隻寇伯說話。寇伯跳上跳下，指著彩虹，顯然不斷地大吼大叫。

「那就是魯伯克，沒錯。」夏緹顫抖著看向另一個說。「而那是羅洛。」

她說話的同時，魯伯克笑了，一大堆昆蟲般的眼睛轉向彩虹的方向。牠小心地後退，直到朦朧的彩虹光芒就落在牠昆蟲般的腳邊。接著，牠彎下身子，從草皮下拉出一個小小的陶罐。羅洛在旁邊跳來跳去。

「那一定就是彩虹盡頭的那罐黃金！」彼得沉思地說。

他們看著魯伯克將陶罐交給羅洛，羅洛用雙手接下。罐子顯然很沉重。羅洛不再跳動，反而踉蹌地走來走去，在貪婪和狂喜中將頭抬得高高的。他轉身要走，卻沒看見背後的魯伯克狡猾地伸出長長的紫色口器。他似乎沒有注意到魯伯克的口器刺進他的背部，就這麼倒在草皮上，緊緊抱著陶罐笑著。魯伯克也大笑著，站在草皮中央，揮舞著昆蟲般的手臂。

「牠在羅洛身上下蛋了。」夏緹輕聲說。「羅洛甚至沒有注意到！」

她覺得很不舒服。同樣的事情曾經差一點發生在她身上。彼得臉色發青，浪浪也在發抖。

「你知道嗎？我想魯伯克或許答應以一罐黃金為代價，要羅洛在寇伯和威廉叔公之間挑撥離間。」她說。

「我猜一定是。在妳趕回來之前，我聽見羅洛大吼大叫，要魯伯克付錢。」彼得說。

夏緩心想，他打開窗户偷聽了，真是個蠢蛋。

「我必須宣戰。」卡西法說。他看起來虛弱而慘白。他又微微顫抖地嘶聲補充。「我必須對抗魯伯克，否則就配不上蘇菲給我的生活。等一下。」

他停頓片刻，飄在空中，橘色的眼睛閉著，看起來僵硬地拉長著。

「你就是火魔嗎？我以前從沒看過——」彼得問。

「安靜，我要集中精神。這不能出錯。」卡西法說。

某個地方傳來轟隆隆的聲音。接著，某物從他們頭頂滑向後方的窗戶。夏緩一開始以為是雷雨雲。那東西在草地上投下大片黑色陰影，迅速靠近了歡欣鼓舞的魯伯克。被影子籠罩的魯伯克轉過頭，一瞬間全身僵硬。牠開始狂奔。此時，陰影後方浮現出令影子形成的城堡。高聳的黑色城堡由大型的暗色石磚搭建而成，四個角落都裝設了瞭望塔。他們可以看見城堡的石磚在移動時晃動摩擦著。城堡的速度比魯伯克逃跑的速度快多了。

魯伯克想要閃躲，城堡跟著牠急轉彎。為了加速，魯伯克打開牠小小的毛茸茸翅膀，大步大步地朝著草原盡頭的大石頭跳躍。抵達石堆後，魯伯克猛然轉身，朝另一個方向衝去，正對著屋子的窗戶。牠肯定想讓城堡直接撞上石堆，但城堡卻輕鬆寫意地掉頭，以更快的速度追上去。城堡的塔樓冒出一團團黑煙，朝著漸漸褪色的彩虹飄去。魯伯克奔跑時轉動其中一隻昆蟲般的眼睛，接著垂下牠昆蟲般的頭部。牠的觸角在風中擺盪，振動翅膀，最後在懸崖邊緣做出一次急旋。雖然魯伯克的紫色翅膀振動的速度很快，殘影集結成模糊一片，似乎還是無法讓牠飛起來。夏縵現在了解為什麼魯伯克當時沒有追著她下懸崖——牠飛不回去。魯伯克沒有選擇跳下懸崖逃命，繼續沿著邊緣奔跑，希望引誘追擊的城堡墜崖。

城堡確實追了上去，快速地沿著懸崖冒著煙前進。即便有一半露在懸崖外，城堡卻似乎維持著完美的平衡。魯伯克發出絕望的哀號，再次改變方向，衝向草原中央。在那裡，牠使出了最後一招——讓身體縮小。牠縮小為一隻紫色的迷你昆蟲，在綠草和花朵間閃躲。

城堡立刻抵達魯伯克消失的位置，一陣震動後停止，然後停在原地。火焰從城堡平坦的底部冒出，一開始是黃色，然後變成橘色，再來是憤怒的紅色，最後是炙熱的白色，明亮得讓人無法直視。火焰和濃煙沿著城堡的牆壁向下，和塔樓冒出的黑煙匯集。草地籠罩在高熱的黑色煙霧中。感覺似乎過了一個小時那麼久，但實際上可能僅數分鐘，城堡只是煙霧中盤旋的黑影，就像是烏雲升出後的太陽。即便隔著魔法的窗戶，他們也能聽見火焰燃燒的聲音。

「好了，我想這樣就夠了。」卡西法轉向夏綠，她注意到他的眼睛閃爍著怪異的銀色。「妳能打開窗戶嗎？我得去確認一下。」

夏綠轉動窗栓，將窗戶打開。城堡浮了起來，向一旁讓開。所有的煙和霧都集中成一團大型的暗色煙霧，滾過懸崖邊緣，在山谷中分解消散。卡西法飄向草地時，城堡莊嚴地矗立在一大片方形焦黑的土地上，只有塔樓還冒出幾縷煙霧。恐怖的味道由窗戶飄入室內。

「噁！這是什麼？」夏縵問。

「我希望是烤魯伯克的味道。」彼得說。

他們看著卡西法飄向方形的燒焦痕跡。他變成藍色的線條，在黑色土地上來回旋轉，直到將每一寸都檢查過為止。

卡西法飄回來時，眼睛已經變回正常的橘色，開心地說：

「好了，解決了。」

夏縵心想，很多花朵也是，但這麼說似乎很無禮。重要的是魯伯克消失了，永遠地消失了。

「花朵明年還會再綻放。」卡西法轉朝她說。「妳為什麼來找我？為了這隻魯伯克嗎？」

「不，是魯伯克的蛋。」彼得和夏縵異口同聲地說。他們告訴卡西法精靈的來歷和精靈所交代的事。

「讓我看看。」卡西法說。

除了浪浪外，他們都走進廚房。浪浪哀鳴著，一步也不肯靠近。夏縵可以從廚房的窗戶清楚地看見陽光照耀下的院子，那些滴著水的粉紅色、白色和紅色衣服都還掛在晾衣繩上。顯然，彼得根本懶得去收衣服。她不禁好奇彼得到底都在做些什麼。玻璃盒子還在桌上，蛋也還在裡面，卻不知怎地陷入桌面，只有一半還露在外頭。

「怎麼會這樣？是蛋裡的魔法嗎？」夏縵問。

「不完全是。我想對牠施展安全咒，結果就變這樣了。我本來要回書房找另一個咒語，就看到羅洛在和魯伯克說話。」彼得看起來有點不自在。

完全就是他會做的事！這個蠢蛋永遠以為自己最聰明！夏縵心想。

「精靈的咒語應該很足夠了。」卡西法說著，飄浮在嵌入桌面的玻璃盒上方。

「但精靈說這個很危險！」彼得辯解道。

「你讓牠更危險了。你們兩個都別再靠近，現在誰都別碰這個盒子。你們知道哪裡有堅固的石塊堆，讓我可以摧毀這些蛋嗎？」卡西法說。

彼得故作鎮定。夏縵想起自己從懸崖墜落時，幾乎要撞在一堆巨石上，才開始飛行。她盡力對卡西法詳細描述那堆岩石。

「在懸崖下，我明白了。你們兩個，一個人幫我打開後門，然後退開。」卡西法說完，彼得急忙跑去開門。

夏綠發覺他對自己施咒這件事相當羞愧。不過，這不會阻礙他下次做更蠢的事，真希望他能學到教訓！她心想。

卡西法在玻璃盒上盤旋片刻，接著飛向打開的門。半途，他似乎卡住了，顫抖並抽搐，最後奮力一躍，像一隻巨大的藍色蝌蚪般翻滾，然後再次猛地恢復直立，朝向晾著的衣服衝去。玻璃盒在一陣刮擦後脫離桌子，發出像是亂扔木板的聲音，緊跟在卡西法身後。盒子和裡頭的蛋飄過院子，前方是變成藍色淚滴形狀的卡西法。彼得和夏綠走到門口，看著玻璃盒閃著光芒，通過綠色的山丘，接近魯伯克的草皮，直到消失在視線之外。

「啊！我忘了告訴他，路德維克王子是魯伯克族！」夏綠說。

「是嗎？真的假的？」彼得一邊關上門，一邊說。「難怪我媽要離開這個國家了。」

夏緹一向對彼得的媽媽沒什麼興趣。她不耐煩地轉身，看見桌子凹陷的部分又恢復平坦。真是太好了。她剛剛一直在想該拿中間有凹洞的桌子怎麼辦。

「你用了什麼安全咒？」她問。

「我可以示範給妳看。我想再看一眼那座城堡。妳覺得我們可以打開窗戶，爬上去離它近一點嗎？」彼得說。

「不行。」夏緹說。

「但魯伯克已經死透了，我們這麼做又不會有什麼危險。」彼得說。

夏緹強烈覺得，彼得這是在自找麻煩。

「你怎麼知道只有一隻魯伯克？」她問。

「百科全書說的。」彼得爭辯道。「魯伯克是獨居的。」

兩人一邊激烈爭論，一邊拉扯著走過室內的門，左轉進入走廊。彼得不服氣地衝向窗戶。夏緹緊追在他後方，扯著他的外套。浪浪追在他們身後，悲鳴著撲向彼得的腳踝。被絆倒的彼得向前撲倒，雙手壓在窗戶上。夏緹緊張地看著外頭的草地。橘色的夕陽之下，一切似乎很平靜，城堡仍舊待在燒焦了的正方形痕跡旁。那是她這輩子看過最奇特的建築物。

一道強烈的光芒閃過，讓他們眼前一白。

幾秒鐘後，發生了和光芒同樣強烈的爆炸。他們腳下的地板和眼前的窗戶產生劇烈震動。一切都在搖晃。透過刺眼的淚水和強光造成的白點，夏緹覺得自己看見整座城堡都在震動。她的耳朵嗡嗡作響，但似乎聽見石塊碎裂、撞擊和滾動的聲響。

太聰明了，浪浪！她心想。假如彼得出去了，現在大概已經慘死。

「妳覺得那是什麼？」當他們恢復聽力後，彼得問。

「一定是卡西法在摧毀魯伯克蛋，他去的那石堆就在草原的正下方。」夏緹說。

他們不斷眨眼，想將眼前飄浮的藍色、灰色和黃色炫目光點給眨滅。他們往窗外窺看。難以置信的是，草原有將近一半都消失了。綠色的斜坡上出現凹痕，像是被咬了一大口。那下方一定發生了恐怖的土石流。

「嗯。他應該不會連自己也毀掉，對吧？」彼得說。

「希望不要。」夏緹說。

他們等著、看著。聲音又重新返回他們的耳朵，除了些微的嘶嘶聲外，一切如常。眼前的白光點也慢慢消失。一陣子之後，他們都注意到城堡開始飄浮，越過草原，朝著另一頭的石塊前進，看起來有些悲傷和失落。他們等著、看著，直到城堡飄過石堆，消失在山脈之間。他們沒有看到卡西法。

「他或許回到廚房了。」彼得提出。

他們回到廚房，打開後門，在衣服之間尋找，卻遍尋不著那一滴飄浮的藍色淚珠。他們走到客廳，打開前門，所出現的唯一的藍色是繡球花的顏色。

「火魔會死嗎？」彼得問。

「我不知道。」夏緌說。一如以往，她在痛苦的時刻只想去一個地方。「我要看書了。」

她坐在最近的沙發上，戴起眼鏡，拿起《魔法師的旅程》。彼得惱怒地大嘆一口氣，離開了。

但看書沒有用，夏緌沒辦法專心。她一直想著蘇菲，還有摩根。她很清楚，從某種奇怪的角度來說，卡西法是蘇菲家族的一分子。

「會比失去妳更糟糕。」她對坐在她鞋子上的浪浪說。

她思考著自己是否該去一趟王宮，告訴蘇菲發生了什麼事。但天已經黑了，蘇菲或許正在晚宴上，坐在身為魯伯克的王子的對面，桌上擺了蠟燭之類的東西。夏縵可沒有勇氣再闖入王宮的正式場合。此外，蘇菲已很擔心摩根收到的威脅了。夏縵不希望再增添她的煩惱。卡西法可能早上就會再出現，畢竟，他可是火做成的。但另一方面，爆炸的威力強到足以將任何東西都炸成碎片。夏縵想像著微弱的藍色火焰散落在土石流之中……

彼得回到客廳，說：

「我知道該怎麼辦了。」

「什麼？」夏縵熱切地問。

「我們應該告訴寇伯們羅洛的事。」彼得說。

「寇伯和卡西法有什麼關係？」夏縵盯著他。她拿下眼鏡，想看得更清楚些。

「沒關係啊，但我們可以證明，魯伯克付錢讓羅洛製造麻煩。」彼得看起來有點困惑。

夏縵在考慮要不要跳起來，拿《魔法師的旅程》打他的頭。誰管那些寇伯啊！

「我們現在就要去。」彼得想要說服夏縵。「不然──」

「早上再說。」夏縵堅定地繼續說。「而且我們得先到石堆那邊，看看卡西法到底怎麼了。」

「但是──」彼得說。

「因為──」夏縵努力地想理由。「羅洛一定在找地方藏他的黃金罐。你如果要指控他，最好等他在場。」

令她意外的是，彼得思考了一下，同意了她的話，說道：

「我們也該把巫師諾蘭的臥室整理乾淨，他們可能明天就把他送回來。」

「你去整理吧。」夏縵說──在我把書丟向你之前，或許我會連花瓶一起丟！她心想。

第十四章　又是一群寇伯

隔天一早起床時，夏緩還在想著卡西法。當她走出浴室，看見彼得正忙碌地更換威廉叔公的床單，將舊的床單塞進洗衣袋裡。夏緩嘆了口氣——更多的工作。

「不過，這至少會讓他有點事做，我也可以好好找卡西法。那麼，妳要陪我到石堆那邊去嗎？」她一邊為浪浪準備一碗飼料，一邊對浪浪說。

一如以往，浪浪總是非常樂意陪夏緩去任何地方。早餐過後，浪浪興高彩烈地跟著夏緩通過客廳，來到前門。但她們終究沒有到石堆那裡。當夏緩的手握住門把時，浪浪朝大門衝去，將門給撞開。羅洛就站在門口，伸出藍色的小手索取每天的那罐牛奶。浪浪發出小聲的低鳴，向羅洛撲去，一口咬住他的脖子，將他壓倒在地上。

「彼得！」夏縵大吼，站在打翻的牛奶那攤中。「快點過來！我們需要一個袋子！」

「袋子！袋子！」她一隻腳踩住羅洛，阻止他亂動。她大叫著。

羅洛的腳瘋狂亂踢，在夏縵的鞋子下猛烈掙扎。浪浪為了要大聲吠叫，鬆開了嘴巴。羅洛也跟著刺耳地大吼大叫：

「幫幫忙啊！殺人了！有人打我！」

平心而論，彼得已經來得很快了。他在門口看到了整個過程，就抓起貝克太太刺繡裝飾的食物袋，設法套住羅洛掙扎的雙腳。夏縵終於能喘口氣，準備解釋。下一秒，彼得將羅洛整個裝進袋子裡，一手則想伸進自己的口袋。鼓脹的袋子不斷扭動，還滴著牛奶。

「做得好！可以幫我從口袋裡拿一條繩子嗎？我們可不能讓他跑走。」彼得說。

當夏緲終於從口袋裡掏出一條紫色繩子後，他又加上。「妳吃早餐了嗎？很棒。把袋口綁緊一點，然後換妳拿，我去準備一下。等等就馬上出發。」

哼嗚，嗚呃呃喔！彼得將袋子遞給夏緲時，裡頭不斷傳來聲音。

「閉嘴。」夏緲對袋子說，雙手緊緊抓著紫色繩子上方的部分。袋子持續左右扭動，夏緲看著彼得從大衣的各個口袋裡撈出不同顏色的繩子。他將紅色的繩子繞上左邊的拇指，綠色繞在右邊，然後是紫色、黃色和粉紅色的繩子，繞在右手的前三指，接著是左手前三指的黑色、白色和藍色。浪浪站在門口的階梯上，蓬亂的耳朵豎著，看起來興味十足。

「我們是要找到彩虹的盡頭還是怎樣？」夏緲問他。

「不，但這樣能幫我記住找到寇伯的路線。好了，把前門關上，我們出發。」彼得解釋。

嗚哈喔呼！袋子叫著。

「你才是咧！」彼得對袋子說。他帶頭走過通往屋內的門。浪浪小步跟上，後方的夏緲提著亂扭的袋子。

他們在門後向右轉。她心煩意亂，以致於沒有提醒這應該是通往會議室的路線。他正想著寇伯總能輕易地消失和出現，羅洛便曾經沉入山間草原的地面下。她覺得羅洛好像隨時都有可能從刺繡袋子的底部消失。她將一手托在袋子下方，依然覺得不夠保險。牛奶從她的指間滴下，她想要施展咒語困住羅洛。問題是，她不知道該怎麼做。她唯一能想到的，就是用來對付彼得那漏水水管的咒語。待在裡頭！待在裡頭！她一邊對羅洛想著，一邊按壓袋子的底部。每次按壓，袋子就會傳來悶住的叫聲，讓她越來越肯定羅洛要逃走了。因此，她只是跟著彼得轉來轉去，完全沒注意要怎麼找到寇伯。當寇伯出現時，她才注意到。

他們站在燈火通明的洞穴外，到處都有小藍人跑來跑去。很難看清楚他們大多都正在做什麼，因為入口被一個非常奇怪的東西擋住了。那東西看起來有點像是馬拉的雪橇，就是高諾蘭親王國人民在冬天的雪季中，馬車或推車都無法使用時的運輸工具。只不過，那東西看起來沒辦法裝在馬身上。相反的，它的尾端有個彎彎曲曲的巨大把手。幾十個寇伯在那東西附近忙進忙出，爬上爬下。有些在裡面裝上墊子和羊皮，有些拿著鎚子敲打雕刻，其他則在外殼塗上油漆：金色的背景上布滿捲曲的藍色花朵。無論那東西是什麼，完成時肯定都很壯觀。

「我可以相信妳這次會保持禮貌嗎？妳能不能至少不要那麼莽撞無謀？」彼得對夏緹說。

「我可以試試看，但是要看狀況。」夏緹說。

「那就讓我負責談判吧。」彼得告訴她。他輕輕拍了拍最近寇伯的背。「不好意思，請問我可以在哪裡找到提米茲呢？」

「洞穴往下走一半的地方。」寇伯回答，一邊用筆刷為他指出方向。「他正在處理布穀鐘。你找他做什麼？」

「我們有很重要的事要告訴他。」彼得說。

這吸引了大部分忙碌中的寇伯的注意力。有些轉頭擔心地看著浪浪，但浪浪表現得活潑、乖巧又可愛。其他寇伯看著夏緹及掙扎的刺繡袋子。

「妳裡頭裝了誰？」其中一個寇伯問夏緹。

「羅洛。」夏緹說。

大部分寇伯都點點頭，看上去毫不驚訝。彼得問：

「我們可以見一見提米茲嗎？」

他們再次點頭，告訴他：

「去吧。」

夏繆覺得，他們似乎都不太喜歡羅洛。羅洛大概也有自知之明，停止掙扎，當彼得擠過那個怪東西時，他也沒發出聲音。夏繆跟在彼得身後，調整了袋子的位置，以免沾到油漆。

「你們在做什麼？」她問離她最近的寇伯。

「精靈委託的工作。」其中一人回答。

「要一大筆錢。」另一個補充。

「精靈出手總是很大方。」第三個寇伯說。

夏繆一頭霧水地進入洞穴。洞穴空間寬敞，在忙碌的成年寇伯四周，迷你的寇伯幼童跑來跑去。大部分的幼童看見浪浪時，都尖叫逃竄。他們的父母則是謹慎地躲到他們處理的物件後方，繼續上漆、打磨或雕刻。彼得帶頭走過搖搖馬、娃娃屋、嬰兒椅、老爺鐘、木頭長凳和木製發條人偶，直到來到布穀鐘前。這座布穀鐘很巨大，絕對不會認錯。巨大的木框一直延伸到魔法照明的天花板，巨大的鐘面獨立支撐，占了木框大部分的空間。一群寇伯正勤勞地為鐘上的布穀鳥裝上羽毛，這隻鳥比夏緹和彼得加在一起都還要大。夏緹不免好奇，是誰會需要一座這麼大的布穀鐘。

提米茲拿著小小的扳手，在巨大的齒輪間爬上爬下。

「他在那裡。」彼得說，從鼻子認出了對方。彼得靠近龐大的時鐘，清一清喉嚨。「不好意思——咳哼——不好意思。」

提米茲繞過一大團壯觀的金屬線圈，對他們怒目而視。

「喔，是你們。」他打量著袋子。「現在倒會綁架人了，是嗎？」

羅洛一定是聽到提米茲的聲音，覺得找到盟友了。

哈啊喔呼！啦哇哈嗚嘩！袋子發出低吼。

「那是羅洛。」提米茲控告般地說。

「沒錯，我們帶他來向你認罪。山裡的魯伯克付錢要他挑撥你和巫師諾蘭。」彼得說。

嗨噗嘻咧嘻啊！袋子大叫。

提米茲的皮膚已經在驚恐中轉為銀藍色。

「魯伯克？」他說。

「沒錯。我們昨天看見他在向魯伯克討獎勵，魯伯克給了他彩虹末端的那一罐黃金。」彼得說。

啦哇哈嗚嘩！袋子大聲否認。嗨噗嘻咧嘻啊！

「我們兩個都親眼看見了。」彼得說。

「放他出來，讓他來說。」提米茲說。

彼得對夏緣點頭。夏緣將手從袋子底部拿開，不再嘗試她希望會有效的魔法。

羅洛立刻穿過袋子，掉到地上。他坐在那裡，一邊吐出沾滿牛奶的刺繡羊毛布料和陳年的麵包屑，一邊瞪著彼得。

我的確施了魔法！我讓他待在裡頭！夏緣心想。

「你看見他們的態度了嗎？把人裝在袋子裡，在嘴裡塞滿腐壞的鬼東西，好讓他們可以不被打斷地盡情捏造事實！」羅洛生氣地說。

「你現在可以為自己辯護了。你是否因為挑撥我們和巫師，從魯伯克那裡得到一罐黃金？」提米茲說。

「我怎麼可能那樣？沒有任何活著的寇伯會和魯伯克說話。你們都知道啊！」

羅洛義正辭嚴地說。

此時，一行人周圍聚集了一群寇伯——不過和浪浪保持著安全距離。羅洛對他們激動地揮動手臂。

「你們都是見證！我是這天大謊言的受害者！」他說。

「你們找幾個人去搜他的洞穴。」提米茲下令。

幾個寇伯立刻就出發。羅洛跳起身來，喊著：

「我和你們一起去！我會證明那裡什麼都沒有！」

羅洛才踏出三步，立刻被浪浪咬住藍色夾克的背後，再次倒地。浪浪待在原地，牙齒還留在羅洛的夾克上，蓬亂的尾巴不斷搖動，一邊耳朵朝夏縵豎起，似乎在說：

我表現得很棒吧？

「表現得太棒了。」夏縵告訴她。「乖狗狗。」

「叫她下來！我的背要受傷了！」羅洛大叫。

「不，你就在那裡待到他們搜完你的洞穴。」夏縵說。

羅洛坐著，雙手抱在胸前，看起來悶悶不樂又正氣凜然。夏縵轉向提米茲：

「可以問你——是誰想要這麼大的鐘嗎？我是說，在我們等待的時候。」

她看見彼得搖搖頭，連忙解釋。

「儲君路德維克王子。」提米茲抬頭看著巨大的鐘。他的驕傲中又帶點陰鬱。陰鬱完全吞噬了驕傲。「他想為喜樂堡添加一個超大的裝飾，他到現在一分錢都還沒付，他不會付錢，想到他有多麼有錢——」

奔跑回來的寇伯們打斷了他的話。

「就在這裡！」他們大吼。「是這個嗎？這個在他的床底下！」

最前方的寇伯雙手抱著那罐子。罐子看起來和普通的陶罐並無二致，就是一般人會用來做烤爐燉菜的那種。眼前這個罐子周圍似乎在發光，帶著隱約的七彩色澤。

「就是那個。」彼得說。

「那你覺得他把那些黃金拿去哪了？」寇伯問。

「你是什麼意思？我把黃金拿去哪了？罐子應該裝得滿滿的——」羅洛質問。

他意識到自己露了餡，立刻打住。

「現在沒有了。假如你不相信，就自己看一眼。」另一個寇伯反駁。他將罐子扔到羅洛伸直的雙腿間。「我們找到時就是這樣了。」

羅洛俯身檢視罐子內部，發出悲傷的哀號。他一手伸進罐子，卻只撈出一把乾掉的黃色葉片。接著，他又拿出另一把，然後再一把。最後，他的雙手都在空罐裡，四周都是枯萎的葉片。

「都沒了！都變成枯葉了！魯伯克騙了我！」他哀號。

「所以，你承認魯伯克付錢讓你製造麻煩？」提米茲說。

「我不承認任何事，我只承認我被搶了。」羅洛滿臉陰沉地說。

彼得清清喉嚨：

「咳咳。魯伯克對他的欺騙恐怕不只如此。當他一轉身，魯伯克就對他下蛋了。」

四周都傳來倒抽一口氣的聲音。大鼻子的寇伯們盯著羅洛，慘白的藍色臉孔充滿恐懼，接著又看向彼得。

「這是真的。我們都看見了。」彼得說。

當他們轉向她時，夏縵也點點頭，說：

「是真的。」

「都是騙人的！你們在跟我開玩笑！」羅洛喊著。

「我們才沒有！魯伯克伸出產卵的口器，在你進到地下之前逮住你。你不是才說你的背會痛嗎？」夏縵說。

羅洛暴凸的眼睛瞪著夏縵。他相信她說的話。他的嘴巴張開。在他開始尖叫之前，浪浪急忙跑開。他將罐子丟到一邊，雙腳用力踩踏，掀起一陣枯葉的旋風，直到他的臉變成海軍藍為止。

「我完了！我就是個活死人！有東西在我體內繁衍！幫幫我！喔，拜託幫幫我，誰都可以！」他大聲哭喊。

沒有人幫他。所有的寇伯都在驚駭中後退。彼得一臉嫌惡。一個女寇伯說：

「真是太醜陋了！」

夏縵覺得這樣的評論不公允，不禁同情起羅洛。

「精靈可以幫助他。」她對提米茲說。

「妳說什麼？」提米茲彈了一下手指。群眾突然安靜下來。雖然羅洛繼續跺腳，嘴巴一張一合，卻沒人能聽見他的聲音。

「妳說什麼？」提米茲再問夏緩。

「精靈。」夏緩繼續說。「他們知道怎麼把魯伯克蛋從體內取出來。」

「是的，他們知道。巫師諾蘭也被魯伯克下了蛋，這就是為什麼精靈把他帶去治療。一名精靈昨天來過，帶來他們從他體內取出的蛋。」彼得同意。

「精靈收費昂貴。」夏緩右膝蓋附近的寇伯評論道，聽起來相當欽佩。

「我想，是國王付的錢。」夏緩說。

「噓！」提米茲的眉毛都要和鼻子擠成一團了，他嘆了口氣。「我想，我們可以免費把雪橇椅送給精靈，換取他們對羅洛治療。可惡！現在有兩份委託收不到錢了！你們幾個，把羅洛放到床上，我來和精靈談談。我警告你們，誰也不准再接近草原了。」

「現在沒關係了。魯伯克已經死了，火魔殺了牠。」彼得愉快地說。

「什麼?」其他寇伯齊聲尖叫。

「死了?」他們嚷嚷。「真的嗎?你是說拜訪國王的那個火魔?他真的殺了魯伯克?」

「是的,真的。」彼得在吵雜聲中大吼。「他殺了魯伯克,還摧毀了精靈帶來的魯伯克蛋。」

「我們覺得,他連自己也摧毀了。」夏綅補充。她很確定寇伯們都沒有聽見她的聲音,因為他們忙著手舞足蹈,一邊歡呼,一邊將藍色的小帽子高高拋起。

當吵鬧聲稍稍平息,四個強壯的寇伯將無聲掙扎尖叫的羅洛搬走後,提米茲嚴肅地對彼得說:

「那個魯伯克讓我們活在恐懼中,他是王子的父母之類的。你覺得我們該如何對火魔表達感激之情?」

「把巫師諾蘭廚房的水龍頭裝回來。」彼得立刻說。

「這是當然的,水龍頭不見是羅洛幹的好事。我的意思是,有什麼是只有我們寇伯能為火魔做的?」提米茲說。

「我知道。」夏縵說。其他人在她說話時，都尊重地保持安靜。「卡西法和他的……呃……家人想要知道，國王的錢一直消失到哪去了。你可以幫他們調查看看嗎？」

夏縵的膝蓋附近傳來議論紛紛，例如「那還不簡單！」或是「沒有問題！」以及陣陣笑聲，他們的反應像是夏縵提了最愚蠢的問題。提米茲鬆了一大口氣，緊皺的眉頭也完全鬆開，讓他的鼻子和整張臉瞬間變成兩倍長。

「這很簡單。」他繼續說。「而且一毛錢也不必花。」

他看著洞穴另一端，那裡至少掛了六十個布穀鐘，搖動的鐘擺呈現六十種不同的韻律。

「假如你們現在跟我來，應該剛好能看見錢不見的過程。妳確定這會讓火魔開心嗎？」他說。

「肯定的。」夏縵說。

「那麼，請跟我來。」提米茲說。他帶著他們朝洞穴深處走去。

雖然不知道目的地在哪，看來還得走很長一段路。夏縵開始感到困惑迷失，就像前往寇伯洞穴的途中那樣。整段路都在模糊的黑暗中，不斷有轉彎、急轉彎和髮夾彎。每隔一陣子，提米茲就會說「三小步之後右轉」或「人類的八步之後左轉，然後立刻右轉，再左轉一次」。這過程持續了好久，精疲力竭的浪浪哀求著被抱起。夏縵抱著浪浪，好像又走了一倍的距離。

「我必須說明，這裡的寇伯屬於別的家族。」當前方終於出現隱約的日光時，提米茲說。「我想，我的家族比他們好得多。」

夏縵可以開口詢問之前，他又向右急轉了好幾次，然後再緩慢向左幾次，其中還穿插了幾段連續轉彎。夏縵發現他們來到地底通道的末端，身處在陰涼的綠色日光下。前方的大理石階被青苔完全覆蓋，向上通往一堆樹叢。樹叢最初應該是種在石階兩側，如今卻完全侵占了整個空間。

浪浪開始咆哮，聲音聽起來像是體型大了兩倍的狗狗。

「噓！」提米茲悄聲說。「接下來半點聲音都不能出。」

浪浪立刻安靜下來，夏縵可以感受到她溫暖的小小身體隱隱震動著。夏縵轉向彼得，想確保他會乖乖保持安靜。

彼得不在那裡。現場只剩下夏緌自己、浪浪和提米茲。

惱怒的夏緌知道發生了什麼事。在複雜的路途中，當提米茲某次說「左轉」時，彼得右轉了。或是剛好相反。夏緌不知道這事發生的確切時間，但她很肯定是這樣。

算了，她心想。他的手指上有很多彩色的線，夠他走到因格利，再走回來了。他或許會比我還要早回到威廉叔公的家。因此，她將彼得暫時拋到腦後，專心地墊著腳尖走上滑溜的青苔石階，然後盡量不讓任何葉片發出聲音地，從樹叢中向外窺看。

外頭的陽光炙烈，照耀在每片綠葉和精心維護的草皮上，再遠一點，還有一條白得令人盲目的花園小徑。小徑通往修剪成各種形狀的樹木，有球形、點狀、角錐和圓餅，如同幾何學課本那樣，然後是一座童話般的小城堡——城堡有許多藍色屋頂的小尖塔。夏緌認出那是喜樂堡，是路德維克王子的居所。她有些羞愧地意識到，每當書本裡提到王宮，她都會立刻想到這座城堡。

我的想像力大概很差吧，她心想，然後立刻否定這個念頭。只要她爸爸為五朔節做短麵包，盒子上肯定會印喜樂堡的圖片。畢竟，喜樂堡是高諾蘭親王國的驕傲。

難怪要走這麼久！我們大概走過半個諾蘭山谷了！這還是我心目中最理想的宮殿啊！她心想。

腳步聲從白熱的小徑傳來，路德維克王子本人出現了。他穿著華麗的白色和天藍色絲綢，朝著宮殿漫步而行。在靠近夏縵藏身的樹叢前，他停下腳步轉身。

「快點跟上來好嗎！」他生氣地說。「動作快點！」

「我們很努力了，殿下！」一個微弱的聲音喘著氣說。

一列寇伯進入夏縵的視線，每個人都被磨損的皮袋給壓彎了腰。他們的皮膚是灰綠色，不是藍色，臉上盡是不悅。如此心情或許有部分要歸咎於陽光——寇伯喜歡生活在黑暗中。但夏縵認為，他們的膚色多半是因為健康狀況不佳。他們的腳步虛浮踉蹌，其中一兩個還不斷咳嗽。隊伍最後方的寇伯身體太孱弱，甚至跌倒在地，將袋子掉到地上，裡面的金幣散落在耀眼的白色小徑上。

看到這副情景，那位面無血色的男子也大步進入夏縵的視野。他走到倒地的寇伯身旁，用腳踢了幾下。他沒有踢得很用力，不算殘忍，反倒較像是試圖讓機器再次運轉。被踢了的寇伯艱難地爬行，直到將所有的金幣都裝回袋子裡，然後努力站起身來。面無血色的男子不再踢他，走到路德維克王子身邊。

「那個袋子甚至一點也不重，這大概是最後的部分了。除非國王把書給賣掉，否則他們已經沒錢了。」他對王子說。

「他寧願死也不會那樣做——當然，這正合我意。那麼，我們得想想其他掙錢的方法。喜樂堡的經營實在是太花錢了。」路德維克王子大笑，他回頭看著踉蹌前進的寇伯們。「快一點好嗎！我還得趕回王宮喝茶呢。」

面無血色的男子回到寇伯隊伍旁，又開始踢他們。等著他的王子說：

「用心點，我可不希望這輩子再也看不到煎餅啊。」

寇伯們看見面無血色的男子靠近，紛紛盡全力加快速度。但對夏綠來說，隊伍似乎花了一輩子才終於離開視線。在腳步聲消失前，她都緊抱著抖動的浪浪。浪浪似乎很想跳下來，追逐寇伯的隊伍。她透過樹葉看著提米茲。

「你為什麼以前都不告訴任何人？為什麼不告訴巫師諾蘭？」

「沒有人問啊。」提米茲一臉受傷地說。

是啊，當然沒人問！夏綠心想。這就是為什麼魯伯克付錢給羅洛，要他讓寇伯對威廉叔公不滿！假如他沒有生病，最後一定會向寇伯打聽的。幸好魯伯克已死，她心想。假如魯伯克真的如提米茲所說，是路德維克王子的父母，那魯伯克或許是計畫殺死王子，自己統治這個國家。畢竟，魯伯克可以算是親口這麼對她說了。不過，現在還得處理路德維克王子。我真的得和國王談談他的事。她心想。

「這樣對那些寇伯來說有點殘酷。」她對提米茲說。

「的確，但他們還沒開口求助。」提米茲同意。

當然，對方只要不開口，你就不會想到要伸出援手，對吧？老天啊，我放棄了！

夏縵心想。

「你可以告訴我回家的路嗎？」她問。

提米茲猶豫片刻，問：

「妳覺得火魔如果知道所有的錢都去了喜樂堡，會覺得高興嗎？」

「是的。」夏縵繼續說。「或是——至少他的家人會高興。」

第十五章　亮亮被綁架了

提米茲心不甘情不願地帶著夏綏走過蜿蜒漫長的地下通道，回到寇伯的洞穴中。

「從這裡的路你就認得了。」他愉快地說。

接著，他消失在洞穴裡，將夏綏和浪浪留在原地。

夏綏不知道接下來該怎麼走。她站在被提米茲叫做雪橇椅的物件旁許久，一邊想著該怎麼辦，一邊看著寇伯們上色、雕刻和裝上墊子。他們對夏綏看都不看一眼。

終於，夏綏想到將浪浪放下來。

「帶我回威廉叔公的房子去，浪浪，聰明點。」夏縵說。

浪浪堅定地出發了。但夏縵很快就開始認真懷疑，浪浪是否本來就傻傻的。浪浪小跑步在前，夏縵走在後方，他們左轉，然後右轉，再次右轉，似乎持續了好幾個小時。夏縵滿腦子都在想她剛剛的發現，以至於她好幾次錯過浪浪轉彎，只能站在幾乎伸手不見五指的黑暗中等待，大喊著浪浪的名字，直到浪浪回來找到她。或許因為這樣，夏縵讓這段路變成了兩倍長。浪浪開始疲憊喘起，舌頭越伸越長，但深怕回不了家的夏縵不敢將她抱起。她只是對浪浪喊話，連她自己也鼓舞了。

「浪浪，我必須告訴蘇菲剛剛發生的事。她現在一定很擔心卡西法。我也必須告訴國王錢的下落。但假如我一回家就去王宮，恐怖的路德維克王子可能也在那裡，假裝他很愛吃煎餅。為什麼他不喜歡煎餅呢？煎餅很好吃啊。或許是因為他是魯伯克族。我不敢在他面前對國王說。我想，我們得等到明天。妳覺得路德維克王子什麼時候會離開？今晚嗎？國王的確告訴我要在兩天內回去，所以路德維克王子到時候應該已經走了。假如我早點過去，就可以先和蘇菲說——老天啊，我都忘了！卡西法說他們會假裝離開，所以我可能遇不到蘇菲了。喔，浪浪，真希望我知道該怎麼辦！」

夏縵越說越沒有頭緒。最後，她累到說不出話來，只能跌跌撞撞地跟在踉蹌、喘氣著小跑步的浪浪身後。不知過了多久，浪浪撞開一扇門，他們回到威廉叔公的客廳裡。浪浪呻吟著側躺在地，急促地喘著氣。夏縵看著窗外粉紅色和紫色的繡球花，映照在夕陽之下。她心想，我們花了一整天，難怪浪浪這麼累！難怪我的腳這麼痛！至少彼得現在應該已經在家，希望他做好晚餐了。

「彼得！」她大喊。

沒有人回應。於是夏縵抱起浪浪，走到廚房。浪浪很高興不用再自己走，虛弱地舔著夏縵的手。夕陽灑落在歪歪扭扭的晾衣繩上，粉紅色和白色的衣服仍掛著飄盪。到處都沒有彼得的蹤影。

「彼得？」夏縵喊道。

沒有回應。夏縵嘆了口氣。看來，彼得徹底走失了，比她的狀況還要慘。不知道他何時才會再出現。

「應該是用了太多線吧！」夏縵一邊對浪浪喃喃地說，一邊在壁爐旁尋找狗食。

「愚蠢的小鬼！」

她累得沒辦法煮東西。浪浪吃了兩盤狗食，喝光了夏緩從浴室裡裝來的水。夏緩步履蹣跚地走進客廳，享用下午茶。想了片刻後，她又享用了第二頓下午茶。接著，她喝了早餐咖啡。她一度考慮到廚房去吃早餐，但實在是太累了，於是拿起一本書。

過了好一陣子，浪浪爬到夏緩身旁的沙發上，將她吵醒。

「喔，算了！」夏緩說。她決定直接上床，連盥洗也省了，還戴著眼鏡就睡著了。

第二天早上起床時，她聽見彼得已經回來了。廁所先傳來聲音，然後是腳步聲和開門關門的聲音。他聽起來心情輕快。夏緩希望自己也是，但她知道，她今天就得去王宮，因此在一陣長吟後起床。她找出最後一套乾淨的衣物，花了一些時間小心地清洗和整理頭髮。浪浪焦慮地出現尋找她。

「是啊，早餐，沒問題，我知道。」夏緩說。她把浪浪抱起時坦承。「但問題是，我很害怕那個沒有血色的先生，我想他可能比王子還要糟糕。」

她用一隻腳把門踢開，轉彎，再左轉進廚房，目瞪口呆地愣在原地。

一個陌生的女子坐在廚房的桌子邊，冷靜地吃早餐。那是各位一眼就能看出，那種非常講究效率的女性。她風吹日曬的削瘦臉龐上寫滿了效率，削瘦但充滿力量的雙手則透出強大的能力。這雙手正有效率地將一大疊淋了糖漿的鬆餅切塊，並將一旁香脆的培根均分。

夏縵盯著鬆餅，也盯著女子吉普賽人般的服裝。她全身覆蓋在顏色明亮但有些褪色的荷葉邊中，褪色的金髮也裹上五彩繽紛的圍巾。女子轉身，回看著夏縵。

「妳是誰？」兩人同聲問。女子的嘴裡還塞滿食物。

「我是夏縵．貝克。我負責幫威廉叔公照顧他的房子，因為他身體不適，得由精靈治療。」夏縵說。

女子吞下嘴裡的食物後說：

「很好，我很高興他有留下某個人負責，我可不希望狗狗單獨和彼得待在一起。喔，對了，我已經餵她了。彼得不喜歡狗。彼得還在睡嗎？」

「呃……」夏縵接著說。「我不確定。他昨天沒有回來。」

「只要我一轉頭，他一定會消失。我知道他肯定平安到達這裡了。」女子嘆了口氣，她用叉了鬆餅和培根的叉子指著窗外。「那些衣服完全就是彼得會做的好事。」

「有一部分是我的錯。」夏緹覺得自己的臉脹得通紅。「是我把袍子放下去煮的，妳為什麼會覺得是彼得？」

「因為他一輩子都沒辦法施展半個正確的咒語。我早該知道的，我是他的媽媽。」女子說。

夏緹意識到自己正在和蒙塔比諾女巫對話，不免有些震驚，也有些欽佩。當然，彼得的媽媽一定非常有效率。但她在這裡做什麼？

「我以為妳去因格利王國了？」她說。

「我確實去了，我甚至到了斯坦蘭吉亞，但碧翠絲女王告訴我，巫師霍爾到高諾蘭去了。因此，我又翻山越嶺，到達精靈的領地時，他們說巫師諾蘭在他們那裡。我當時覺得不太妙，因為我意識到彼得或許是一個人待在這。妳知道的，我是為了安全起見才把他送來。所以我立刻就趕來了。」女巫說。

「我想彼得很安全。」夏縵繼續說。「至少，在他昨天迷路以前是這樣。」

「既然我來了，他就安全了，我可以感覺到他就在附近。」她嘆了口氣。「我想，我得去找他。妳也知道，他連自己的左右手都分不清楚。」

「我知道，他會用彩色的線來分別。其實還蠻有效的，真的。」夏縵說。

像蒙塔比諾女巫那樣效率超高的人眼中，彼得大概真的無藥可救，或許就像彼得對夏縵的看法一樣。父母就是這樣啊！她心想。她將浪浪放到地上，有禮貌地問：

「請恕我冒昧，但您是如何用早餐咒做出這些鬆餅呢？」

「當然是給出正確的指令啊。」女巫接著說。「想學一些嗎？」

夏縵點點頭。女巫對爐火彈了一下有效率的手指。

「早餐。」她下令。「要有鬆餅、培根、果汁和咖啡。」

裝滿食物的托盤立刻出現，堆疊了最令人滿足的鬆餅，上方還有糖漿緩緩流下。

「懂了嗎？」女巫問。

「謝謝您。」夏縵說著，感恩地端起托盤。

食物的香氣讓浪浪豎起尾巴，她興奮地邊繞圈圈邊叫著。果然，浪浪並不覺的女巫餵她的可以算是正式的早餐。夏縵把托盤放在桌上，給了浪浪最香脆的那塊培根。

「真是一隻有魔力的狗狗呢。」女巫說著，又開始吃起自己的早餐。

「她是個甜美的女孩。」夏縵說。她也坐了下來，開始享受鬆餅。

「不，我不是在說這個。」女巫不耐煩地說。「我不會說那些沒意義的讚美。我是說，她就是一隻魔法犬。」

她吃下更多鬆餅，滿嘴食物地補充：

「魔法犬很罕見，而且法力強大。這隻狗選擇妳成為她的人類夥伴，是妳莫大的榮幸。我猜，她甚至為了妳改變了她的性別。我希望妳對她懷抱足夠的感恩。」

「是的，我知道。」夏縵說。

我還寧願和希妲公主一起吃早餐呢，為什麼她要這麼嚴厲？她心想。她繼續吃早餐，一邊想起威廉叔公似乎認為浪浪是一隻公狗。浪浪一開始的確看起來像是公狗。但彼得將她抱起來，說她是母狗。

「我想您是對的。」夏縵有禮貌地說。「為什麼彼得自己一個人在這裡不安全呢？他的年紀和我一樣，而我很安全。」

「我可以想像。」女巫苦澀地說。「我想妳的魔法比彼得的更有效。」

她把鬆餅吃完，開始吃吐司。

「彼得可以把任何咒語都搞砸。」她一邊為吐司塗奶油，一邊說著。在香脆的吐司上咬了一大口後，她又說。「別告訴我，妳的魔法不會在任何情況下完全聽妳的指令，因為我不相信。」

夏綠回想起飛行咒和修水管的咒語，還有袋子裡的羅洛。她滿嘴鬆餅地說：

「是的，我想——」

女巫打斷她：

「不管怎樣，彼得都剛好相反。他的施展方式總是很完美，但咒語卻會失誤。我之所以把他送來巫師諾蘭這裡，也是希望能改善他的魔法。畢竟，巫師諾蘭擁有《複寫本文錄》。」

夏綠覺得自己的臉又脹紅了。

「呃……」她說著，將半片鬆餅遞給浪浪。「那麼，《複寫本文錄》的功能是什麼？」

「如果妳繼續那樣餵她，那隻狗很快就會胖到不能走路了。」女巫接著說。「《複寫本文錄》能讓人自由使用土地、空氣、火焰和水的所有咒語。它只會讓值得信任的人使用火的咒語。當然，這個人得先擁有魔法能力才行。」

她嚴厲的臉上隱約露出一絲焦慮，然後開口：

「我想，彼得應該有這樣的能力。」

夏縵心想，火。我把彼得身上的火給熄滅了。那麼，我值得信任嗎？

「他應該有能力，假如根本無法使用魔法，就不可能把咒語用錯了。妳把彼得送來這裡，還有其他理由嗎？」她對女巫說。

「敵人。」女巫說著，嚴肅地啜著咖啡。「我有一些仇家，他們殺了彼得的父親，妳知道的。」

「妳是說魯伯克？」夏縵問。她將所有東西都放回托盤上，一口喝乾剩下的咖啡，準備動身出發。

「就我所知，只有一隻魯伯克。牠似乎把所有的競爭者都殺死了。但沒錯，引發雪崩的就是那個魯伯克。我親眼看見的。」女巫說。

「那妳可以不用再擔心了。」夏縵站起身來，說。「魯伯克已經死了，卡西法前天把它給摧毀了。」

女巫看起來很震驚。

「告訴我怎麼回事！」她急切地說。

雖然急著想前往王宮，但夏縵發現自己還是不得不坐下，又倒了一杯咖啡，將事情從頭到尾都說給女巫聽。不只是魯伯克和魯伯克蛋，也包含羅洛和魯伯克的部分。夏縵一邊說著卡西法似乎失蹤了，一邊想著，女巫不該這樣使用她的魔力。

「那妳怎麼還坐在這裡？快跑到王宮，立刻告訴蘇菲！可憐的蘇菲一定擔心得快要瘋掉了！快點啊，女孩！」

謝謝妳告訴我啊，夏縵酸溜溜地想著。無論如何，我媽媽似乎都比彼得好多了。而且和希妲公主一起吃早餐，肯定也比現在好多了！

她站起身來，向其有禮貌地告別。她衝過客廳，穿過花園，到達路上，浪浪跟在她的腳邊。還好我沒告訴她會議室的路徑，她心想。奔跑的同時，她的眼鏡不斷在胸口撞擊。否則，她會逼我走那裡，我就沒機會去找卡西法了。

在轉彎之前，她先來到卡西法炸毀魯伯克蛋的地點。有一部分的懸崖崩塌了，土石堆幾乎要延伸到道路上。有幾個看起來像牧羊人的正在土堆上搜索被活埋的羊群，搔著頭猜測土石流的原因。夏綴猶豫了。假如卡西法還在，現在應該已經被那些人找到。她慢下腳步，在經過碎石堆時仔細檢視。石塊之間，似乎沒有半點藍色或火焰的痕跡。

她決定晚點再回來徹底搜索，再度開始奔跑，幾乎沒有注意到天空是清澈的藍色，山區也籠罩著一層藍色薄霧。這會是高諾蘭親王國難得的熱天。這對夏綴唯一的影響，就是浪浪看起來已經熱過頭了，正大口呼氣，腳步也歪歪扭扭，粉紅色的舌頭幾乎要伸到地上。

「噢，看看妳！我想應該是鬆餅的錯。」夏綴說著，將浪浪抱起來繼續跑。「我希望女巫沒說那些關於妳的事，這讓我很擔心自己該不該那麼喜歡妳。」

抵達城鎮時，夏綴和浪浪一樣快要中暑，不禁希望自己也有一條可以吐出來的舌頭。她得放慢腳步，變成快走。即使她已選擇自己認為最短的路線，她還是覺得彷彿跑了一輩子才到王宮。最終，她通過最後的轉角，卻發覺廣場上擠滿探頭探腦的人群。高諾蘭親王國似乎有一半的人民都來了，盯著王宮旁幾尺的新建築物。這棟建築物和王宮差不多高，又黑又長，看起來像是煤炭，每個角落都有一座瞭望塔。夏緲曾經看著這座城堡朦朧又悲傷地消失在山裡。她和在場的每個人那樣，看得目瞪口呆。

「這怎麼會在這裡？」人們彼此詢問。「怎麼擠進來的？」

夏緲努力推開人群，向城堡靠近。

她看著通往王宮的四條道路，想著同一個問題。這些道路的寬度似乎都不及城堡的一半。但城堡就在那裡，高大又堅固，似乎一夜之間就在廣場上自然生成。夏緲帶著好奇心，用手肘開出一條路。

當她接近城堡的外牆時，一座瞭望塔上跳下一道藍色火焰，朝她衝來。夏緲閃躲，浪浪跟著掙扎。有人發出尖叫，群眾匆忙退後，留下夏緲一人面對藍色淚滴般的火焰，漂浮在她臉部的高度。浪浪蓬亂的尾巴拍打夏緲的手臂，瘋狂搖動著打招呼。

「假如妳要去王宮。」卡西法劈哩啪啦地對他們說。「告訴他們快一點。我沒辦法讓城堡在這裡待一整個早上。」

夏綴高興得幾乎說不出話來，終於擠出幾個字：

「我以為你已經死了！到底發生了什麼事？」

卡西法在空中上下移動，看起來似乎有一絲絲慚愧：

「我一定是把自己給撞傻了。我不知道是怎樣，被困在一堆石頭下，昨天花了一整天才擠出來。好不容易脫身後，我還得找到城堡，城堡那時已經跑了好幾里遠。說真的，我才剛把城堡弄來這裡。告訴蘇菲，她今天應該假裝動身離開了。也告訴她，我快要沒有柴火可以燒了。這樣應該就夠了。」

「我會的，你確定你沒事嗎？」夏綴答應。

「只是餓了。」卡西法接著說。「柴火，別忘了。」

「柴火。」夏綴複述，然後跑上王宮的階梯。那一瞬間，她覺得人生似乎變得更加美好、快樂和自由。

驚喜的是，辛姆很快便打開壯觀的大門。他往城堡的方向看去，又看看群眾，搖搖頭。

「啊，莎夢小姐。這真是個多事的早上，我不確定國王陛下是否已經準備好到圖書館工作了。但還是請進。」他說。

「謝謝。」夏縵說著將浪浪放到地上。「我不在乎等一下。畢竟，我還有事得先告訴蘇菲。」

「蘇菲……呃……是指潘卓根女士。」辛姆邊關門邊說。「今天早上似乎也有點麻煩。公主殿下今天早上特別生氣。但請往這裡走，妳會知道我的意思。」

他走向潮濕的走廊，示意夏縵跟上。他們還來不及走到樓梯口的轉角，夏縵就聽見廚師賈馬的聲音：

「我就問，賓客總是要走又不走，然後又要走，當廚師的到底怎麼知道要煮什麼？」

接著則是賈馬的狗狗發出嚎叫，還有各種其他聲響。

蘇菲站在樓梯下方，雙手抱著摩根，亮亮則焦慮又無辜地抓著她的裙襬。胖保母站在旁邊，看起來一如以往地毫無用處。希妲公主靠著樓梯，全身散發的王室氣場和儀態都是夏縵前所未見的強烈。國王也在那裡，臉頰潮紅，顯然龍心大怒。夏縵只看了他們的臉一眼，就知道現在不是提起柴火的時候。路德維克王子靠在扶手上，一臉看好戲的優越感。他的女伴在他身邊，滿臉鄙夷。她身上穿的幾乎就是晚禮服了。讓夏縵失望的是，面無血色的男子也在那裡，尊敬地跟在王子身邊。

你絕對不會想到，這個野獸正在把國王的錢都給搶光！夏縵心想。

「我認為這完全是濫用了我女兒的好客之情，妳沒有資格做出無意信守的承諾。假如妳是我們的臣民，我們就會禁止妳離開。」國王正說著。

「我的確希望信守承諾，陛下。但我的孩子受到威脅，您總不會希望我留下吧？假如您願意先讓我把他帶到安全的地方，我就能更自由地完成希妲公主的要求。」蘇菲試著保持端莊。

夏縵知道蘇菲的難處。路德維克王子和面無血色的男人都在場，蘇菲不敢說她只是假裝離開。而且，她也真的得保護摩根的安全。

「別再給我們任何虛假的承諾了！」國王憤怒地說。

夏縵腳邊的浪浪突然開始低吼。國王身後，路德維克王子大笑著彈了彈手指。

接下來發生的事讓每個人都措手不及。胖保母和王子的女伴身上穿的衣服都突然爆開。胖保母變成一個紫色的壯漢，全身肌肉閃閃發光，赤裸的足部長出爪子。王子的女伴在洋裝撕裂後，露出淡紫色的強壯身體，包裹在黑色緊身衣中。衣服的背部有幾個洞，可以讓一對看起來沒有功能的紫色小翅膀穿過。兩個魯伯克族都伸出紫色的巨手，向蘇菲逼近。

蘇菲大喊了些什麼，抱著摩根轉身躲避敵人抓取的手。摩根也因為驚嚇和恐懼而尖叫，其他的聲音都被浪浪的高聲吠叫，和廚師賈馬的狗發出的嚎叫給淹沒。後者向王子的女伴撲去。狗狗靠近前，王子的女伴便振動小翅膀衝向亮亮，將亮亮一把抓起。亮亮放聲尖叫，藍色天鵝絨褲子裡的腿瘋狂亂踢。魯伯克族保母擋在蘇菲面前，不讓她去拯救亮亮。

「懂了吧？」路德維克王子斷言。「妳得離開，否則妳的孩子就會受苦。」

第十六章　逃跑和新發現

「這——真是太——」希妲公主只來得及說到這裡，亮亮就不知怎地掙脫了。他擺脫魯伯克族的紫色手臂，朝著樓梯上衝去，尖叫著：

「救我！救我！別讓他們碰到我！」

兩個魯伯克族都將希妲公主推到一邊，追著亮亮上樓。希妲公主撞上欄杆，緊緊抓著，滿臉通紅，看起來突然一點也不莊嚴了。夏綠發現自己追著魯伯克族上樓，一邊大吼：

「別碰他！你們好大的膽子！」

事後，她認為是希妲公主看起來像普通人的樣子給了她勇氣。下方，蘇菲猶豫了一秒，便將摩根交到國王手中。

「保護他！」她對國王喊著。

接著，她拉起裙襬，追著夏縵上樓，喊著：

「停下來！你聽到了嗎！」

賈馬忠心耿耿地追在他們身後，吼著：

「停下來，小偷！停下來，小偷！」

他沉重地喘著氣。他的狗笨拙地跟著，和主人一樣忠心，發出粗重的低吼。浪浪在樓梯底部跑來跑去，發出女高音般暴風雨式的吠叫。

路德維克王子靠在希妲公主對面的欄杆，對他們大肆嘲弄。

兩個魯伯克族在樓梯頂部追上亮亮，無用的翅膀不斷拍動，淡紫色的肌肉閃閃發亮。亮亮掙扎著，雙腳亂踢。那一瞬間，他藍色天鵝絨的腿似乎強壯得像成年男性的尺寸。一隻大腳重重踢在魯伯克族保母的肚子上，另一隻則落在階梯上，穩住重心。亮亮的右拳重重打在魯伯克族的鼻子上，力道和分量都與成年人無二致。兩個魯伯克族都癱倒在樓梯間的平台後，亮亮敏捷地向上衝去。夏縵看見他在踏上另一段樓梯前，認真地向下張望，確保她、蘇菲和賈馬都有跟上。

他們緊追在後，因為兩個魯伯克族以不可思議的速度站起，想繼續追擊。夏縵和蘇菲衝上樓梯，賈馬和他的狗努力跟上。

下一段樓梯到了一半時，魯伯克族又追上亮亮。再次傳來拳頭重擊的聲音，亮亮再次脫逃，向上衝到第三段階梯。他這次幾乎要衝到頂端，才被魯伯克族趕上。他們撲向他，全身重重壓在他身上。他們扭打成一團，拳打腳踢，紫色翅膀瘋狂地拍動。

此時，夏縵和蘇菲漸漸體力用盡，快要喘不過氣來。夏縵清楚地看見亮亮天使般的臉龐在扭打的混亂中浮現，仔細地看著他們。夏縵終於轉過樓梯轉角，開始繼續向上，蘇菲一手按著腹側，跟在她身後。此時，那一團扭打的軀體突然炸開。兩個紫色的身體滾到一旁，重獲自由的亮亮向上衝到木製樓梯的最後一段。當魯伯克族終於站起身來，繼續追趕時，夏縵和蘇菲也很接近了。賈馬和他的狗還在遙遠的後方。

他們五個人都爬著木製階梯。亮亮的速度減慢許多。夏縵很肯定他是故意的，但魯伯克族們發出勝利的歡呼，加快速度。

「喔不！別再來了！」蘇菲呻吟著。

亮亮將上方的大門撞開，衝上屋頂。魯伯克族窮追不捨。當夏縵和蘇菲終於到達頂端，喘著氣向門外看去時，發現兩個魯伯克族大步在金色屋頂上走著。他們已經走了差不多一半，臉上的表情似乎巴不得自己不在此處，而在異處。到處都看不到亮亮。

「他到底想做什麼？」蘇菲說。

幾乎是同一瞬間，亮亮出現在門口，臉頰紅通通地，發出天使般的笑聲，金色的頭髮散發著光輝。

「看看我發見了什麼！怪點跟著我。」他快樂地說。

蘇菲按著腹側，指著屋頂。

「那兩個該怎麼辦？」她喘著氣繼續問。「我們要祈禱他們自己掉下去嗎？」

「等等就資道了！」亮亮露出迷人的笑容。他輕點金色的頭，傾聽著。

下方，廚師的狗發出的低吼和攀爬聲越來越大。狗狗超越主人，已一邊咆哮，一邊爬上木頭階梯，粗重地喘著氣。亮亮點點頭，轉向屋頂。他比了道小小的手勢，嘴上微微呢喃著某個詞。屋頂上的兩個魯伯克族突然縮小了，發出令人不愉快的嘎吱聲。他們變成兩個紫色彈跳的點，在金色屋頂的邊緣搖搖晃晃。

「什麼？」夏緲說。

亮亮的笑容越來越燦爛，又變得更像天使一些。

「悠魚！廚斯的狗會為了悠魚粗賣搭的靈痕。」他快樂地說。

「咦？喔，魷魚，我懂了。」蘇菲說。

她說話的同時，廚師的狗趕到了，兩隻腳快速擺動，口水從兇惡的下顎不斷流出。牠衝出門，沿著屋簷奔跑，像是一道棕色的光線。半途，牠的下顎發出喀啦喀啦的聲響，魷魚們消失了。狗狗似乎這才意識到自己身在哪裡，全身瞬間僵硬，兩隻腳緊繃在屋頂一側，另外兩隻腳在另一側。牠發出可憐的哀鳴。

「可憐的孩子！」夏緲說。

「廚師會拯救搭的。你們兩個乾著我，通過這散門時，妳得向左轉，腳才能踩上屋頂。」亮亮說。他向左踏出門，然後就消失了。

喔！我覺得我懂了！夏縵心想。這就像是威廉叔公家的門，只不過高得讓人不安。她讓蘇菲先走，假如蘇菲不小心走錯了，她才能抓住她的裙襬。但蘇菲比夏縵更習慣魔法。她向左踏，一點問題也沒有地消失了。夏縵動搖了好一陣子，才鼓起足夠的勇氣跟上。她閉上眼睛，跨出一步。但當她跨出的那一瞬間，雙眼卻自動睜開，讓她看見金色的屋頂快速從她身邊滑過。在能開口喊出「吧飛！」來發動飛行咒前，她就已經到了別的地方——那是位在支撐屋頂的椽子下，溫暖的三角形空間。

蘇菲罵了一個髒字。在黑暗中，她的腳不小心踢到地上散落、積滿灰塵的磚塊堆。

「小調皮。」亮亮說。

「喔，閉嘴！」蘇菲說。她單腳站著，揉著另一隻腳的腳趾。「你怎麼不長大些？」

「還不行，我告訴過妳。」亮亮說。「我們皚有路德維克昂子要欺便。啊，看！

這個在我之前也發生過。」

一道金光射在最大堆的磚塊上，灰塵下的磚塊反映出耀眼的金色。夏縵意識到這根本不是磚頭，而是一塊塊堅固的黃金。讓一切更清楚的是，一條金色的橫幅出現，飄浮在金塊前方。上頭用古典的字體寫著：

棧美麥利柯巫師，

他償匿了國王的黃金。

「哼！」蘇菲哼道，放下她的腳趾。「麥利柯一定像你一樣口齒不清。你們根本是天造地設的靈魂伴侶！同樣的大頭症。他一定要把自己的名字彰顯出來，對吧？」

「我不需要贓顯自己的名字！」亮亮驕傲地說。

「哼！」蘇菲說。

「我們在哪裡？」夏縵很快打岔，因為她擔心蘇菲就要撿起一塊金磚，砸向亮亮的頭。「這是皇家寶庫嗎？」

「不，我們在金色的屋頂下。」亮亮告訴她。「很狡猾，對吧？每個人都吱道屋頂不是真正的黃金，但沒有人想到要在仄裡找。」

他撿起一塊金磚，在地上輕敲讓灰塵落下，扔到夏縵手中。金塊太重，夏縵差一點失手掉到地上。

「妳把贈據拿著，我楞為國王看到會很該心。」亮亮說。

蘇菲似乎稍微控制住了脾氣，然後開口：

「你的口齒不清快把我逼瘋了！我想，和金色捲髮相比，我更討厭這個！」

「但似很有用！葛惡的路德維克王子想綁架我，就完全忘了摩根。」他將藍色深沉的雙眼轉向夏縵。「我的童年很悲產。沒有人愛我。我想，我有資格再試一次，讓自己看起來漂釀一點，對吧？」

「別聽他的。」蘇菲跟夏縵說，接著轉問。「這都只是偽裝。霍爾，我們要怎麼離開這？我把摩根留在國王那裡，路德維克也在那裡。假如我們不快一點下樓，路德維克隨時都會想要抓摩根。」

「卡西法要我請妳快一點，城堡在皇家廣場上等著。我來這裡是要告訴妳——」夏綠也說。

她把話說完之前，亮亮似乎做了點什麼，讓積滿灰塵的房間在他們周圍旋轉，他們又重新站在屋頂開啟的門旁。門外，賈馬趴在屋頂的邊緣，全身都在發抖，一手伸長了拉住狗的左後腳。狗狗大聲哀鳴，牠不喜歡後腳被抓住，也不喜歡屋頂，但卻害怕到不敢移動。

「霍爾，他只有一隻眼睛，根本沒辦法保持平衡。」蘇菲說。

「我知道。我知道，我知道！」亮亮說。

他一揮手，賈馬就朝著門口退後，拖著哀鳴的狗向後滑。

「我差點就死了！」賈馬喘著氣說。一人一狗落在亮亮腳邊，癱軟在地。「為什麼我們還沒死？」

「天歧道，請速我們告辭。我們得見國王，告述他黃金的似。」亮亮說。

他大步走下樓梯。蘇菲快步跟上，夏綠吃力地抱著沉重的金塊走在後方。他們往下跑，不斷地向下，直到轉過樓梯最後的轉角。他們剛好趕上路德維克王子將希妲公主撞開，衝過辛姆，從國王懷裡硬拉走摩根。

「壞人！」摩根大聲說。他抓住路德維克王子美麗的捲髮，用力拉扯。頭髮掉了下來，露出王子光禿禿的紫色頭皮。

「我就告訴你！」蘇菲尖叫，彷彿長了翅膀那樣加速。她和亮亮一起衝下樓梯。王子抬頭看他們，又低頭看著試圖咬他腳踝的浪浪。他想從摩根手裡搶回自己的假髮。摩根握著假髮捶打王子的臉，不斷尖叫：壞人！

「殿下，這裡！」面無血色的男子喊著，兩個魯伯克族趕向最近的大門。

「別在圖書館！」國王和王子同聲喊道。

他們的語氣如此強硬，面無血色的男子竟真的停下腳步，轉身帶王子朝另一個方向逃跑。這給了亮亮足夠的時間追上，抓住王子拖在地上的絲綢袖子。摩根發出快樂的叫聲，將假髮丟向亮亮的臉。這多少遮蔽了亮亮的視線，讓他盲目地被拖向最近的門。面無血色的男子在前帶頭，浪浪緊追不捨，發出刺耳的狂吠。蘇菲跟在後方，叫著：

「把他放下！否則我會殺了你！」

他身後，國王和公主也努力趕上。

「我說，這有點太過分了！」國王喊著。

「停下來！」公主只是命令他們。

王子和面無血色的男人快速衝進房裡，想將門狠狠關在蘇菲和國王面前。但門關上的那瞬間，浪浪再度將門撞開，讓其他人追進房間。

夏綠跟在最後，旁邊是辛姆。她的手臂很痠痛。

「你可以幫我拿著嗎？」她對辛姆說。「這是證據。」

「當然，小姐。」辛姆回答。

夏綠將金塊遞過去，辛姆的手立刻因為金塊的重量而下沉。夏綠讓辛姆獨自處理金塊，連忙衝進房——原來是四周圍繞著搖搖馬的大貴賓廳。路德維克王子站在正中央，紫色的禿頭看起來非常突兀。

他一手抱著摩根，一手掐住他的脖子。浪浪在他的腳邊跳來跳去，想要搆到摩根。假髮現在像是隻死掉的動物般躺在地毯上。

「你們照我說的做，否則這個小孩就會受苦。」王子說。

夏縵突然注意到火爐竄出一點藍色的閃光。她仔細看，發現是卡西法。他一定是為了尋找柴火，從煙囪進來的。他滿足地嘆了口氣，坐在還沒點火的柴堆上。當他發現夏縵在看著，向她眨了眨橘色的眼睛。

「受苦！我是認真的！」路德維克王子戲劇化地強調。

蘇菲看著在王子懷中掙扎的摩根，接著低頭看亮亮。亮亮卻只是盯著自己的手指，像是這輩子第一次看到他們。蘇菲又看向卡西法，似乎很努力讓自己不要笑出來。因此，她的聲音有些顫抖：

「陛下，我恐怕你犯了很嚴重的錯誤。」

「你的確是。」國王也同意。他喘著氣，臉部因為奔跑而通紅。「我們高諾蘭通常沒有叛國罪，但我們很樂意審判你。」

「不可能的。」王子反駁。「我不是你的臣民。我是魯伯克族。」

「那麼，根據法律，你無法在我父親之後繼承王位。」希妲公主宣布。和國王不同，她已經恢復冷靜與高貴。

「喔，我不能嗎？生下我的魯伯克說我將成為國王，牠要透過我統治這個國家。

牠趕走了巫師，所以沒有人能阻止我們。你必須立刻封我為王，否則這個小孩就會受苦。我要用他當人質。除此之外，我還有做錯什麼嗎？」王子說。

「你偷了他們的錢！」夏緑繼續大喊。「我看到你——你們兩個魯伯克族——奴役寇伯把人民的稅金搬到喜樂堡！在那男孩窒息前，快放了他！」

此刻，摩根的臉已經脹得通紅，他瘋狂掙扎。我不覺得魯伯克族有真正的感情，而且，我不懂蘇菲為什麼覺得這很有趣！她心想。

「我的老天！原來這就是那些錢的去向，希妲！無論如何，都是解開了一個謎。謝謝妳，親愛的。」國王說。

「你為什麼這麼開心？你沒聽到我說的話嗎？」路德維克王子一臉嫌惡地說。他轉向面無血色的男子。「他接下來要端煎餅出來了！快點準備好咒語，讓我離開這裡。」

面無血色的男子點點頭，將淡紫色的雙手攤在面前。但就在此時，辛姆抱著黃金磚走進房裡。他快速靠近面無血色的男子，將金塊砸在他的腳趾上。

那之後，許多事都在同時發生。

男子因為疼痛而變成紫色，邊叫邊跳來跳去。摩根似乎再也撐不下去，雙臂從揮舞變得像是在不由自主地抽搐。路德維克王子發覺自己懷裡的，是個高大的成年男子，穿著優雅的藍色綢緞服裝。他將男子丟下，男子立刻轉身揍了王子一拳。

「你竟敢這樣！我不習慣這樣！」王子尖叫。

「運氣真差。」巫師霍爾說道，並再次打他一拳。

這次，路德維克王子的腳絆到假髮，一屁股坐到地上。

「魯伯克族只懂這種語言。」巫師回頭對國王評論道。「夠了嗎？路德小鬼？」

與此同時，摩根穿著亮亮的藍色天鵝絨上衣，衣服皺巴巴的，顯然太大了。他衝向巫師，喊著：

「爸爸、爸爸、爸爸！」

喔，我懂了！他們設法交換了。這真是厲害的魔法，我也想學。夏縵心想。當她看著巫師小心地不讓王子接近摩根時，夏縵不禁好奇，霍爾為什麼還想變得更好看。他已經是多數人理想中帥氣男性的模樣，不過，或許他的頭髮看起來有點不真實。他淡黃色的頭髮垂在肩頭的藍色綢緞上，看起來美麗過了頭。

但辛姆也在同時退後——面無血色的男子在他面前跳來跳去——似乎想正式發表什麼消息。但摩根和浪浪發出的聲音太大，其他人只能聽見「陛下」和「殿下」這兩個詞。

當辛姆說話時，巫師霍爾看著另一端的火爐，點點頭。在巫師和卡西法之間發生了一些事，不完全是一陣閃光，也不能說是看不見的閃光。當夏緲還在思考如何描述時，路德維克王子突然弓起身來，向下消失了。面無血色的男子也是。他們原本的位置出現兩隻兔子。

霍爾巫師看看牠們，又看看卡西法。

「為什麼是兔子？」他一邊問，一邊將摩根抱到懷裡。摩根終於不再大叫，讓房裡恢復了片刻的寧靜。

「一直跳來跳去的，就讓我想到兔子了。」卡西法說。

面無血色的男子還在跳動著，但他現在是一隻巨大的白色兔子，有著紫色暴凸的眼睛。路德維克王子呈現淺黃色，紫色的眼睛甚至比同伴還要大，看起來像是驚嚇到動彈不得。他扭動耳朵，皺皺鼻子⋯

浪浪突如其來地發動攻擊。

與此同時，辛姆努力想介紹的賓客也早已進入房中。浪浪殺死了淺黃色的兔子時，蒙塔比諾女巫正好將寇伯彩繪的雪橇椅推到她前方。威廉叔公坐在椅子上，靠著藍色的坐墊，看起來雖然蒼白，但顯然已經好轉許多。他、女巫和站在坐墊上的提米茲都向前傾身，靠著椅子有弧度的藍色側邊，看著浪浪小聲吠叫，咬著淺黃色兔子的脖子甩來甩去，最後再用力甩向後方。死去的兔子落在地毯上，發出砰的一聲。

「老天啊！」巫師諾蘭、國王、蘇菲和夏綅同聲說。「我以為像浪浪這麼小的狗，不可能這樣做。」

希妲公主等兔子落地後，才穿過房間，走向雪橇椅。她基本上忽視浪浪和白色兔子的瘋狂追逐。

「親愛的瑪蒂爾達公主。」希妲公主向彼得的母親伸出雙手。「妳好久沒有來這裡了，希望妳這次願意停留久一些。」

「這就不一定了。」女巫冷淡地說。

「我女兒的表親通常喜歡被稱為某某地方的女巫。」國王對夏綠和蘇菲解釋。「如果被稱呼為瑪蒂爾達公主，她會不高興。當然，我的女兒對此很有意見。希妲很不喜歡這種裝腔作勢。」

此時，巫師霍爾已經讓摩根坐在他肩膀上，兩人一起看著浪浪將白色兔子逼到第五隻搖搖馬後方的角落。浪浪發出更多小聲的吠叫。接著，白色兔子的屍體飛過搖搖馬，徹底死透了。

「呀呼！」摩根歡呼，用拳頭捶打著父親淡黃色的頭髮。

霍爾急忙地，將摩根放下，交給蘇菲。

「妳告訴他們黃金的事了嗎？」他問。

「還沒。證據被扔到某人腳上了。」蘇菲穩穩抱住摩根，回答道。

「現在就說。」霍爾說。「這裡還有些不對勁。」

他彎下身，抱住朝夏綠跑去的浪浪。浪浪扭動呻吟著，盡全力表達她只想待在夏綠身邊。

「很快，很快。」霍爾說著，困惑地上下檢查浪浪。

最終，他帶著浪浪到雪橇椅邊。國王正喜悅地握著巫師諾蘭的手，看著蘇菲展示的金塊。女巫、提米茲和希妲公主都擠在蘇菲身邊，盯著金塊，急切地詢問她金塊的來源。

夏緩站在房間正中央，覺得自己格格不入。她心想，我知道這麼想很不可理喻，我和以前一模一樣。我只希望能把浪浪帶回來。當他們把我送回媽那裡的時候，我希望能帶著浪浪。她幾乎確定彼得的媽媽會接手照顧威廉叔公。那麼，夏緩又該去何方呢？

接著是一陣恐怖的撞擊。

牆壁都在震動，讓卡西法從火爐中竄出，盤旋在夏緩頭頂。接著，一個巨大的洞口緩緩在火爐旁的牆壁打開。首先是壁紙剝落，接著是下方的石膏。後方暗色的石塊也跟著崩落消失，直到除了黑暗的空間之外，什麼都不剩為止。最後就不是慢動作了，彼得穿過洞口，快速地落在夏緩前方，仰躺在地上。

「洞！」摩根大喊，指著洞口。

「我想你是對的。」卡西法同意。

彼得看起來似乎沒有半點驚訝或動搖。他抬頭看著卡西法，說：

「所以，你沒有死。我就知道她又犯蠢了。她對很多事實在都不太聰明。」

「喔，謝囉，彼得！你又什麼時候聰明過了？你到哪去了？」夏綅說。

「是啊，真是的。我也想知道你去哪了。」蒙塔比諾女巫說。

她把雪橇椅推到彼得面前，讓威廉叔公和提米茲都能和其他人一起看著彼得。除了希妲公主外。希妲公主正懊惱地看著牆上的洞。

彼得似乎一點也不擔心。他坐起身來，雀躍地說：

「嗨，老媽，妳不是在因格利王國嗎？」

「因為巫師霍爾在這裡。」他的媽媽說。「你呢？」

「我一直待在巫師諾蘭的工作坊裡。我和夏綅分開後，就到那裡去了。」彼得說。

他舉起綁著彩色線段的手指頭，示意他是如何找到路的。但他有些焦慮地瞄了巫師諾蘭一眼，說：

「我在裡頭非常小心，先生，真的。」

「真的嗎？」威廉叔公說著，看著牆上的洞。洞口似乎正緩慢地癒合。黑色的石塊朝著中心緩緩聚合，石膏也跟著覆蓋回石頭上。「那麼，我可以問問你，整整一天一夜都在做甚麼嗎？」

「探查咒。」彼得繼續解釋。「這得花很長的時間。還好裡頭有許多食物的咒語，先生，否則我現在要餓壞了。我還借用了你的行軍床，希望你別介意。」

從威廉叔公臉上的表情看來，他的確非常在意。彼得連忙補充：

「但咒語有效，先生。皇家寶庫一定就在這裡，在我們此刻的位置，因為我要咒語帶我去寶庫的位置。」

「確實在這裡，巫師霍爾已經找到了。」他的媽媽說。

「喔。」彼得說。他看起來非常沮喪，但又振作起來。「我成功施展咒語了！」

每個人都看著緩慢癒合的洞。壁紙現在輕柔地蓋住石膏，但顯而易見地，牆壁不會回復原樣了。那面牆現在看起來有點濕軟，又皺巴巴的。

「你一定覺得很欣慰吧，年輕人。」希妲公主苦澀地說。

彼得困惑地看著她，顯然正在猜測她的身分。

「彼得，這是高諾蘭的希妲公主殿下。或許你可以禮貌一點，站起來向她和她的父親國王陛下鞠躬。畢竟，他們也是我們的親戚。」他的媽媽嘆了口氣。

「怎麼說？」彼得問道。但他還是連忙站起身，非常符合禮數地鞠躬。

「我的兒子彼得。他現在是您最有可能的繼承人了，陛下。」女巫說。

「很高興認識你，孩子。這一切真讓人困惑。有人可以為我解釋一下嗎？」國王說。

「我會向您解釋，陛下。」女巫說。

「或許我們都該坐下。辛姆，行行好，把這兩個……呃……死掉的兔子給移開，拜託。」公主提議。

「好的，女士。」辛姆說。他快步上前，收拾兩具屍體。

他顯然絲毫不想錯過女巫要宣布的事，夏綠很確定他只是將兔子扔在門外而已。

當他回到房間時，每個人都在華麗但老舊的沙發上坐好，只有威廉叔公一臉憔悴疲憊地靠在軟墊上，提米茲則坐在他的耳邊。蘇菲讓摩根坐在膝頭，摩根吸著大拇指，已經睡著了。巫師霍爾終於將浪浪還給夏綠。他歸還時帶著歉意的笑容太過耀眼，反而讓夏縵有些慌亂。

我喜歡他成年的樣子，難怪蘇菲這麼討厭亮亮！夏縵心想。此時的浪浪尖聲叫著，將腳掌放在夏縵的眼鏡上，想要舔她的臉頰。夏縵揉揉浪浪的耳朵，撫摸她頭頂蓬亂的毛，一邊聽彼得的媽媽說話。

「如你們所知。我和表親漢斯．尼可拉斯成婚，他當時是高諾蘭王位繼承人的第三順位。我是第五，但身為女性的我不算數。此外，我唯一的目標就只有成為專業女巫。漢斯對當國王也沒有興趣。他的熱情是爬山、尋找新的洞穴，以及在冰河中找尋新的道路。我們對路德維克表親繼承王位都沒有什麼意見。但我們都不喜歡他，漢斯一直覺得路德維克是世界上最自私冷酷的人。我們都以為，只要離開這裡，展現出我們對王位毫不在意，他就不會再煩我們了。」女巫說。

「因此，我們搬到蒙塔比諾，我成為那裡的女巫，漢斯則當登山嚮導。我們很快樂，直到彼得出生不久後，我們憂慮地發現其他表親像蒼蠅那樣一個個死去。不只死去，還有傳聞說他們很邪惡，是因為邪惡而遭到報應。表親艾索拉．瑪蒂爾達是我見過最善良溫和的女孩，卻謠傳是在試圖謀害某人的過程中被殺死。漢斯開始肯定路德維克是幕後黑手。『系統性地殺害其他王位繼承人。』他還這樣說。『同時還害我們背負不好的名聲。』」女巫接著補充。

「我變得越來越擔心漢斯和彼得的安危。當時，漢斯是路德維克下一位的繼承人，然後是彼得。所以，我拿起掃把，把彼得背在背上，長途跋涉到因格利王國諮詢潘斯特蒙夫人，也就是訓練我成為女巫的老師。」她轉向霍爾。「我想，她也訓練了你，巫師霍爾。」

霍爾對她露出最耀眼的笑容：

「那是很久之後的事了，我是她的關門學生。」

「那麼，你就知道她是最頂尖的，同意吧？」蒙塔比諾女巫說。霍爾點點頭。女巫又繼續說：

「你可以相信她告訴你的一切，她永遠都是對的。」

對此，蘇菲也有些不情願地點點頭。

「但當我請教她時，她卻不確定除了帶彼得遠走之外，我還有什麼其他選擇。」女巫繼續說。「因希科，她是這麼想的。我說：『那漢斯怎麼辦？』她也認為這值得擔憂，說：『給我半天的時間來為妳找答案。』然後就把自己鎖在工作坊裡了。不到半天後，她就恐慌地跑了出來。我從未看過她如此低落。『親愛的，妳的表親路德維克是名叫魯伯克族的邪惡生物，是魯伯克的後代。魯伯克總是在高諾蘭和蒙塔比諾間的山丘漫遊。妳和漢斯的懷疑是真的，他毫無疑問得到了魯伯克的幫助。妳得立刻趕回蒙塔比諾的家！但願妳還來得及。無論如何，都不要告訴別人這個小男孩的身分——別告訴他本人或任何人，否則魯伯克族也會想殺害他！』」

「噢，這就是妳從沒跟我說的原因？妳早該說的。我可以照顧好自己。」彼得說。

「可憐的漢斯那時也是這麼以為的，我應該逼他和我們一起去因格利。我在說話不要打岔，彼得。你幾乎害我忘了潘斯特蒙夫人說的最後一件事：『還是有解答，親愛的。在妳的國家有著，或曾經有過，稱為精靈禮物的東西，是王室的財產，有能力保護國王和整個國家的安全。去請高諾蘭王把精靈禮物借給彼得，就能保護他了。』於是，我向她道謝，再度背起彼得，盡快飛回蒙塔比諾。我本來想要漢斯和我一起去高諾蘭借精靈禮物，但回到家時，他們告訴我漢斯和山區搜救隊在葛雷特角。我從來沒有過那麼糟的預感。彼得都來不及放下，我就飛到山上，當時他因為肚子餓而哭個不停，但我不敢停下來。我剛好看到魯伯克引發雪崩，害死了漢斯。」彼得的媽媽說。

女巫停了下來，似乎再也說不下去。每個人都肅穆地等她深呼吸，用彩色的手帕擦擦眼角。接著，她有效率地聳聳肩，說：

「當然，我立刻就在彼得身上安排了各種最強大的保護，分秒都不敢鬆懈。我盡可能讓他低調地成長，也完全不在乎路德維克造謠我是喜樂堡中發瘋的囚徒。畢竟，這代表沒有人知道彼得的存在。雪崩的隔天，我把彼得交給鄰居，前往高諾蘭。你或許還記得我的造訪，對吧？」她問國王。

「是的，我記得。但妳完全沒有提到彼得或漢斯，我不知道情況這麼悲傷又緊急。而且，我當然也沒有精靈禮物，甚至連它長什麼樣子都不清楚。妳只是和我的好友巫師諾蘭一起，要求我去找精靈禮物。我們已經找了十三年，還是沒什麼進展，對吧，威廉？」國王說。

「我們一點進展都沒有。」雪橇椅上的威廉叔公說。他呵呵笑。「但人們一直認為我是精靈禮物的專家。甚至有人說我就是精靈禮物，我守護著國王。我的確是保護著他，但不像是精靈禮物那樣。」

「這就是我把彼得送到你身邊的理由之一。」女巫繼續說。「畢竟，傳言也有可能是真的。而且我知道，無論如何你都能保護彼得安全。我自己也找精靈禮物好幾年了，因為我認為它或許能幫我們擺脫路德維克。斯坦蘭吉亞的碧翠絲告訴我，因格利的巫師霍爾是全世界最擅長占卜的巫師，所以我就去因格利請他幫忙。」

霍爾仰起一頭淡黃色的頭髮，放聲大笑：

「妳得承認，我真的找到了！用最出乎意料的方式。它就在那裡，坐在莎夢小姐的腿上。」

「什麼——浪浪？」夏緾說。浪浪搖著尾巴，看起來很乖巧。

「沒錯，妳這有魔力的小狗。」霍爾點點頭。他轉向國王。「你的那些記錄不是一直提到狗狗嗎？」

「頻率很高。」國王繼續說。「但我一點也不知道——我的曾祖父在狗狗過世時，為她舉辦了國葬。我還納悶為什麼要如此大費周章。」

「我們大部分的油畫都已經賣掉了。」希妲公主輕輕咳嗽。「不過，我還記得很多早期的國王肖像畫裡，都有狗狗陪伴。但是，牠們看起來幾乎都比浪浪……呃……還要高貴一點。」

「我想，牠們應該各種大小和模樣都有。」威廉叔公解釋。「看起來，精靈禮物是某些狗狗會繼承的東西，但是後來的國王忘了好好育種。舉例來說，當浪浪在今年底生小狗時……」

「什麼？」夏縵說。「小狗！」

浪浪又搖了搖尾巴，看起來更加端莊優雅。夏縵抬起浪浪的臉，責備似地看著她的眼睛。

「廚師的狗？」她問。

浪浪害羞地眨眼。

「噢，浪浪！」夏縵喊道。「天知道小狗會長什麼樣子！」

「我們就懷抱希望地等看看吧，其中一隻小狗應該會繼承精靈禮物。但親愛的，還有一件很重要的事。浪浪選擇了妳，這代表妳是高諾蘭親王國精靈禮物的守護者。

此外，蒙塔比諾的女巫告訴我，《複寫本文錄》也選擇了妳……對吧？」威廉叔公說。

「我……呃……它的確是讓我使用了裡面的咒語。」夏縵承認。

「那我們就把話談開吧。」威廉叔公說著，滿足地向身後的墊子靠著。「從現在開始，妳來和我住，當我的學徒。妳必須學習如何幫助浪浪，保護這個國家。」

「好的……嗯……但是……」夏縵結結巴巴地說。「我媽不會允許……她說魔法不夠高貴可敬。我的爸爸或許不會在意，但我媽——」

「她那邊我會處理，有必要的話，我會請妳的珊普妮亞嬸嬸去和她談談。」威廉叔公說。

「有個更好的辦法，我直接下達聖旨，妳的母親應該會受寵若驚。妳知道的，我們很需要妳，親愛的。」國王說。

「好的，但我想幫妳處理書本的部分！」夏縵哭道。

「我接下來可能會很忙碌。」希妲公主又輕輕咳了一聲。「要重新整修裝潢王宮。」

金塊躺在她腳邊的地毯上。她用一隻腳輕輕碰了一下。她快樂地說：

「既然我們現在負擔得起了，我提議讓妳每個星期代替我在圖書館陪我父親兩次。當然，巫師諾蘭必須同意。」

「喔！感謝妳！」夏縵說。

「然後。」希妲公主補充。「至於彼得的部分——」

「您不需要擔心彼得。」女巫打岔。「我會留下來與彼得和夏縵一起照顧巫師諾蘭的房子，直到他完全恢復健康為止。或許我會一直住下來。」

夏縵、彼得和威廉叔公交換驚恐的眼神。我知道她為什麼這麼講求效率了，夏縵心想，畢竟她必須靠自己一個人保護彼得。但假如她待在威廉叔公的屋子裡，我就得回去和媽媽一起住了！

「胡說，瑪蒂爾達。既然彼得確定是我們的王子，他就該讓我們負責。彼得會住在這裡，每天前往巫師諾蘭家學習魔法。妳會回蒙塔比諾去，瑪蒂爾達。他們需要妳。」希妲公主說。

「我們寇伯會一如往常地照顧房子。」提米茲說道。

噢，太好了，我覺得我還沒好好接受照料房子的訓練——彼得當然也還沒！夏縵心想。

「上天保佑你，提米茲，也保佑妳，希妲。」威廉叔公呢喃著。「想到我的房子裡要變得那麼有效率——」

「我會沒事的，媽。妳不需要再保護我了。」彼得說。

「假如你很確定。那麼，我也覺得——」女巫說。

希妲公主用和女巫一樣的效率說：

「現在，剩下的就是和我們最慷慨、助益良多，但或許有些怪異的賓客說再見，送他們進城堡了。大家一起來吧。」

「呼！」卡西法說著竄上煙囪。

蘇菲起身，將摩根的拇指從他嘴裡拔出來。摩根醒了過來，四下張望，看見他的爸爸也在，又繼續張望。他的臉皺成一團。

「釀釀、釀釀在哪裡？」他開始哭泣。

「看你做了什麼好事！」蘇菲對霍爾說。

「我隨時可以再變成亮亮。」霍爾提議。

「你敢！」蘇菲警告。她大步跟在辛姆身後，走進潮濕的走廊。

五分鐘後，他們都聚集在王宮前的階梯上，看著蘇菲和霍爾抓著不斷掙扎哭泣的摩根，通過城堡的大門。當門關上時，他們還能聽見摩根大叫：

「釀釀！釀釀！釀釀！」

夏緩低下頭，對懷裡的浪浪輕聲說：

「妳的確是保護了這個國家，對吧？我都沒有注意到！」

此時，高諾蘭親王國有一半的人民都來到皇家廣場觀看城堡。他們不可置信地看著城堡朝著南方的道路緩慢移動。說是道路，其實只是一條小巷子。有人說著：

「不可能通過的！」

但城堡的形狀改變，變得狹窄，穿過巷子後消失在視野之外。

高諾蘭親王國的人民隨之發出歡呼聲。

Fairy Tale
幻想之丘 07

岐路之屋

◇ HOUSE OF MANY WAYS ◇

作　　者　黛安娜．韋恩．瓊斯
　　　　　Diana Wynne Jones
譯　　者　李珮華、謝慈
責任編輯　李岱樺
副總編輯　林獻瑞

封面繪者　小猫猫
封面／版型設計　張新御
標準字設計　江江
排　　版　嚴妝
行　　銷　呂玠忞

出　　版　好人出版／遠足文化事業股份有限公司
發　　行　遠足文化事業股份有限公司（讀書共和國出版集團）
231 新北市新店區民權路 108 之 2 號 9 樓
02-2218-1417
www.bookrep.com.tw
service@bookrep.com.tw
郵撥帳號｜19504465 遠足文化事業股份有限公司

法律顧問　華洋法律事務所　蘇文生律師
印　　製　呈靖彩藝有限公司

出版日期　2023 年 12 月 4 日 初版一刷
　　　　　2024 年 7 月 10 日 初版五刷
定　　價　新台幣 470 元
I S B N　9786267279403（平裝版）
　　　　　9786267279441（電子書 PDF）
　　　　　9786267279502（電子書 EPUB）

1AFT0007
HOWL'S MOVING CASTLE © Diana Wynne Jones, 1986
CASTLE IN THE AIR © Diana Wynne Jones, 1990
HOUSE OF MANY WAYS © Diana Wynne Jones, 2008
Published by arrangement with David Higham Associates Ltd. through Bardon-Chinese Media Agency.

國家圖書館出版品預行編目 (CIP) 資料

岐路之屋 / 黛安娜 . 韋恩 . 瓊斯 (Diana Wynne Jones) 作 ; 李珮華 ,
謝慈譯 .-- 初版 . -- 新北市 : 遠足文化事業股份有限公司好人出版 :
遠足文化事業股份有限公司發行 , 2023.12
360 面 ;14.8*21 公分 . -- (Fairy Tale 幻想之丘 ; 7)
譯自 : House of many ways
ISBN 978-626-7279-40-3(平裝)
873.57　　112015714

發行平台
讀書共和國出版集團
BOOK REPUBLIC PUBLISHING GROUP